中国近代史

Modern Chinese History

蒋廷黻 著

人民文学出版社

图书在版编目（CIP）数据

中国近代史/蒋廷黼著．—北京：人民文学出版社，2021
ISBN 978-7-02-017011-1

Ⅰ.①中… Ⅱ.①蒋… Ⅲ.①中国历史—近代史 Ⅳ.①K25

中国版本图书馆 CIP 数据核字(2021)第 040064 号

责任编辑　刘　伟
装帧设计　刘　远
责任印制　王重艺

出版发行　人民文学出版社
社　　址　北京市朝内大街 166 号
邮政编码　100705

印　　刷　河北鹏润印刷有限公司
经　　销　全国新华书店等

字　　数　187 千字
开　　本　880 毫米×1230 毫米　1/32
印　　张　10　插页 2
印　　数　1—10000
版　　次　2021 年 9 月北京第 1 版
印　　次　2021 年 9 月第 1 次印刷

书　　号　978-7-02-017011-1
定　　价　39.00 元

目　录

附录

总 论

中华民族到了十九世纪就到了一个特殊时期。在此以前，华族虽已与外族久已有了关系，但是那些外族都是文化较低的民族。纵使他们入主中原，他们不过利用华族一时的内乱而把政权暂时夺过去。到了十九世纪，这个局势就大不同了，因为在这个时候到东亚来的英、美、法诸国绝非匈奴、鲜卑、蒙古、倭寇、满清可比。原来人类的发展可分两个世界，一个是东方的亚洲，一个是西方的欧美。两个虽然在十九世纪以前曾有过关系，但是那种关系是时有时无的，而且是可有可无的。在东方这个世界里，中国是领袖，是老大哥，我们以大哥自居，他国连日本在内，也承认我们的优越地位。到了十九世纪，来和我们打麻烦的不是我们东方世界里的小弟们，是那个素不相识而且文化根本互异的西方世界。

嘉庆道光年间的中国人当然不认识那个西方世界。直到现在，我们还不敢说我们完全了解西洋的文明。不过有几点我们是可以断定的。第一,中华民族的本质可以与世界上最优秀的民族比。中国人的聪明不在任何别的民族之下。第二,中国的物产虽不及俄、美两国的完备,然总在一般国家水平线之上。第三,我国秦始皇的废封建为郡县及汉唐两朝的伟大帝国足证我民族是有政治天才的。是故论人论地,中国本可大有作为。然而到了十九世纪,我民族何以遇着空前的难关呢?第一是因为我们的科学不及人。人与人的竞争,民族与民族的竞争,最足以决胜负的,莫过于知识的高低。科学的知识与非科学的知识比赛,好像汽车与洋车的比赛。在嘉庆道光年间,西洋的科学基础已经打好了,而我们的祖先还在那里作八股文,讲阴阳五行。第二,西洋已于十八世纪中年起始用机械生财打仗,而我们的工业、农业、运输、军事,仍保存唐宋以来的模样。第三,西洋在中古的政治局面很像中国的春秋时代,文艺复兴以后的局面很像我们的战国时代。在列强争雄的生活中,西洋人养成了热烈的爱国心,深刻的民族观念;我们则死守着家族观念和家乡观念。所以在十九世纪初年,西洋的国家虽小,然团结有如铁石之固;我们的国家虽大,然如一盘散沙,毫无力量。总而言之,到了十九世纪西方的世界已经具备了所谓近代文化。而东方的世界则仍滞留于中古,我们是落伍了!

近百年的中华民族根本只有一个问题,那就是:中国人能近代化吗?能赶上西洋人吗?能利用科学和机械吗?能废除我们家族和家乡观念而组织一个近代的民族国家吗?能的话,我们民族的前途是光明的;不能的话,我们这个民族是没有前途的。

因为在世界上，一切的国家能接受近代文化者必致富强，不能者必遭惨败，毫无例外。并且接受得愈早愈速就愈好。日本就是一个好例子。日本的原有土地不过中国的一省，原有的文化几乎全是隋唐以来自中国学去的。近四十余年以来，日本居然能在国际上作一个头等的国家，就是因为日本接受近代文化很快。我们也可以把俄国作个例子。俄国在十五世纪、十六世纪、十七世纪也是个落伍的国家，所以那时在西洋的大舞台上，几乎没有俄国的地位；可是在十七世纪末年，正当我们的康熙年间，俄国幸而出了一个大彼得，他以专制皇帝的至尊，变名改姓，微服到西欧去学造船，学炼钢。后来他又请了许多西欧的技术家到俄国去，帮助他维新。那时许多的俄国人反对他，尤其是首都莫司哥的国粹党。他不顾一切，奋斗到底，甚至迁都到一个偏僻的，但是滨海的尼瓦河旁，因为他想靠海就容易与近代文化发源地的西欧往来。俄国的近代化基础是大彼得立的，他是俄罗斯民族大英雄之一，所以今日的斯塔林还推崇他。

土耳其的命运也足以表示近代文化左右国家富强力量之大。在十九世纪初年，土耳其帝国的土地跨欧、亚、非三洲，土耳其人也是英勇善战的。却是在十九世纪百年之内，别国的科学、机械和民族主义有一日千里的长进，土耳其则只知保守，因此土耳其遂受了欧洲列强的宰割。到了一八七八年以后，土耳其也有少数青年觉悟了非维新不可，但是他们遇着极大的阻力：第一，土耳其的国王，如我国的满清一样，并无改革的诚意。第二，因为官场的腐败，创造新事业的经费都被官僚侵吞了，浪费了。

国家没有受到新事业的益处,人民已加了许多的苛捐杂税,似乎国家愈改革就愈弱愈穷。关于这一点,土耳其的近代史也很像中国的近代史。第三,社会的守旧势力太大,以至有一个人提倡维新,就有十个人反对。总而言之,土耳其在十九世纪末年的维新是三心二意的,不澈底的,无整个计划的。其结果是在上次世界大战中的惨败,国家几致于灭亡。土耳其人经过那次大国难以后一致团结起来,拥护民族领袖基马尔,于是始得复兴。基马尔一心一意为国家服务,不知有他。他认识了时代的潮流,知道要救国非澈底接受近代的文化不可。他不但提倡科学、工业,他甚至改革了土耳其的文字,因为土耳其的旧文字太难,儿童费在文字上的时间和脑力太多,能费在实学上的必致减少。现在土耳其立国的基础算打稳了。

日本、俄国、土耳其的近代史大致是前面说的那个样子。这三国接受了近代的科学、机械及民族主义,于是复兴了,富强了。现在我们要研究我们的近代史。我们要注意帝国主义如何压迫我们。我们要仔细研究每一个时期内的抵抗方案。我们尤其要分析每一个方案成败的程度和原因。我们如果能找出我国近代史的教训,我们对于抗战建国就更能有所贡献了。

第一章

剿夷与抚夷

第一节　英国请中国订立邦交

在十九世纪以前，中西没有邦交。西洋没有派遣驻华的使节，我们也没有派大使公使到外国去。此中的原故是很复杂的。第一，中西相隔很远，交通也不方便。西洋到中国来的船只都是帆船。那时没有苏彝士运河，中西的交通须绕非洲顶南的好望角，从伦敦到广州顶快需三个月。因此商业也不大。西洋人从中国买的货物不外丝茶及别的奢侈品。我们的经济是自足自给的，用不着任何西洋的出品。所以那时我们的国际贸易总有很大的出超。在这种情形之下，邦交原来可以不必有的。

还有一个原故，那就是中国不承认别国的平等，西洋人到中国来的，我们总把他们当作琉球人、高丽人看待。他们不来，我们不勉强他们。他们如来，必尊中国为上国而以藩属自居。这个体统问题、仪式问题就成为邦交的大阻碍，“天朝”是绝不肯通融的，中国那时不感觉有联络外邦的必要，并且外夷岂不是蛮貊之邦，不知礼义廉耻，与他们往来有什么好处呢？他们贪利而来，天朝施恩给他们，许他们作买卖，借以羁縻与抚绥而已。假若他们不安分守己，天朝就要“剿夷”。那时中国不知道有外交，只知道“剿夷与抚夷”。政治家分派别，不过是因为有些主张剿，有些主张抚。

那时的通商制度也特别。西洋的商人都限于广州一口。在明末清初的时候，西洋人曾到过漳州、泉州、福州、厦门、宁波、定海各处。后来一则因为事实的不方便，二则因为清廷法令的禁止，就成立了所谓一口通商制度。在广州，外人也是不自由的，夏秋两季是买卖季，他们可以住在广州的十三行，买卖完了，他们必须到澳门去过冬。十三行是中国政府指定的十三家可以与外国人作买卖的。十三行的行总是十三行的领袖，也是政府的交涉员。所有广州官吏的命令都由行总传给外商；外商上给官吏的呈文也由行总转递。外商到广州照法令不能坐轿，事实上官吏很通融。他们在十三行住的时候，照法令不能随便出游，逢八（那就是初八，十八，二十八）可以由通事领导到河南的“花地”去游一次。他们不能带军器进广州。“夷妇”也不许进去，以防“盘踞之渐”。顶奇怪的禁令是外人不得买中国书，不得学中文。第一个耶稣教传教士马礼逊博士的中文教师，每次去授课的时候，身旁必须随带一只鞋子和一瓶毒药，鞋子表示他是去买鞋子的，不是去教书的，毒药是预备万一官府查出，可以自尽。

那时中国的海关是自主的，朝廷所定的海关税则原来很轻，平均不过百分之四，满清政府并不看重那笔海关收入，但是官吏所加的陋规极其繁重，大概连正税要收货价百分之二十。中国法令规定税则应该公开;事实上,官吏绝守秘密,以便随意上下其手。外人每次纳税都经过一种讲价式的交涉,因此很不耐烦。

中国那时对于法权并不看重。在中国境内外国人与外国人的民刑案件,我国官吏不愿过问,那就是说,自动的放弃境内的法权。譬如,乾隆十九年,一个法国人在广州杀了一个英国人,广州的府县最初劝他们自己调解。后因英国坚决要求,官厅始理问。中国人与外国人的民事案件总是由双方设法和解,因为双方都怕打官司之苦。倘若中国人杀了外国人,官厅绝不偏袒,总是杀人者抵死,所以外人很满意。只有外国人杀中国人的案子麻烦,中国要求外人交凶抵死,在十八世纪中叶以前,外人遵命者多,以后则拒绝交凶,拒绝接收中国官厅的审理,因为他们觉得中国刑罚太重,审判手续太不高明。

外人最初对于我们的通商制度虽不满意,然而觉得既是中国的定章,只好容忍。到了十八世纪末年(乾隆末年,嘉庆初年),外人的态度就慢慢的变了。这时中国的海外贸易大部分在英国的东印度公司手里。在广州的外人之中,英国已占领了领袖地位。英国此时的工业革命已经起始,昔日的手工业都慢慢的变为机械制造。海外市场在英国的国计民生上一天比一天紧要,中国对通商的限制,英国认为最不利于英国的商业发展。同时英国在印度已战胜了法国,印度半岛全入了英国的掌握。以后再往亚东发展也就更容易了,因为有了印度作发展的根据地。

当时欧洲人把乾隆皇帝作为一个模范的开明君主看。英国人以为在华通商所遇着的困难都是广州地方官吏作出来的。倘若有法能使乾隆知道,他必愿意改革。一七九二年(乾隆五十七年)正是乾隆帝满八十岁的一年,如果英国趁机派使来贺寿,那就能得着一个交涉和促进中英友谊的机会。广州官吏知道乾隆的虚荣心,竭力怂恿英国派使祝寿。于是英国乃派马戛尔尼侯(Lord Macartney)为全权特使来华。

马戛尔尼使节的预备是很费苦心的。特使乘坐头等兵船,并带卫队。送乾隆的礼物都是英国上等的出品。用意不外要中国知道英国是个富强而且文明的国家。英政府给马戛尔尼的训令要他竭力迁就中国的礼俗,惟必须表示中英的平等。交涉的目的有好几个:第一,英国愿派全权大使常驻北京,如中国愿派大使到伦敦去,英廷必以最优之礼款待之。第二,英国希望中国加开通商口岸。第三,英国希望中国有固定的、公开的海关税则。第四,英国希望中国给她一个小岛,可以供英国商人居住及贮货,如同葡萄牙人在澳门一样。在乾隆帝方面,他也十分高兴迎接英国的特使,但是乾隆把他当作一个藩属的贡使看待,要他行跪拜礼。马戛尔尼最初不答应,后来有条件的答应。他的条件是:将来中国派使到伦敦去的时候,也必须向英王行跪拜礼;或是中国派员向他所带来的英王的画像行跪拜答礼。他的目的不外要表示中英的平等。中国不接受他的条件,也就拒绝行跪拜礼。乾隆帝很不快乐,接见以后,就要他离京回国。至于马戛尔尼所提出的要求,中国都拒绝了。那次英国和平的交涉要算完全失败了。

十八世纪末年和十九世纪初年,欧洲正闹法兰西革命和拿破仑战争,英国无暇顾及远东商业的发展。等到战事完了,英国遂派第二次的使节来华,其目的大致与第一次同。但是嘉庆给英使的待遇远不及乾隆,所以英使不但外交失败,并且私人对我的感情也不好。

英国有了这两次的失败,知道和平交涉的路走不通。

中西的关系是特别的。在鸦片战争以前,我们不肯给外国平等待遇;在以后,他们不肯给我们平等待遇。

到了十九世纪,我们只能在国际生活中找出路,但是嘉庆、道光、咸丰年间的中国人,不分汉满,仍图闭关自守,要维持历代在东方世界的光荣地位,根本否认那个日益强盛的西方世界。我们倘若大胆的踏进大世界的生活,我们需要高度的改革,不然,我们就不能与列强竞争。但是我们有与外人并驾齐驱的人力物力,只要我们有此决心,我们可以在十九世纪的大世界上得着更光荣的地位。我们研究我民族的近代史必须了解近代的邦交是我们的大困难,也是我们的大机会。

第二节　英国人作鸦片买卖

在十九世纪以前，外国没有什么大宗货物是中国人要买的，外国商船带到中国来的东西只有少数是货物，大多数是现银。那时经济学者，不分中外，都以为金银的输出是于国家有害的。各国都在那里想法子加增货物的出口和金银的进口。在中国的外商，经过多年的试验，发现鸦片是种上等的商品。于是英国东印度公司在印度乃奖励种植，统制运销。乾隆初年，鸦片输入每年约四百箱，每箱约百斤。乾隆禁止内地商人贩卖，但是没有效果，到了嘉庆初年，输入竟加了十倍，每年约四千箱。嘉庆下令禁止入口，但是因为官吏的腐败和查禁的困难，销路还是继续加增。

道光对于鸦片是最痛心的，对于禁烟是最有决心的。即位之初，他就严申禁令，可是在他的时代，鸦片的输入加增最快。道光元年（一八二一年）输入尚只五千箱，道光十五年，就加到了三万箱，值价约一千八百万元。中国的银子漏出，换这有害无益的鸦片,全国上下都认为是国计民生的大患。广东有般绅士觉得烟禁绝不能实行,因为“法令者,胥役之所借以为利也,立法愈峻,则索贿愈多”。他们主张一面加重关税,一面提倡种植,拿国货来抵外货,久而久之,外商无利可图,就不运鸦片进口了。道光十四五年的时候,这一派的议论颇得势,但是除许乃济一人外,没有一人敢冒天下之大不韪,公开提倡这个办法。道光十八年,黄爵滋上了一封奏折,大声疾呼的主张严禁。他的办法是严禁吸食,他说没有人吸,就没有人卖,所以吸者应治以死罪:

> 请皇上严降谕旨,自今年某日起,至明年某月日止,准给一年期限戒烟,虽至大之瘾,未有不能断绝。若一年以后,仍然吸食,是不奉法之乱民,置之重刑,无不平允。查旧例,吸食鸦片者罪仅枷杖,其不指出兴贩者罪杖一百,徒三年,然皆系活罪。断瘾之苦,甚于枷杖与徒,故甘犯明刑,不肯断绝。若罪以死论,是临刑之惨急,更苦于断瘾之苟延,臣知其情愿断瘾而死于家,必不愿受刑而死于市。惟皇上明慎用刑之至意,诚恐立法稍严,互相告讦,必至波及无辜。然吸食鸦片者,是否有瘾无瘾,到官熬审,立刻可辨。如非吸食之人,虽大怨深仇,不能诬枉良善;果系吸食,究亦无从掩饰。故虽用重刑,并无流弊。

这封奏折上了以后,道光令各省的督抚讨论。他们虽不彰明的反对黄爵滋,总觉得他的办法太激烈,他们说吸食者尚只害自己,贩卖者则害许多别人,所以贩卖之罪,重于吸食之罪,广州是鸦片烟的总进口,大贩子都在那里,要禁烟应从广州下手。惟独两湖总督林则徐完全赞成黄爵滋的主张,并建议各种实施办法。道光决定吸食与贩卖都要加严禁止,并派林则徐为钦差大臣,驰赴广州查办烟禁。林文忠公是当时政界声望最好、办事最认真的大员,士大夫尤其信任他,他的自信力也不小。他虽然以先没有办过"夷务",他对外国人说:"本大臣家居闽海,于外夷一切伎俩,早皆深悉其详。"

实在当时的人对禁烟问题都带了几分客气。在他们的私函中,他们承认禁烟的困难,但是在他们的奏章中,他们总是逢迎上峰的意旨,唱高调。这种不诚实的行为是我国士大夫阶级大毛病之一。其实禁烟是个极复杂、极困难的问题。纵使没有外国的干涉,禁烟已极其困难,何况在道光间英国人绝不愿意我们实行禁烟呢?那时鸦片不但是通商的大利,而且是印度政府财政收入之大宗。英国对于我们独自尊大、闭关自守的态度已不满意,要想和我们算一次账,倘若我们因鸦片问题给予英国任何借口,英国绝不惜以武力对付我们。

那次的战争我们称为鸦片战争,英国人则称为通商战争,两方面都有理由。关于鸦片问题,我方力图禁绝,英方则希望维持原状:我攻彼守。关于通商问题,英方力图获得更大的机会和自由,我方则硬要维持原状:彼攻我守。就世界大势论,那次的战争是不能避免的。

第三节　东西对打

林则徐于道光十九年正月二十五日行抵广州。经一个星期的考虑和布置,他就动手了。他谕告外国人说:“利己不可害人,何得将尔国不食之鸦片烟带来内地,骗人财而害人命乎?”他要外国人作二件事:第一,把已到中国而尚未出卖的鸦片“尽数缴官”;第二,出具甘结,声明以后不带鸦片来华,如有带来,一经查出,甘愿“货尽没官,人即正法”。外国人不知林则徐的品格,以为他不过是个普通官僚,到任之初,总要出个告示,大讲什么礼义廉耻,实在还不是要价?价钱讲好了,买卖就可以照常做了。因此他们就观望,就讲价。殊不知林则徐不是那类的人:“若鸦片一日未绝,本大臣一日不回,誓与此事相始终,断无中止之理。”到了二月初十,外人尚不肯交烟,林则徐就下命令,断绝广州出海的交通,派兵把十三行围起来,把行里的中国人都撤出,然后禁止一切的出入。换句话说,林则徐把十三行作了外国人的监牢,并且不许人卖粮食给他们。

当时在十三行里约有三百五十个外国人,连英国商业监督义律(Captain Charles Elliot)在内。他们在里面当然要受相当的苦,煮饭、洗碗、打扫都要自己动手。但是粮食还是有的,外人预贮了不少,行商又秘密的接济。义律原想妥协,但是林则徐坚持他的两种要求。是时英国在中国洋面只有两只小兵船,船上的水兵且无法到广州。义律不能抵抗,只好屈服。他屈服的方法很值得我们注意。他不是命令英国商人把烟交给林则徐,他是教英商把烟交给他,并且由他以商业监督的资格给各商收据,一转手之间,英商的鸦片变为大英帝国的鸦片。

义律共交出二万零二百八十箱,共计二百数十万斤,实一网打尽。这是林文忠的胜利,道光帝也高兴极了。他批林的奏折说:"卿之忠君爱国皎然于域中化外矣。"外人尚不完全相信林真是要禁烟,他们想林这一次发大财了。林在虎门海滩挑成两个池子,"前设涵洞,后通水沟,先由沟道引水入池,撒盐其中,次投箱中烟土,再抛石灰煮之,烟灰汤沸,颗粒悉尽。其味之恶,鼻不可嗅,潮退,启放涵洞,随浪入海,然后刷涤池底,不留涓滴"。共历二十三日,全数始尽销毁,逐日皆有文武官员监视,外人之来观者,详记其事,深赞钦差大臣之坦然无私。

义律当时把缴烟的经过详细报告英国政府以后,静待政府的训令。林文忠的大功告成,似乎可以休手了。并且朝廷调他去做两江总督,他可是不去。他说:已到的鸦片,既已销毁,但是以后还可以来。他要澈底,方法就是要外商人人出具甘结,以后不作鸦片买卖。这个义律不答应,于是双方又起冲突了。林自觉极有把握。他说,英国的战斗力亦不过如此,英国人“腿足缠束紧密,屈伸皆所不便”。虎门的炮台都重修过。虎门口他又拿很大的铁链封锁起来。他又想外国人必须有茶叶大黄,他禁止茶叶大黄出口,就可以致外人的死命。那年秋冬之间,广东水师与英国二只小兵船有好几次的冲突,林报告朝廷,中国大胜,因此全国都是乐观的。

英国政府接到义律的信以后,就派全权代表懿律(Admiral George Elliot)率领海陆军队来华。这时英国的外相是巴麦尊(Lord Palmerston),有名的好大喜功的帝国主义者。他不但索鸦片赔款、军费赔款,并且要求一扫旧日所有的通商限制和邦交的不平等。懿律于道光二十年(一千八百四十年)的夏天到广东洋面。倘若英国深知中国的国情,懿律应该在广州与林则徐决胜负,因为林是主战派的领袖。但英国人的策略并不在此,懿律在广东,并不进攻,仅宣布封锁海口。中国人的解释是英国怕林则徐。封锁以后,懿律北上,派兵占领定海。定海并无军备,中国人觉得这是不武之胜。以后义律和懿律就率主力舰队到大沽口。

定海失守的消息传到北京以后,清廷愤懑极了。道光下令调陕、甘、云、贵、湘、川各省的兵到沿海各省,全国脚慌手忙。上面要调兵,下面就请饷。道光帝最怕花钱,于是对林则徐的信任就减少了。七月二十二日他的上谕骂林则徐道:“不但终无实际,反生出许多波澜,思之曷胜愤懑,看汝以何词对朕也。”

是时在天津主持交涉者是直隶总督琦善。他下了一番知己知彼的工夫。他派人到英国船上假交涉之名去调查英国军备，觉得英人的船坚炮利远在中国之上。他国的汽船，“无风无潮，顺水逆水，皆能飞渡”。他们的炮位之下，“设有石磨盘，中具机轴，只须移转磨盘，炮即随其所向”。回想中国的设备，他觉得可笑极了。山海关的炮，尚是“前明之物，勉强蒸洗备用”。所谓大海及长江的天险已为外人所据，“任军事者，率皆文臣，笔下虽佳，武备未谙”。所以他决计抚夷。

英国外相致中国宰相书很使琦善觉得他的抚夷政策是很有希望的。那封书的前半都是批评林则徐的话，说他如何残暴武断，后半提出英国的要求。琦善拿中国人的眼光来判断那封书，觉得它是个状纸。林则徐待英人太苛了，英人不平，所以要大皇帝替他们伸冤。他就将计就计，告诉英国人说：“上年钦差大臣林等查禁烟土，未能体仰大皇帝大公至正之意，以致受人欺朦，措置失当。必当逐细查明重治其罪。惟其事全在广东，此间无凭办理。贵统帅等应即返棹南还，听候钦差大臣驰往广东，秉公查办，定能代伸冤抑。”至于赔款一层，中国多少会给一点，使英代表可以有面子回国。至于变更通商制度，他告诉英国人，事情解决以后，英人可照旧通商，用不着变更。懿律和义律原不愿在北方打仗，所以就答应了琦善回到广州去交涉，并表示愿撤退在定海的军队。道光帝高兴极了，觉得琦善三寸之舌竟能说退英国的海陆军，远胜林则徐的孟浪多事。于是下令教内地各省的军队概归原防，“以节糜费”。同时革林则徐的职，教琦善去代替他。

琦善到了广东以后，他发现自己把事情看得太容易了。英国人坚持赔款和割香港或加通商口岸，琦善以为与其割地，不如加开通商口岸。但是怕朝廷不答应，所以只好慢慢讲价，稽延时日，英人不耐烦，遂于十二月初开火了。大角沙角失守以后，琦善遂和义律订立条约，赔款六百万元，割香港与英国，以后给予英国平等待遇。道光不答应，骂琦善是执迷不悟，革职锁拿，家产查抄入官，同时调大兵赴粤剿办。英国政府也不满意义律，另派代表及军队来华。从这时起中英双方皆一意主战，彼此绝不交涉。英国的态度很简单：中国不答应她的要求，她就不停战。道光也是很倔强的：一军败了，再调一军。中国兵士有未出战而先逃者，也有战败而宁死不降不逃者。将帅有战前妄自夸大而临战即后退者，也有鞠躬尽瘁死而后已者，如关天培、裕谦、海龄诸人。军器不如人，自不待说；纪律不如人，精神不如人，亦不可讳言。人民有些甘作汉奸，有些为饥寒所迫，投入英军作苦力。到了二十二年的夏天，英军快要攻南京的时候，清廷知道没有办法，不能再抵抗，于是接受英国要求，成立《南京条约》。

第四节　民族丧失二十年的光阴

鸦片战争的失败的根本理由是我们的落伍。我们的军器和军队是中古的军队,我们的政府是中古的政府,我们的人民,连士大夫阶级在内,是中古的人民。我们虽拼命抵抗终归失败,那是自然的,逃不脱的。从民族的历史看,鸦片战争的军事失败还不是民族致命伤。失败以后还不明了失败的理由力图改革,那才是民族的致命伤。倘使同治光绪年间的改革移到道光咸丰年间,我们的近代化就要比日本早二十年。远东的近代史就要完全变更面目。可惜道光咸丰年间的人没有领受军事失败的教训,战后与战前完全一样,麻木不仁,妄自尊大。直到咸丰末年英法联军攻进了北京,然后有少数人觉悟了,知道非学西洋不可。所以我们说,中华民族丧失了二十年的宝贵光阴。

为什么道光年间的中国人不在鸦片战争以后就起始维新呢?此中原故虽极复杂,但是值得我们研究。第一,中国人的守旧性太重。我国文化有了这几千年的历史,根深蒂固,要国人承认有改革的必要，那是不容易的。第二，我国文化是士大夫阶级的生命线。文化的摇动，就是士大夫饭碗的摇动。我们一实行新政，科举出身的先生们，就有失业的危险，难怪他们要反对。第三，中国士大夫阶级（知识阶级和官僚阶级）最缺乏独立的、大无畏的精神。无论在那个时代，总有少数人看事较远较清，但是他们怕清议的指摘，默而不言，林则徐就是个好例子。

林则徐实在有两个，一个是士大夫心目中的林则徐，一个是真正的林则徐。前一个林则徐是主剿的，他是百战百胜的。他所用的方法都是中国的古法。可惜奸臣琦善受了英人的贿赂，把他驱逐了。英人未去林之前，不敢在广东战；既去林之后，当然就开战。所以士大夫想中国的失败不是因为中国的古法不行，是因为奸臣误国。当时的士大夫得了这样的一种印象，也是很自然的。林的奏章充满了他的自信心，可惜自道光二十年夏天定海失守以后，林没有得着机会与英国比武，难怪中国人不服输。

真的林则徐是慢慢的觉悟了的。他到了广东以后，他就知道中国军器不如西洋，所以他竭力买外国炮，买外国船，同时他派人翻译外国所办的刊物。他在广东所搜集的材料，他给了魏默深。魏后来把这些材料编入《海国图志》。这部书提倡以夷制夷，并且以夷器制夷。后来日本的文人把这部书译成日文，促进了日本的维新。林虽有这种觉悟，他怕清议的指摘，不敢公开的提倡。清廷把他谪戍伊犁，他在途中曾致书友人说：

彼之大炮，远及十里内外，若我炮不能及彼，彼炮先已

> 及我,是器不良也。彼之放炮,如内地之放排枪,连声不断。我放一炮后,须辗转移时,再放一炮,是技不熟也。求其良且熟焉,亦无他谬巧耳。不此之务,即远调百万貔貅,恐只供临敌之一哄。况逆船朝南暮北,惟水军始能尾追,岸兵能顷刻移动否?盖内地将弁兵丁,虽不乏久历戎行之人,而皆觌面接仗,似此之相距十里八里,彼此不见面而接仗者,未之前闻,故所谋往往相左。徐尝谓剿夷有八字要言,器良技熟,胆壮心齐是已。第一要大炮得用,今此一物置之不讲,真令岳韩束手,奈何奈何!

这是他的私函,道光二十二年九月写的。他请他的朋友不要给别人看。换句话说,真的林则徐,他不要别人知道。难怪他后来虽又作陕甘总督和云贵总督,他总不肯公开提倡改革。他让主持清议的士大夫睡在梦中,他让国家日趋衰弱,而不肯牺牲自己的名誉去与时人奋斗。林文忠无疑的是中国旧文化最好的产品。他尚以为自己的名誉比国事重要,别人更不必说了。士大夫阶级既不服输,他们当然不主张改革。

主张抚夷的琦善、耆英诸人虽把中外强弱的悬殊看清楚了,而且公开的宣传了,但是士大夫阶级不信他们,而且他们无自信心,对民族亦无信心,只听其自然,不图振作,不图改革。我们不责备他们,因为他们是不足责的。

第五节　不平等条约开始

道光二十二年八月二十九日在南京所订的《中英条约》不过是战后新邦交及新通商制度的大纲。次年的《虎门条约》才规定细则。我们知道战后的整个局面应该把两个条约合并起来研究。我们应该注意的有下列几点:第一,赔款二千一百万两。第二,割香港。第三,开放广州、厦门、福州、宁波、上海为通商口岸。第四,海关税则详细载明于条约,非经两国同意不能修改,是即所谓协定关税。第五,英国人在中国者只受英国法律和英国法庭的约束,是即所谓治外法权。第六,中英官吏平等往来。

当时的人对于这些条款最痛心的是五口通商。他们觉得外人在广州一口通商的时候已经不易防范,现在有五口通商,外人可以横行天下,防不胜防。直到前清末年,文人忧国者莫不以五口通商为后来的祸根。五口之中,他们又以福州为最重要,上海则是中英双方所不重视的。割让土地当然是时人所反对的,也应该反对的。但是香港在割让以前毫无商业的或国防的重要。

英人初提香港的时候,北京还不知道香港在那里。时人反对割地,不是反对割香港。

协定关税和治外法权是我们近年所认为不平等条约的核心,可是当时的人并不这样看。治外法权,在道光时代的人的目光中,不过是让夷人管夷人。他们想那是最方便、最省事的办法。至于协定关税,他们觉得也是方便省事的办法。每种货物应该纳多少税都明白的载于条约,那就可以省除争执。负责交涉条约的人如伊里布、耆英、黄恩彤诸人知道战前广东地方官吏的苛捐杂税是引起战争原因之一,现在把关税明文规定岂不是一个釜底抽薪、一劳永逸的办法?而且新的税则平均到百分之五,比旧日的自主关税还要略微高一点。负交涉责任者计算以后海关的收入比以前还要多,所以他们洋洋得意,以为他们的外交成功。其实他们牺牲了国家的主权,遗害不少。总而言之,道光年间的中国人,完全不懂国际公法和国际形势,所以他们争所不当争,放弃所不应当放弃的。

我们与英国订了这种条约,实因为万不得已,如别的国家来要求同样的权利,我们又怎样对付呢?在鸦片战争的时候,国内分为两派:剿夷派和抚夷派。前者以林则徐为领袖,后者以琦善为领袖。战争失败以后,抚夷派当然得势了。这一派在朝者是军机大臣穆彰阿,在外的是伊里布和耆英。中英订了条约以后,美法两国就派代表来华,要求与我国订约。抚夷派的人当然不愿意与美国、法国又打仗,所以他们自始就决定给美、法的人平等的待遇。他们说,倘若中国不给,美、法的人大可以假冒英人来作买卖,我们也没有法子查出。这样作下去,美、法的人既靠英国人,势必与英国人团结一致,来对付我们;假使中国给美、法通商权利,那美国、法国必将感激中国。我们或者还可以联络美、法来对付英国。并且伊里布、耆英诸人以为中国的贸易是有限的。这有限的贸易不让英国独占,让美、法分去一部分,与中国并无妨碍,中国何不作个顺水人情?英国为避免别国的妒嫉,早已声明她欢迎别国平等竞争。所以美国、法国竟能和平与中国订约。

不平等条约的根源一部分由于我们的无知,一部分由于我们的法制未达到近代文明的水准。

第六节　剿夷派又抬头

在鸦片战争以前,广州与外人通商已经三百多年,好像广州人应该比较的多知道外国的情形,比别处的中国人应该更能与外人相安无事,其实不然,五口通商以后,惟独广州人与外人感情最坏,冲突最多。此中原因复杂。第一,英国在广州受了多年的压迫,无法出气,等到他们打胜了,他们觉得他们出气的日子到了,他们不能平心静气的原谅中国人因受了战争的痛苦而对他们自然不满意,自然带几分的仇视。第二,广东地方官商最感觉《南京条约》给他们私人利益的打击。在鸦片战争以前,因为中外通商集中于广州,地方官吏,不分大小,都有发大财的机会。《南京条约》以后,他们的意外财源都禁绝了,难怪他们要恨外国人。商人方面也是如此。在战前,江、浙的丝茶都由陆路经江西,过梅岭,而由广州的十三行卖给外国人。据外人的估计,伍家的怡和行在战前有财产八千多万,恐怕是当时世界上最富的资本家。《南京条约》以后,江、浙的丝茶,外人直接到江、浙去买,并不经过广州。

五口之中,上海日盛一日,而广州则日形衰落。不但富商受其影响,就是劳工直接间接受影响的都不少,难怪民间也恨外国人。

仇外心理的表现之一就是杀外国人,他们到郊外去玩的时候,乡民出其不意,就把他们杀了。耆英知道这种仇杀一定要引起大祸,所以竭力防御,绝不宽容。他严厉的执行国法,杀人者处死,这样一来,士大夫骂他是洋奴。他们说:官民应该一致对外,那可以压迫国民以顺夷情呢?因此耆英在广东的地位,一天困难一天。

在广东还有外人进广州城的问题。照常识看来,许外国人到广州城里去似乎是无关宏旨的。在外人方面,不到广州城里去似乎也没任何损失,可是这个入城问题竟成了和战问题。在上海,就全无这种纠纷。《南京条约》以后,外人初到上海的时候,他们在上海城内租借民房,后来他们感觉城内街道狭小,卫生情形也不好,于是请求在城外划一段地作为外人居留地区。上海道台也感觉华洋杂处,不便管理,乃划洋泾浜以北的小块地作为外人住宅区。这是上海租界的起源。广州十三行原在城外,鸦片战争以前,外人是不许入城的。广州人简直把城内作为神圣之地,外夷倘进去,就好像于尊严有损。外人也是争意气:他们以为不许他们入城,就是看不起他们。耆英费尽苦心调停于外人与广州人民之间,不料双方愈闹愈起劲。道光二十七年,英人竟兵临城下,要求入城。耆英不得已,许于二年后准外人入城,希望在两年之内,或者中外感情可以改良,入城可以不成问题。但当时人民攻击耆英者多,于是道光调他入京，而升广东巡抚徐广缙为两广总督，道光给徐的上谕很清楚的表示他的态度：

> 疆寄重在安民，民心不失，则外侮可弭。嗣后遇有民夷交涉事件，不可瞻徇迁就，有失民心。至于变通参酌，是在该署督临时加意权衡体察，总期以诚实结民情，以羁縻办夷务，方为不负委任。

徐广缙升任总督以后，就写信问林则徐驭夷之法。林回答说："民心可用。"道光的上谕和林则徐的回答都是士大夫阶级传统的高调和空谈。仅以民心对外人的炮火当然是自杀。民心固不可失，可是一般人民懂得什么国际关系？主政者应该负责指导舆论。如不指导，或指导不生效，这都是政治家的失败。徐广缙也是怕清议的指责，也是把自己的名誉看得重，国家事看得轻。当时广东巡抚叶名琛比徐广缙更顽固。他们继承了林则徐的衣钵，他们上台就是剿夷派的抬头。

道光二十九年，两年后许入城的约到了期。英人根据条约提出要求。广州的士大夫和民众一致反对。徐广缙最初犹疑，后亦无可奈何，只好顺从民意。叶名琛自始即坚决反对履行条约。他们的办法分两层：第一，不与英人交易。第二，组织民众。英人这时不愿为意气之争与中国决裂，所以除声明保存条约权利以外，没有别的举动。徐、叶认为这是他们的大胜利，事后他们报告北京说：

> 计自正月二十七日至三月二十日，居民则以工人，铺户

> 则以伙伴，均择其强壮可靠者充补，挨户注册，不得在外雇募，公同筹备经费，置造器械，添设栅栏，共团勇至十万余人。无事则各安工作，有事则立出捍卫。明处不见荷戈持戟之人，暗中实皆折冲御侮之士（朱批：朕初不料卿等有此妙用。）……众志成城，坚逾金石，用能内戢土匪，外耆猾夷。

为纪念胜利，道光帝赏了徐广缙子爵，世袭双眼花翎，叶名琛男爵，世袭花翎。道光又特降谕旨，嘉勉广州民众：

> 我粤东百姓，素称骁勇。乃近年深明大义，有勇知方，固由化导之神，亦系天性之厚，难得十万之众，利不夺而势不移，朕念其翊戴之功，能无恻然有动于中乎！

三十年（一千八百五十年）年初道光死了，咸丰即位。在咸丰年间，国内有太平天国的内战，对外则剿夷派的势力更大。三十年五月，有个御史曹履泰上奏说：

> 查粤东夷务，林始之而徐终之，两臣皆为英夷所敬畏。去岁林则徐乞假回籍，今春取道江西养疾。使此日英夷顽梗不化，应请旨饬江西抚臣速令林则徐赶紧来京，候陛见后，令其协办夷务，庶几宋朝中国复相司马之意。若精神尚未复元，亦可养疴京中，勿遽回籍。臣知英夷必望风而靡，使俩悉无所施，可永无宵旰之虑矣。

咸丰也很佩服林则徐，当即下令教林来京。林的运气真好：他病大重，以后不久就死了，他的名誉借此保存了。

第七节　剿夷派崩溃

林则徐死了，徐广缙离开广东去打太平天国去了。在广东负外交重责的是叶名琛。他十分轻视外人，自然不肯退让。在外人方面，他们感觉已得的权利不够，他们希望加开通商口岸。旧有的五口只包括江、浙、闽、粤四省海岸，现在他们要深入长江，要到华北，其次他们要派公使驻北京。此外他们希望中国地方官吏不拒绝与外国公使领事往来。最后他们要求减轻关税并废除厘金。这些要求除最后一项外，并没有什么严重的性质。但是咸丰年间的中国人反而觉得税收一项倒可通融，至于北京驻使、长江及华北通商及官吏与外人往来各项简直有关国家的生死存亡，绝对不可妥协的。

咸丰四年（一八五四年），英美两国连合要求修改条约。当时中国没有外交部，所有的外交都由两广总督办。叶名琛的对付方法就是不交涉。外人要求见他，他也不肯接见。英美两国的代表跑到江苏去找两江总督，他劝他们回广东去找叶名琛。

他们后来到天津，地方当局只允奏请皇帝施恩稍为减免各种税收，其余一概拒绝。总而言之，外人简直无门可入。他们知道要修改条约只有战争一条路。

咸丰六年（一八五六年）叶名琛派兵登香港注册之亚罗船上去搜海盗，这一举给了英国人开战的口实。不久，法国传教士马神父在广西西林被杀，叶名琛不好好处理，又得罪了法国。于是英法联军来和我们算总账。

七年冬天，英法联军首先进攻广东。士大夫阶级所依赖的民心竟毫无力量。英法不但打进广州，而且把总督巡抚都俘虏了。叶后来押送印度，死在喀尔喀塔。巡抚柏贵出来作英法的傀儡维持地方治安。民众不但不抵抗，且帮助英国人把藩台衙门的库银抬上英船。

八年，英法联军到大沽口。交涉失败，于是进攻。我们迫不得已与订《天津条约》，接受英法的要求。于是英法撤退军队。

清廷对于北京驻使及长江通商始终不甘心，总要想法挽回，清廷派桂良和花沙纳到上海，名为交涉海关细则，实则想取消《天津条约》。为达到这个目的，清廷准备出很大的代价。只要英法放弃北京驻使、长江开通商口岸，清廷愿意以后全不收海关税。幸而桂良及何桂清反对这个办法；所以《天津条约》，未得挽回。清廷另一方面派科尔沁亲王僧格林沁在大沽布防。僧格林沁是当时著名勇将之一，办事极认真。

九年，英法各国代表又到大沽，预备进京去交换《天津条约》的批准证书。他们事先略闻中国要修改《天津条约》，并在大沽设防，所以他们北上的时候，随带相当海军。到了大沽口，看见海河已堵塞，他们啧啧不平，责中国失信，并派船拔取防御设备，僧格林沁就令两岸的炮台出其不意同时开炮。英法的船只竟无法抵抗。陆战队陷于海滩的深泥，亦不能登岸。他们只有宣告失败，等国内增派军队。

咸丰九年的冬季及十年的春季，正是清廷与太平天国内战最紧急的时候。苏州被太平军包围，危在旦夕。江、浙的官吏及上海、苏州一带的绅士听见北方又与英法开战，简直惊慌极了，因为他们正竭力寻求英法的援助来对付太平军。所以他们对北京再三请求抚夷，说明外人兵力之可畏及长江下游局势之险急。清廷虽不许他们求外人的援助，恐怕示弱于人，但外交政策并不因大沽口的胜利而转强硬。北京此时反愿意承认《天津条约》。关于大沽的战事，清廷的辩护亦极有理。倘使英法各国代表的真意旨是在进京换约，何必随带重兵？海河既为中国领河，中国自有设防的权，而这种防御或者是对太平军，并非对外仇视的表示。海河虽阻塞，外国代表尚可在北塘上岸，有陆路进北京。我国根据以上理论的宣传颇生效力。大沽之役以后，英法并不坚持要报复，要雪耻。他们只要求赔偿损失及其他不关重要之条约解释与修改。这种《天津条约》以外的要求遂成为咸丰十年英法联军的起因。

十年，英法的军队由侧面进攻大沽炮台，僧格林沁不能支持，连天津都不守了。清廷又派桂良等出面在天津交涉。格外的要求答应了。但到签字的时候，一则英法代表要求率卫队进京，二则因为他们以为桂良的全权的证书不合格式，疑他的交涉不过是中国的缓兵之计，所以又决裂了。英法的军队直向北京推进。清廷改派怡亲王载垣为钦差大臣，在通州交涉。条件又讲好了，但英使的代表巴夏礼在签字之前声明英使到北京后，必须向中国皇帝面递国书。这是国际间应行的礼节，但那时中国人认为这是外夷的狂悖。其居心叵测，中国绝不能容忍。载垣乃令军队捕拿英法代表到通州来的交涉人员。这一举激怒外人，军事又起了。

咸丰帝原想"亲统六师，直抵通州，以伸天讨，而张挞伐"。可是通州决裂以后，他就逃避热河，派恭亲王奕䜣留守北京。奕䜣是咸丰的亲弟，这时只二十八岁。他当然毫无新知识。八年天津交涉的时候，他竭力反对长江通商。捕拿外国交涉代表最初也是他提议的，所以他也是属于剿夷派的。但他是个有血性的人，且真心为国图谋。他是清朝后百年宗室中之贤者。在道咸时代，一般士大夫不明天下大势是可原谅的，但是战败以后而仍旧虚骄，如附和林则徐的剿夷派，或是服输而不图振作，不图改革，如附和耆英的抚夷派，那就不可救药了。恭亲王把握政权以后，天下大势为之一变，他虽缺乏魄力，（但）他有文祥作他的助手。文祥虽是亲贵，但他的品格可说是中国文化的最优代表，他为人十分廉洁，最尽孝道。他可以作督抚，但因为有老母在堂，不愿远行，所以坚辞。他办事负责而认真，且不怕别人的批评。我们如细读《文文忠年谱》，我们觉得他真是一个"先天下之忧而忧，后天下之乐而乐"的大政治家。

奕䜣与文祥在元首逃难、京都将要失守的时候，接受大命。他们最初因无外交经验，不免举棋不定。后来把情势看清楚了，他们就毅然决然承认外人的要求，与英法订立《北京条约》。条约签订以后，英法退军，中国并没丧失一寸土地。咸丰六年的《天津条约》和十年的《北京条约》是三年的战争和交涉的结果。条款虽很多，主要的是北京驻使和长江通商。历史上的意义不外从此中国与西洋的关系更要密切了。这种关系固可以为祸，亦可以为福，看我们振作与否。奕䜣与文祥绝不转头回看，留恋那已去不复回的闭关时代。他们大着胆向前进，到国际生活中去找新出路。我们研究近代史的人所痛心的就是这种新精神不能出现于鸦片战争以后而出现于二十年后的咸末同初。一寸光阴一寸金，个人如此，民族更如此。

第 二 章

洪秀全与曾国藩

第一节　旧社会走循环套

第一章已经讨论了道光、咸丰年间自外来的祸患。我们说过那种祸患是不可避免的,因为我们无法阻止西洋科学和机械势力,使其不到远东来。我们也说过,我们很可以转祸为福,只要我们大胆的接受西洋近代文化,以我们的人力物力,倘若接受了科学机械和民族精神,我们可以与别国并驾齐驱,在国际生活之中,取得极光荣的地位。可是道光时代的人不此之图。鸦片之役虽然败了,他们不承认是败了。主战的剿夷派及主和的抚夷派,在战争之后,正如在战争之前,均未图振作。直到受了第二次战败的教训,然后有人认识时代的不同而思改革。

在没有叙述同治、光绪年间的新建设以前,我们试再进一步的研究道咸年间中国的内政。在近代史上,外交虽然要紧,内政究竟是决定国家强弱的根本要素。譬如:上次世界大战以前,德国的外交失败了,所以战争也失败了,然而因为德国内政健全,战后尚不出二十年,她又恢复她的地位了,这就是自力更生。

不幸到了十九世纪,我们的社会、政治、经济都已到腐烂不堪的田地。据前清政府的估计,中国的人口在康熙四十年(一千七百零一年)约有二千万;到了嘉庆五年(一千八百年)增加到三万万。百年之内竟有十五倍的增加!这种估计虽不可靠,然而我国人口在十八世纪有很大的增加,这是毫无疑问的。十七世纪是个大屠杀的世纪。开初有明朝末年的内乱,后又有明清的交战及满清有计划的屠杀汉人,如扬州十日及嘉定屠城。我们也不要忘记张献忠在四川的屠杀,近年中央研究院发表了很多明清史料,其中有一件是康熙初年四川某县知事的人口年报,那位县老爷说他那县的人口,在大乱之后,只有九百余人,而在一年之内,老虎又吃了一大半!康熙、雍正、乾隆三朝是大乱之后的大治,于是人口增加。这是中国几千年来的圈套,演来演去,就是圣贤也无法脱逃。

那时的人一方面不知利用科学节制生育,另一方面又不知利用科学增加生产。在大乱之后,大治之初,人口减少,有荒可垦,故人民安居乐业,生活程度略为提高。这是老百姓心目中的黄金时代。后来人口一天多一天,荒地则一天减少一天,而且新垦的地不是土质不好,就是水源不足,于是每人耕地的面积减少,生活程度降低。老百姓莫明其妙,只好烧香拜佛,嗟叹自己的命运不好。士大夫和政府纵使有救世之心,亦无救世之力,只好听天灾人祸自然演化。等到土匪一起,人民更不能生产,于是小乱变为大乱。

中国历史还有一个循环套。每朝的开国君主及元勋大部分起自民间,自奉极薄,心目中的奢侈标准是很低的,而且比较能体恤民间的痛苦,办事亦比较认真,这是内政昌明吏治澄清的时代。后来慢慢的统治阶级的欲望提高,奢侈标准随之提高,因之官吏的贪污亦大大的长进。并且旧社会里,政界是才子惟一的出路,不像在近代文化社会里,有志之士除作官以外,可以经营工商业,可以行医,可以作新闻记者、大学教授、科学家、发明家、探险家、音乐家、美术家、工程师,而都名利两全,其所得往往还在大官之上。有人说:中国旧日的社会很平等,因为官吏都是科举出身,而且旧日的教育是很不费钱的。这种看法,过于乐观。前清一代的翰林那一个在未得志以前,曾经下过苦力?我们可以进一步的问,前清一代的翰林,那一个的父亲曾下过苦力?林则徐、曾国藩是前清有名的贫苦家庭的子弟,但是细考他们的家世,我们就知道他们的父亲是教书先生,不是劳力者。中国旧日的资本家有几个不是做官起家?中国旧日的大商业那一种没有官吏作后盾,仗官势发财?总而言之,在中国旧日的社会里,有心事业者集中于政界,专心利禄者也都挤在官场里。结果是每个衙门的人员永在加增之中,而衙门的数目亦天天加多。所以每个朝代到了天下太平已久,人口加增很多,民生痛苦的时候,官吏加多,每个官吏的贪污更加厉害,人民所受的压榨也更加严重。

中国到了嘉庆年间已到了循环套的最低点。嘉庆初年所革除的权臣和珅,据故宫博物院所保存的档案,积有私产到九万万两之多,当时官场的情形可想而知。历嘉庆、道光两朝,中国几无日无内乱，最初有湖北、四川、陕西三省白莲教徒的叛乱，后有西北回教徒之乱、西南苗瑶之乱，同时东南沿海的海盗亦甚猖獗。这还是明目张胆与国家对抗者，至于潜伏于社会的匪徒几遍地皆是。道光十五年，御史常大淳上奏说："直隶、山东、河南向有教匪，辗转传习，惑众敛钱。一遇岁歉，白昼伙抢，名曰均粮。近来间或拿办，不断根株。湖南之永州、郴州、桂阳，江西之南安、赣州与两广接壤，均有会匪，结党成群，动成巨案。"

西洋势力侵略起始的时候，正是我们抵抗力量薄弱的时候。到了道光年间，我们的法制有名无实，官吏腐败，民生痛苦万分，道德已部分的失其维系力。我们一面须接受新的文化，一面又须设法振兴旧的政教。我民族在近代所遇着的难关是双层的。

第二节　洪秀全企图建新朝

洪秀全所领导的太平天国运动，就是上一节所讲的那个时代和那种环境的产物。

洪秀全是广东花县人，生于嘉庆十八年，即西历一八一三年。传说他的父亲是个农民，家境穷苦，但他自幼就入村塾读书，到十六岁才辍学，作乡村教师。这样似乎他不是出身于中国社会的最下层，他自己并不是个劳力者。他两次到广州去考秀才，两次都失败了。于是心怀怨恨。这是旧社会常有的事，并不出奇。洪秀全经验的特别是他在广州应试的时候，得着耶稣教传教士的宣传品。后来大病四十多天，病中梦见各种幻象，自说与耶稣教义符合，于是信仰上帝，创立上帝会。最早的同志是冯云山，也是一位因考试失败而心怀不平者，他们因为在广东传教不顺利，所以迁移其活动于广西桂平县。

中国自古以来的民间运动都带点宗教性质，西洋中古的时候也是如此。可是洪秀全与基督教发生关系，不过是偶然的事。

他的耶稣教也是个不伦不类的东西。他称耶和华为天父,耶稣为天兄,自为天弟。他奉天父天兄之命来救世。他的命令就是天父天兄的命令。崇拜耶和华上帝者,“无灾无难”;不崇拜者,“蛇虎伤人”。他的兵士,如死在战场,就是登仙。孔教、佛教、道教,都是妖术。孔庙及寺观都必须破坏。

洪秀全的上帝会吸收了许多三合会的分子。这个三合会是排满的秘密团体,大概是明末清初时代起始的。洪秀全或者早有了种族革命的思想。无论如何,他收了三合会的会员以后,他的运动以推倒满清为第一目的。他骂满人为妖人。满人之改变中国衣冠,和淫乱中国女子(三千粉黛,皆为羯狗所污;百万红颜,竟与骚狐同寝。),是洪秀全的宣传品斥责的最好的对象。

洪秀全除推行宗教革命及种族革命以外,他有社会革命的思想没有?他提倡男女平权,但他的宫庭充满了妃妾,太平天国的王侯将帅亦皆多蓄妻妾。他的诏书中有田亩制度,其根本思想类似共产主义:“有田共耕,有饭同食,有衣同穿,有钱同使。”但是他的均田主义,虽有详细的规定,并未实行。是他不愿实行呢?还是感觉实行的困难而不愿试呢?就现在我们所有的史料判断,我们可以说洪秀全对于宗教革命及种族革命是十分积极的,对于社会革命则甚消极。他的党徒除冯云山以外,尚有烧炭的杨秀清,后封东王;耕种山地的萧朝贵,后封西王;曾捐监生与衙门胥吏为伍的韦昌辉,后封北王,及富豪石达开,后称翼王。他的运动当然是个民间运动,反映当时的民间痛苦和迷信,以及潜伏于民间的种族观念。

道光三十年夏天，洪秀全在广西金田村起兵。九月，占蒙山县（旧名永安），于是定国号为太平天国，自称天王。清兵进围永安。洪秀全于咸丰二年春突围，进攻桂林，未得，改图湖南。他在长沙遇着很坚强的抵抗，乃向湘江下流进攻。他在岳州得着吴三桂留下来的军械，并抢夺了不少的帆船。实力补充了以后，他直逼武汉。他虽打下了汉阳、武昌，他不留兵防守，设官立治。他一直向长江下游进攻，沿途攻破了九江、安庆、芜湖，咸丰三年春打进南京，就定都于此，名叫天京。在定都南京以前，洪秀全的行动，类似流寇；定都南京以后，他才开始他的建国工作。

从道光三十年（一千八百五十年）到咸丰三年（一千八百五十三年）可说是太平天国的顺利时期。在这时期内，社会对洪秀全的运动是怎样应付呢？一般安分守己的国民不分贫富，是守中立的。太平军到了，他们顺从太平军，贡献金钱；官军到了，他们又顺从官军，又贡献金钱。他们是顺民，其实他们是左右为难的。他们对满清政府及其官吏，绝无好感，因为他们平素所受的痛苦也够了。并且官军的纪律不好，在这期内，太平军的纪律还比较好一点。同时老百姓感觉太平军是造乱分子，使他们不能继续过他们的平安日子。太平军到处破坏庙宇，毁灭偶像，迷信的老百姓看不惯，心中不以为然。各地的土匪都趁火打劫。太平军所经过的地方，就是他们容易活动的地方。他们干他们的事，对于官军及太平军无所偏倚。有组织的秘密会社则附和太平军，如湖南的哥老会及上海的小刀会。大多数士大夫阶级，积极反对洪秀全的宗教革命。至于排满一层，士大夫不是不知道汉人的耻辱，但是他们一则因为洪秀全虽为汉人,虽提倡种族革命,然竭力破坏几千年来的汉族文化,满人虽是外族,然自始即拥护汉族文化;二则他们觉得君臣之分既定,不好随便作乱,乱是容易的,拨乱反正则是极难的,所以士大夫阶级,这时对于种族革命并不热心。

太平军的军事何以在这时期内这样顺利呢?主要原因不是太平军本身的优点。论组织训练,太平军很平常;论军器,太平军尚不及官军;论将才,太平军始终没有出过大将。太平军在此时期内所以能得胜,全因为它是一种新兴的势力,富有朝气,能拼命,能牺牲。官军不但暮气很重,简直腐化不成军了。当时的官军有两种,即八旗和绿营。八旗的战斗力随着满人的汉化、文弱化而丧失了。所以在乾隆、嘉庆年间,清朝用绿营的时候已逐渐加多,用八旗的时候已逐渐减少。到了道光、咸丰年间,绿营已经成了清廷的主力军队,其腐化程度正与一般政界相等。士兵的饷额甚低,又为官长剥削,所以自谋生计,把当兵作为一种副业而已。没有纪律,没有操练,害民有余,打仗则简直谈不到。并且将官之间,猜忌甚深,彼此绝不合作。但是绿营在制度上也有一种好处。这种军队虽极端腐化,然是统一的国家的军队,不是个人的私有武力。在道、咸以前,地方大吏没有人敢拥兵自重,与朝廷对抗。私有的武力,是太平天国内乱的意外副产品,以后我们要深切的注意它的出世。

第三节　曾国藩刷新旧社会

曾国藩是我国旧文化的代表人物，甚至于理想人物。他生在嘉庆十六年，一八一一年，比洪秀全大两岁。他是湖南湘乡人，家世业农。他虽没有下过苦力，他的教育是从艰难困苦中奋斗出来的。他成翰林的时候，正是鸦片战争将要开始的时候。他的日记虽提及鸦片战争，他似乎不大注意，不了解那次战争的历史意义。他仍埋首于古籍中。他是一个实践主义的理学家。无论我们是看他的字，读他的文章，或是研究他的为人办事，我们自然的想起我们乡下那个务正业的小农民。他和小农民一样，一生一世，不作苟且的事情。他知道文章学问道德功业都只有汗血才能换得来，正如小农民知道要得一粒一颗的稻麦都非出汗不可。

在咸丰初年曾国藩官作到侍郎，等于现在的各部次长。他的知己固然承认他的文章道德是特出的，但是他的知己不多，而且少数知己也不知道他有大政治才能，恐怕连他自己也不知道。

所以在他的事业起始的时候，他的声望并不高，他也没有政治势力作他的后盾。但是湖南地方上的士大夫阶级确承认他的领袖地位。他对洪秀全的态度就是当时一般士大夫的态度，不过比别人更加积极而已。

那时的官兵不但不能打仗，连乡下的土匪都不能对付，所以人民为自卫计，都办团练。这种团练就是民间的武力，是务正业的农民借以抵抗不务正业的游民土匪。这种武力，因为没有官场化，又因为与农民有切身利害关系，保存了我国乡民固有的勇敢和诚实。曾国藩的事业就是利用这种乡勇，而加以组织训练，使它成为一个军队。这就是以后著名的湘军。团练是当时全国皆有的，并不是曾国藩独创的，但是为什么惟独湘军能成大事呢？原故就在于曾国藩所加的那点组织和训练。

曾国藩治兵的第一个特别是精神教育的注重。他自己十二分相信孔孟的遗教是我民族的至宝。洪秀全既然要废孔教，那洪秀全就是他的敌人，也就是全民族的敌人。他的“讨贼檄文”骂洪秀全最激烈的一点就在此：

> 举中国数千年礼义人伦，诗书典则，一旦扫地荡尽，此岂独我大清之变，乃开辟以来名教之奇变，我孔子、孟子之所痛哭于九原，凡读书识字者，又乌可袖手安坐，不思一为之所也？

他是孔孟的忠实信徒，他所选的官佐都是他的忠实同志，他是军队的主帅，同时也是兵士的导师。所以湘军是个有主义的军队。其实精神教育是曾国藩终身事业的基础,也是他在我国近代史上地位的特别。他的行政用人都首重主义。他觉得政治的改革必须先有精神的改革。前清末年的官吏,出自曾文正门下者,皆比较正派,足见其感化力之大。

曾国藩不但利用中国的旧礼教作军队的精神基础,而且利用宗族观念和乡土观念来加强军队的团结力。他选的官佐几全是湖南人,而且大半是湘乡人。这些官佐都回本地去招兵,因此兵士都是同族或同里的人。这样他的部下的互助精神特别浓厚。这是湘军的第二特点。

历史上的精神领袖很少同时也是事业领袖,因为注重精神者往往忽略事业的具体条件。在西洋社会里,这两种领袖资格是完全分开的。管教者不必管事,管事者不必管教。在中国则不然:中国社会几千年来是政教不分、官师合一的。所以在中国,头等领袖必须兼双层资格。曾国藩虽注重为人,并不忽略作事。这是他的特别的第三点。当时绿营之所以不能打仗,原故虽多,其中之一是待遇太薄。曾氏在起始办团练的时候,就决定每月陆勇发饷四两二钱,水勇发三两六钱,比绿营的饷额加一倍。湘军在待遇上享有特殊权利。湘军作战区域是长江沿岸各省。在此区域内水上的优势很能决定陆上的优势。所以曾国藩自始就注重水师。关于军器,曾氏虽常说打仗在人不在器,然而他对军器的制造,尤其对于大炮的制造,是很费苦心的。他用尽心力去罗致当时的技术人才。他对于兵士的操练也十分认真。他自己常去督察检阅。他不宽纵他的军官,也不要军官宽纵他的部下。

曾国藩的事业,如同他的学问,也是从艰难困苦中奋斗出来的。他要救旧社会、旧文化,而那个旧社会、旧文化所产生的官僚反要和他捣乱。他要维持满清,但满清反而嫉妒他,排斥他。他在长沙练勇的时候,旧时的官兵恨他的新方法、新标准,几乎把他打死了,他逃到衡州去避乱。他最初的一战是个败仗,他投水自尽,幸而被部下救起来。他练兵打仗,同时他自己去筹饷。以后他成了大事,并不是因为满清和官僚自动的把政权交给他,是因为他们的失败迫着他们求曾国藩出来任事,迫着他们给他个作事的机会和权利。

第四节　洪秀全失败

洪秀全得了南京以后，我们更能看出他的真实心志不在建设新国家或新社会，而在建设新朝代。他深居宫中，务求享作皇帝的福，对于政事则不放在心上。宫廷的建筑，宫女的征选，金银的聚敛，官制宫制的规定，这些事情是太平天王所最注意的。他的宗教后来简直变为疯狂的迷信。杨秀清向他报告国事的困难，他回答说：

> 朕奉上帝圣旨，天兄耶稣圣旨，下凡作天下万国独一真主，何具（惧）之有？不用尔奏，政事不用尔理，尔欲出外去，欲在京，任由于尔。朕铁桶江山，尔不扶，有人扶。尔说无兵，朕之天兵，多过于水，何具（惧）曾妖（国藩）者乎？

快要灭亡的时候，南京绝粮，洪秀全令人民饮露充饥，说露是天食。

这样的领袖不但不能复兴民族，且不能作为部下团结的中心。在咸丰六年,洪秀全的左右起了很大的内讧。东王杨秀清个人独掌大权。其他各王都须受东王的节制。照太平天国的仪式,天王称万岁,东王称九千岁,西王八千岁,余递减。别的王都须到东王府请安议事,并须跪呼千岁。在上奏天王的时候,东王立在陛下,其余则跪在陛下,因此杨秀清就为其同辈所愤恨。同时天王也怕他要取而代之。六年九月,北王韦昌辉设计诱杀杨秀清和他的亲属党羽。翼王石达开心怀不平,北王又把翼王家属杀了。天王为联络翼王起见,下令杀北王,但翼王以后还是独树一帜,与天王脱离关系。经过此次的内讧,太平天国打倒满清的希望完全消灭。以后洪秀全尚能抵抗八年,一则因为北方有大股捻匪作他的声援,二则因为他得了两个后起的良将,忠王李秀成和英王陈玉成。

在满清方面,等到别人都失败了,然后重用曾国藩,任他为两江总督,节制江、浙、皖、赣四省军事。湖北巡抚胡林翼是与他志同道合的,竭力与他合作。他的亲弟曾国荃是个打硬仗的前线指挥。以后曾国藩举荐他的门生李鸿章作江苏巡抚,他的朋友左宗棠作浙江巡抚。长江的中游和下游都是他的势力范围,他于是得通盘筹划。他对于洪秀全采取大包围的战略。同时英、美、法三国也给了曾、左、李三人不少的帮助。同治三年(一八六四年)湘军在曾国荃领导之下打进南京,洪秀全自杀,太平天国就此亡了。

洪秀全想打倒满清,恢复汉族的自由,这当然是我们应该佩服的。他想平均地权,虽未实行,也足表现他有相当政治家的眼光。他的运动无疑的是起自民间,连他的宗教,也是迎合民众心理的。但是他的人格上及才能上的缺点很多,而且很大。倘若他成了功,他也不能为我民族造幸福。总而言之,太平天国的失败,证明我国旧式的民间运动是不能救国救民族的。

曾国藩所领导的士大夫式的运动又能救国救民族吗?他救了满清,这是毫无疑问的。但是满清并不能救中国,倘若他客观的诚实的研究满清在嘉庆、道光、咸丰三代的施政,他应该知道满清是不可救药的。他未尝不知道此中实情,所以他平定太平天国以后,他的态度反趋于消极了。平心而论,曾国藩要救清朝是很自然的,可原谅的。第一,中国的旧礼教既是他的立场,而且士大夫阶级是他的凭依,他不能不忠君。第二,他想清廷经过大患难之后,必能有相当觉悟。事实上同治初年的北京,因为有恭亲王及文祥二人主政,似乎景象一新,颇能有为。所以嘉、道、咸三代虽是多难的时代,同治年间的清朝确有中兴的气象。第三,他怕清朝的灭亡要引起长期的内乱。他是深知中国历史的,我国几千年来,每次换过朝代,总要经过长期的割据和内乱,然后天下得统一和太平。在闭关自守、无外人干涉的时代,内战虽给人民无穷的痛苦,尚不至于亡国。到了十九世纪,有帝国主义者环绕着,长期的内战就能引起亡国之祸,曾国藩所以要维持满清,最大的理由在此。

在维持满清作为政治中心的大前提之下,曾国藩的工作分两方面进行。一方面他要革新,那就是说,他要接受西洋文化的一部分;另一方面他要守旧,那就是说,恢复我国固有的美德。

革新守旧,同时举行,这是曾国藩对我国近代史的大贡献。我们至今还佩服曾文正公就是因为他有这种伟大的眼光。徒然恢复我国的旧礼教而不接受西洋文化,我们还不能打破我民族的大难关,因为我们绝不能拿礼义廉耻来抵抗帝国主义者的机械军器和机械制造。何况旧礼教本身就有它的不健全的地方,不应完全恢复,也不能完全恢复呢?同时徒然接受西洋文化而不恢复我国固有的美德,我们也不能救国救民族,因为腐化的旧社会和旧官僚根本不能举办事业,无论这个事业是新的,或是旧的。

曾国藩的革命事业,我们留在下一章讨论。他的守旧事业,我们在前一节里,已经说过。现在我们要指出他的守旧事业的流弊。湘军初起的时候,精神纪律均好,战斗力也高。后来人数多了,事业大了,湘军就退化了。收复南京以后,曾自己就承认湘军暮气很深,所以他遣散了好多。足证我国治军的旧法根本是有毛病的。此外湘军既充满了宗族观念和家乡观念,兵士只知道有直接上级长官,不知道有最高统帅,更不知道有国家。某回,曾国荃回家乡去招兵,把原有的部队交曾国藩暂时管带。这些部队就不守规矩。国藩没有法子,只好催国荃赶快回营。所以湘军是私有军队的开始。湘军的精神以后传给李鸿章所部的淮军,而淮军以后又传给袁世凯的北洋军。我们知道民国以来的北洋军阀利用私有的军队,割据国家,阻碍统一。追究其祸根,我们不能不归咎于湘军。于此也可看出旧法子的毛病。

第 三 章

自强及其失败

第一节　内外合作以求自强

恭亲王及文祥从英法联军的经验,得了三种教训。第一,他们确切的认识西洋的军器和练兵的方法远在我们之上。咸丰十年,担任京津防御者是僧格林沁和胜保。这两人在当时是有名的大将。他们惨败了以后,时人只好承认西洋军队的优胜。第二,恭亲王及文祥发现西洋人不但愿意卖军器给我们,而且愿意把制造军器的秘密及训练军队的方法教给我们。这颇出于时人意料之外。他们认为这是我们自强的机会。第三,恭亲王及文祥发现西洋人并不是他们以先所想像那样,“狼子野心,不守信义”。英法的军队虽然占了北京,并且实力充足,能为所欲为,但《北京条约》订了以后,英法居然依据条约撤退军队,交还首都。时人认为这是了不得的事情,足证西洋人也守信义,所以对付外人并不是全无办法的。

从这三种教训,恭亲王及文祥定了一个新的大政方针:第一,他们决定以夷器和夷法来对付夷人。换句话说,他们觉得中国应该接受西洋文化之军事部分。他们于是买外国军器,请外国教官。他们说,这是中国的自强之道。第二,他们知道自强不是短期内所能成立的。在自强没有达到预期的程度以前,中国应该谨守条约以免战争。恭亲王及文祥都是有血性的人,下了很大的决心要推行他们的新政。在国家危急的时候他们胆敢出来与外人周旋,并且专靠外交的运用,他们居然收复了首都。时人认为这是他们的奇功。并且恭亲王是咸丰的亲弟,同治的亲叔。他们的地位是全朝最亲贵的,有了他们的决心和资望,他们在京内成了自强运动的中心。

同时在京外的曾国藩、左宗棠、胡林翼、李鸿章诸人也得着同样的教训,最初使他们注意的是外人所用的轮船,在长江下游私运军火粮食卖给太平军。据说胡林翼在安庆曾有过这样的经验:

> 驰至江滨,忽见二洋船,鼓轮西上,迅如奔马,疾如飘风,文忠(即胡)变色不语,勒马回营,中途呕血,几至坠马……阎丹初尚书向在文忠幕府,每与文忠论及洋务,文忠辄摇手闭目,神色不怡者久之,曰:"此非吾辈所能知也。"

可见轮船给胡文忠印象之深,曾、左、李大致相同。曾在安庆找了几位明数理的旧学者和铁匠木匠去试造轮船,造成了以后不能行动。左在杭州作了同样的试验,得同样的结果,足证这般人对于西洋机械的注重。

在长江下游作战的时候,太平军和湘军淮军都竞买洋枪。

李鸿章设大本营于上海，与外人往来最多，认识西洋文化亦比较深切，他的部下还有英国军官戈登（Gordon）统带的常胜军。他到了上海不满一年，就写信给曾国藩说：

> 鸿章尝往英法提督兵船，见其大炮之精纯，子药之细巧，器械之鲜明，队伍之雄整，实非中国所能及。……惟深以中国军器远逊外洋为耻，日戒谕将士虚心忍辱，学得西人一二秘法，期有增益而能战之……若驻上海久而不能资取洋人长技，咎悔多矣。

同治三年（一八六四年）他又写给恭亲王和文祥说：

> 鸿章窃以为天下事穷则变，变则通。中国士夫沉浸于章句、小楷之积习，武夫悍卒又多粗蠢而不加细心，以致所用非所学，所学非所用。无事则嗤外国之利器为奇技淫巧，以为不必学；有事则惊外国之利器为变怪神奇，以为不能学。不知洋人视火器为身心性命之学者已数百年。一旦豁然贯通，参阴阳而配造化，实有指挥如意从心所欲之快。……前者英法各国，以日本为外府，肆意诛求。日本君臣发愤为雄，选宗室及大臣子弟之聪秀者，往西国制器厂师习各艺，又购制器之器，在本国制习。现在已能驾驶轮船，造放炸炮。去年英人虚声恫喝，以兵临之。然英人所恃为攻战之利者，彼已分擅其长，用是凝然不动，而英人固无如之何也。夫今之日本，即明之倭寇也，距西国远，而距中国近。我有以自立，则将附丽于我，窥伺西人之短长；我无以自强，则将

> 效尤于彼,分西人之利薮。日本以海外区区小国,尚能及时改辙,知所取法,然则我中国深维穷极而通之故,夫亦可以皇然变计矣。……杜挚有言曰:利不百,不变法。功不十,不易器。苏子瞻曰:言之于无事之时,足以有为,而恒苦于不信;言之于有事之时,足以见信,而已苦于无及。鸿章以为中国欲自强,则莫如学习外国利器。欲学习外国利器,则莫如觅制器之器,师其法而不必尽用其人。欲觅制器之器与制器之人,则或专设一科取士,士终身悬以为富贵功名之鹄,则业可成,艺可精,而才亦可集。

这封信是中国十九世纪最大的政治家,最具历史价值的一篇文章。我们应该再三诵读。第一,李鸿章认定我国到了十九世纪惟有学西洋的科学机械然后能生存。第二,李鸿章在同治三年已经看清中国与日本,孰强孰弱,要看那一国变得快。日本明治维新运动的世界的历史的意义,他一下就看清了,并且大声疾呼的要当时的人猛醒与努力。这一点尤足以表现李鸿章的伟大。第三,李鸿章认定改革要从培养人才下手,所以他要改革前清的科举制度。不但此也;他简直要改革士大夫的人生观。他要士大夫放弃章句小楷之积习,而把科学工程悬为终身富贵的鹄的。因为李鸿章认识时代之清楚,所以他成了同治、光绪年间自强运动的中心人物。

在我们这个社会里,作事极不容易。同治年间起始的自强运动,虽未达到目的,然而能有相当的成绩,已经费了九牛二虎之力。倘若当时没有恭亲王及文祥在京内主持,没有曾国藩、李鸿章、左宗棠在京外推动，那末，英法联军及太平天国以后的中国还要麻木不仁，好像鸦片战争以后的中国一样。所以我们要仔细研究这几位时代领袖人物究竟作了些什么事业。

第二节　步步向前进

自强的事业颇多,我先择其要者列表于下:

咸丰十一年恭亲王及文祥聘请外国军官训练新军于天津。

同年恭亲王和文祥设立同文馆于北京。是为中国新学的起始。

同年恭亲王和文祥托总税司赫德(Robert Hart)购买炮舰,聘请英国海军人员来华创设新水师。

同治二年李鸿章设外国语文学校于上海。

同治四年曾国藩、李鸿章设江南机器制造局于上海,附设译书局。

同治五年左宗棠设造船厂于福州,附设船政学校。

同治九年李鸿章设机器制造局于大津。

同治十一年曾国藩、李鸿章挑选学生赴美国留学。

同年李鸿章设轮船招商局。

光绪元年李鸿章筹办铁甲兵船。

光绪二年李鸿章派下级军官赴德学陆军,船政学生赴英法学习造船和驾船。

光绪六年李鸿章设水师学堂于天津,设电报局,请修铁道。

光绪七年李鸿章设开平矿务局。

光绪八年李鸿章筑旅顺军港,创办上海机器制布厂。

光绪十一年李鸿章设天津武备学堂。

光绪十三年李鸿章开办黑龙江漠河金矿。

光绪十四年李鸿章成立北洋海军。

以上全盘建设事业的动机是国防,故军事建设最多。但我们如仔细研究就知道国防的近代化牵连甚多。近代化的军队第一需要近代化的军器,所以有江南及天津两个机械制造厂的设立。那两个厂实际大部分是兵工厂。第二,新式军器必须有技术人材去驾驶,所以设立武备学堂,和派遣军官出洋留学。第三,近代化的军队必须有近代化的交通,所以有造船厂和电报局的设立,及铁路的建筑。第四,新式的国防比旧式的费用要高几倍。以中古的生产来负担近代的国防是绝对不可能的。所以李鸿章要办招商局,来经营沿江沿海的运输,创立制布厂来挽回权利,开煤矿金矿来增加收入。自强运动的领袖们并不是事前预料到各种需要而定一个建设计划。他们起初只知道国防近代化的必要。但是他们在这条路上前进一步以后,就发现必须再进一步;再进一步以后,又必须更进一步。其实必须走到尽头然后能生效。近代化的国防不但需要近代化的交通、教育、经济,并且须要近代化的政治和国民。半新半旧是不中用的。换句话说:我国到了近代要图生存非全盘接受西洋文化不可。曾国藩诸人虽向近代化方面走了好几步,但是他们不澈底,仍不能救国救民族。

第三节　前进遇着阻碍

曾国藩及其他自强运动的领袖虽走的路线不错，然而他们不能救国救民族。此其故何在？在于他们的不澈底。他们为什么不澈底呢？一部分因为他们自己不要澈底，大部分因为时代不容许他们澈底。我们试先研究领袖们的短处。

恭亲王奕䜣、文祥、曾国藩、李鸿章、左宗棠这五个大领袖都出身于旧社会，受的是旧教育。他们没有一个人能读外国书，除李鸿章以外，没有一个人到过外国。就是李鸿章的出洋尚在甲午战败以后，他的建设事业已经过去了。这种人能毅然决然推行新事业就了不得，他们不能完全了解西洋文化是自然的，很可原谅的。他们对于西洋的机械是十分佩服的，十分努力要接受的。他们对于西洋的科学也相当尊重，并且知道科学是机械的基础。但是他们自己毫无科学机械的常识，此外更不必说了。他们觉得中国的政治制度及立国精神是至善至美，无须学西洋的。事实上他们的建设事业就遭了旧的制度和旧的精神的阻碍。我们可以拿李鸿章的事业作例子。

李鸿章于同治九年(一千八百七十年)起始作直隶总督兼北洋大臣。因为当时要人之中以他最能对付外人,又因为他比较勇于任事,而且他的淮军是全国最近代化最得力的军队,所以从同治九年到光绪二十年的中日战争,李鸿章是那个时代的中心人物。国防的建设全在他手里。他特别注重海军,因为他看清楚了如果中国能战胜日本海军,无论日本陆军如何强,不能进攻高丽,更不能为害中国。那末,李鸿章办海军第一个困难是经费。经费所以困难就是因为中国当时的财政制度,如同一般的政治制度是中古式的。中央政府没有办海军的经费,只好靠各省协济。各省都成见很深,不愿合作。在中央求各省协助的时候各省务求其少;认定了以后,又不能按期十足拨款,总要延期打折扣。其次当时皇室用钱,漫无限制,而且公私不分。同治死了以后,没有继嗣,于是西太后选了一个小孩子作皇帝,年号光绪,而实权还不是在西太后手里?等到光绪快要成年亲政的时候,光绪和他的父亲醇亲王奕譞怕西太后不愿意把政权交出来,醇亲王定计重修颐和园,一则以表示光绪对西太后的孝敬,一则使西太后沉于游乐就不干政了。重修颐和园的经费很大,无法筹备,醇亲王乃请李鸿章设法。李氏不敢得罪醇亲王,更不敢得罪西太后,只好把建设海军的款子移作重修颐和园之用。所以在甲午之战以前的七年,中国海军没有添订过一只新船。在近代政治制度之下,这种事情是不能发生的。

在李鸿章所主持之机关中并没有新式的文官制度和审计制

度。就是在极廉洁极严谨的领袖之下,没有良好的制度,贪污尚且无法杜绝,何况李氏本人就不廉洁呢?在海军办军需的人经手的款项既多,发财的机会就更大。到了甲午战争的时候,我们船上的炮虽比日本的大,但炮弹不够,并且子弹所装的不尽是火药。外商与官吏狼狈为奸,私人发了财,国事就败坏了。

李鸿章自己的科学知识的幼稚,也是他的事业失败的原故之一。北洋海军初成立的时候,他请了英国海军有经验的军官作总教官和副司令。光绪十年左右,中国海军纪律很严,操练很勤,技术的进步很快,那时中国的海军是很有希望的。后来李鸿章误听人言,辞退英国海军的军官而聘请德国陆军骑兵的军官来作海军的总教官,以后我国的海军的技术反而退步。并且李鸿章所用的海军总司令是个全不知海军的丁汝昌,丁氏原是淮军带马队的。他作海军的领袖当然只能误事,不能成事。甲午战争的时候,中国海军占世界海军的第八位,日本的海军占第十一位。我们的失败不是因为船不如人,炮不如人,为战略战术不如人。

北洋海军的情形如此,其他的自强事业莫不如此。总之,同治、光绪年间的自强运动所以不能救国,不是因为路线错了,是因为领袖人物还不够新,所以不能澈底。

但是倘若当时的领袖人物更新,更要进一步的接受西洋文化,社会能容许他们吗?社会一定要给他们更大的阻碍。他们所行的那种不澈底的改革已遭一般人的反对,若再进一步,反对一定更大。譬如铁路:光绪六年(一千八百八十年)李鸿章、刘铭传奏请建筑,到了光绪二十年还只建筑天津附近的一小段。为什么呢?因为一般人相信修铁路就破坏风水。又譬如科学:同治五年(一八六六年)恭亲王在同文馆添设科学班,请外国科学家作教授,招收翰林院的人员作学生。他的理由是很充足的。他说买外国轮船枪炮不过一时权宜之计,治本的办法在于自己制造。但是要自己制造,非有科学的人才不可。所以他想请外国人来教中国青年学习科学。他又说:

> 夫天下之耻,莫耻于不若人……日本蕞尔国耳,尚知发愤为雄。独中国狃于因循积习,不思振作,耻孰甚焉?今不以不如人为耻,而独以学其人为耻,将安于不如,而终不学,遂可雪其耻乎?

他虽说得名正言顺,但还有人反对。当时北京有位名高望重的大学士倭仁就大声疾呼的反对说:

> 窃闻立国之道,尚礼义不尚权谋;根本之图,在人心不在技艺。今求之一艺之末,而又奉夷人为师,无论夷人诡谲,未必传其精巧,即使教者诚教,学者诚学,所成就者不过术数之士。古今来未闻有恃术数而能起衰振弱者也。天下之大,不患无才。如以天文算学必须讲习,博采旁求,必有精其术者,何必夷人?何必师事夷人?

恭亲王愤慨极了。他回答说:

> 该大学士既以此举为窒碍,自必别有良图。如果实有

> 妙策,可以制外国而不为外国所制,臣等自当追随大学士之后,竭其梼昧,悉心商办……如别无良策,仅以忠信为甲胄、礼义为干橹等词,谓可折冲樽俎,足以制敌之命,臣等实未敢信。

倭仁不过是守旧的糊涂虫,但是当时的士大夫居然听了他的话,不去投考同文馆的科学班。

同治光绪年间的社会,如何反对新人新政,我们从郭嵩焘的命运可以更加看得清楚。郭氏的教育及出身和当时一般士大夫一样,并无特别,但是咸丰末年英法联军之役,他跟着僧格林沁在大沽口办交涉,有了那次经验,他根本觉悟,知道中国非澈底改革不可。他的觉悟还比恭亲王诸人的更深刻。据他的研究,我们在汉、唐极盛时代固常与外族平等往来;闭关自守而又独自尊大的哲学,是南宋势力衰弱时代的理学先生们提倡出来的,绝不足以为训。同治初年,江西南昌的士大夫群起毁教堂,杀传教士。巡抚沈葆桢(林则徐的女婿)称赞士大夫的正气,郭嵩焘则斥责沈氏顽固。郭氏作广东巡抚的时候,汕头的人,像以先广州人,不许外国人进城。他不顾一切,强迫汕头人遵守条约,许外国人进城。光绪元年云贵总督岑毓英因为反对英国人进云南,秘密在云南缅甸边境上把英国使馆的翻译官杀了。郭嵩焘当即上奏弹劾岑毓英。第二年,政府派他出使英法,中国有公使驻外从他起。他在西欧的时候,他努力研究西洋的政治、经济、社会,他觉得不但西洋的轮船枪炮值得我们学习,就是西洋的政治制度和一般文化都值得学习。他发表了他的日记,送给朋友们看。

他常写信给李鸿章,报告日本派到西洋的留学生不限于机械一门,学政治、经济的都有。他劝李鸿章扩大留学范围。他的这些超时代的议论,引起了全国士大夫的谩骂。他们说郭嵩焘是个汉奸,“有二心于英国”。湖南的大学者如王闿运之流撰了一副对子骂他:

出乎其类,拔乎其萃,不容于尧舜之世。

未能事人,焉能事鬼,何必去父母之邦。

王闿运的日记还说:“湖南人至耻与为伍。”郭嵩焘出使两年就回国了。回国的时候,没有问题,他是全国最开明的一个人,他对西洋的认识远在李鸿章之上。但是时人反对他,他以后全无机会作事,只好隐居湖南从事著作。他所著的《养知书屋文集》至今尚有披阅的价值。

继郭嵩焘作驻英法公使的是曾纪泽。他在外国五年多,略识英语。他的才能眼光与郭嵩焘等。因为他运用外交,从俄国收回伊犁,他是国际有名的外交家。他回国的时候抱定志向要推进全民族的近代化。却是他也遭时人的反对,找不着机会作事,不久就气死了。

同光时代的士大夫阶级的守旧既然如此,民众是否比较开通?其实民众和士人夫阶级是同鼻孔出气的。我们近六十年来的新政都是自上而下,并非由下而上。一切新的事业都是由少数先知先觉者提倡,费尽苦心,慢慢的奋斗出来的。在甲午以前这少数先知先觉者都是在朝的人。甲午以后,革新的领袖权慢慢的转到在野的人的手里，却是这些在野的领袖都是知识分子，不是民众。严格说来，民众的迷信是我民族近代接受西洋文化大阻碍之一。

第四节　士大夫轻举妄动

在同治光绪年间,民众的守旧虽在士大夫阶级之上,但是民众是被动的,领导权统治权是在士大夫阶级手里。不幸,那个时代的士大夫阶级,除极少数外,完全不了解当时的世界大势。

同治共十三年,从一千八百六十二年到一千八百七十四年。在这个时期内,德意志统一了,意大利统一了,美国的中央政府也把南方的独立运动消灭,恢复而又加强美国的统一了。那个时期是民族主义在西洋大成功的时期。这些国家统一了以后,随着就是国内的大建设和经济的大发展。在同治以前,列强在国外行帝国主义的,仅英、俄、法三国。同治以后,加了美、德、意三国。竞争者多了,竞争就愈厉害。并且在同治以前,英国是世界上惟一的工业化国家,全世界都销英国的制造品。同治以后,德、美、法也逐渐工业化,资本化了。国际上除了政治势力的竞争以外,又有了新起的热烈的经济竞争。我国在光绪年间处境的困难远在道光、咸丰年间之上。

帝国主义是我们的大敌人。同治光绪年间如此,现在还是如此。要救国的志士应该人人了解帝国主义的真实性质。帝国主义与资本主义是有关系的。关系可以说有三层:第一,资本主义的国家贪图在外国投资。国内的资本多了,利息就低。譬如:英美两国资本很多,资本家能得百分之四的利息就算很好了。但是如果英美的资本家能把资本投在中国或印度或南美洲,年利很容易达到百分之七或更高些。所以英美资本家竞向未开发的国家投资。但是接受外国来的资本不一定有害,英美的资本家也不一定有政治野心。美国在十九世纪的下半期的建设大部分是利用英国资本举办的。结果英国的资本家固然得了好处,但是美国开辟了富源,其人民所得的好处更多。我们的平汉铁路原是借比国资本建筑的。后来我们按期还本付息,那条铁路就变为我们的了。比国资本家得了好处,我们得了更大的好处。所以孙中山先生虽反对帝国主义,他赞成中国利用外债来建设。但是有些资本家要利用政治的压力去得投资的机会,还有政治野心家要用资本来扩充政治势力。凡是国际投资有政治作用的,就是侵略的,帝国主义的。凡是国际投资无政治作用的,就是纯洁的,投资者与受资者两方均能收益。所以我们对于外国的资本应采的态度如同对水一样,有的时候,有的地方,在某种条件之下,我们应该掘井取水,或开河引水;在别的时候、地方和条件之下,我们则必须筑堤防水。

帝国主义与资本主义的第二层关系是商业的推销。资本主义的国家都利用机械制造。工厂规模愈大,出品愈多,得利就更厚。困难在市场。各国竞争市场原可以专凭商品之精与价格之廉,不必靠武力的侵略或政治的压力。但在十九世纪末年,国际贸易的自由一天少一天。各国不但提高本国的关税,并且提高属地的关税。这样一来,商业的发展随着政权的发展,争市场等于争属地。被压迫的国家,一旦丧失关税自主,就永无发展工业的可能。虽然,国际贸易大部分还是平等国家间之贸易,不是帝国与属地之间的贸易。英国与美、德、法、日诸国的贸易额,远大于英国与其属地的贸易额。英国的属地最多,尚且如此,别国更不必说了。

帝国主义与资本主义的第三层关系是原料的寻求。世界上没有一国完全不靠外来的原料。最富有原料的国家如英、美、俄尚且如此,别的国家所需的外来原料更多。日本及意大利是最穷的。棉、煤、铁、油四种根本的原料,日、意都缺乏。德国较好,但仍不出棉和石油。那末,一国的工厂虽多,倘若没有原料,就会完全没有办法。所以帝国主义者,因为要找工业的原料,就大事侵略。虽然,资本主义不一定要行帝国主义而后始能得到原料。同时,出卖原料者不一定就是受压迫者。譬如:美国的出口货之中,石油和棉花是大宗。日本、德国、意大利从美国输入石油和棉花,不能,也不必行帝国主义,因为美国不但不禁止石油和棉花的出口,且竭力推销。

总之,资本主义可变为帝国主义,也可以不变为帝国主义。未开发的国家容易受资本主义的国家的压迫和侵略,也可以利用外国的资本来开发自己的富源及利用国际的通商来提高人民的生活程度。资本主义如同水一样:水可以资灌溉,可以便利交通,也可以成灾,要看人怎样对付。

同时我们不要把帝国主义看得过于简单,以为世界上没有资本主义就没有帝国主义了。七百年以前的蒙古人还在游牧时代,无资本也无工业,但是他们对我的侵略,还在近代资本主义国家之上。三百年以前的满洲人也是如此。在西洋方面,中古的亚拉伯人以武力推行回教,大行其宗教的帝国主义。十八世纪末年法国革命家以武力强迫外国接受他们的自由平等,大行其革命的帝国主义。据我们所知,历史上各种政体,君主也好,民主也好,各种社会经济制度,资本主义也好,封建主义也好,共产主义也好,都有行帝国主义的可能。

同光时代的士大夫完全不了解时代的危险及国际关系的运用。他们只知道破坏李鸿章诸人所提倡的自强运动。同时他们又好多事。倘若政府听他们的话,中国几无年无日不与外国打仗。

长江流域有太平天国之乱的时候,北方有捻匪,陕、甘、新疆有回乱,清廷令左宗棠带湘军去收复西北。俄国趁我回乱的机会就占领了伊犁。这是俄国趁火打劫的惯技。在十九世纪,俄国占领我们的土地最多。咸丰末年,俄国趁太平天国之乱及英法联军,强占我国黑龙江以北及乌苏里以东的地方,共三十万平方英里。现在俄国的阿穆尔省及滨海省包括海参崴在内,就是那次抢夺过去的。在同治末年,俄国占领新疆西部,清廷提出抗议的时候,俄国又假仁假义的说,他全无领土野心,他只代表我们保守伊犁,等到我们平定回乱的时候,他一定把土地退还给我们。其实俄国预料中国绝不能平定回乱,中国势力绝不能再伸到新疆。那末俄国不但可以并吞伊犁,还可以蚕食全新疆。中国一时没有办法,只好把伊犁作为中俄间的悬案。

左宗棠军事的顺利不但出于俄国意料之外,还出于我们自己的意料之外。他次第把陕西、甘肃收复了。到了光绪元年,他准备进攻新疆,军费就成了大问题。从道光三十年洪秀全起兵到光绪元年,二十五年之间,中国无时不在内乱内战之中,实已兵疲力尽,何能再经营新疆呢?并且交通不便,新疆民族复杂,面积浩大,成败似乎毫无把握。于是发生大辩论,左宗棠颇好大喜功,他一意主进攻。他说祖宗所遗留的土地,子孙没有放弃的道理,他又说倘若新疆不保,陕甘就不能保,陕甘不保,山西就不能保,山西不保,河北就不能保。他的理由似乎充足,言论十分激昂。李鸿章的看法正与左的相反。李说自从乾隆年间中国占领新疆以后,中国没有得着丝毫的好处,徒费驻防的兵费。这是实在的情形。他又说中国之大祸不在西北,而在东边沿海的各省,因为沿海的省份是中国的精华,而且帝国主义者的压迫在东方的过于在西方的。自从日本维新以后,李鸿章更加焦急。他觉得日本是中国的真敌,因为日本一心一意谋我,他无所图,而且相隔既近,动兵比较容易。至于西洋各国彼此互相牵制,向外发展不限于远东,相隔又远,用兵不能随便。李鸿章因此主张不进攻新疆而集中全国人力物力于沿海的国防及腹地各省的开发。边省虽然要紧,但是腹地倘有损失,国家大势就去了。反过来说,倘若腹地强盛起来,边省及藩属自然的就保存了。左宗棠的言论比较动听,李的比较合理,左是高调,李是低调。士大夫阶级一贯的尚感情,唱高调,当然拥护左宗棠。于是借外债,移用各省的建设费,以供左宗棠进攻新疆之用。

左宗棠的运气真好。因为新疆发生了内讧,并没有遇着坚强的抵抗。光绪三十年底[①],他把全疆克服了。中国乃派崇厚为特使,到俄国去交涉伊犁的退还。崇厚所定的条约虽收复了伊犁城,但城西的土地几全割让与俄国,南疆及北疆之交通险要区亦割让。此外,崇厚还许了很重要的通商权利,如新疆加设俄国领事馆,经甘肃、陕西到汉口的通商路线,及吉林松花江的航行权。士大夫阶级主张杀崇厚,废约,并备战。这正是青年言论家如张之洞、张佩纶、陈宝琛初露头角的时候。清廷竟为所动。于是脚慌手忙,调兵遣将,等到实际备战的时候,政府就感觉困难了:第一,从伊犁到高丽东北角的图们江止,沿中俄的交界线处处都要设防。那里有这么多军队呢?首当其冲的左宗棠在新疆的部队,就太疲倦,不愿打仗。第二,俄国远东舰队故作声势,从海参崴开到日本洋面。中国因此又必须于沿海沿长江设防。清廷乃起用彭玉麟督长江水师来对付俄国的海军。彭玉麟想满载桐油木柴到日本洋面去施行火攻。两汉总督刘坤一和他开玩笑,说时代非三国,统帅非孔明,火攻之计,恐怕不行呢!李鸿章看见书生误国,当然极为愤慨。可是抗战的情绪很高,他不敢公开讲和。他只好使用手段。他把英国有名的军官戈登将军请来作军事顾问。戈登是个老实人,好说实话。当太平天国的末年,他曾带所谓常胜军,立功不少。所以清廷及一般士大夫颇信任他。他的意见怎样呢?他说,中国如要对俄作战,必须作三件事:一、迁都于西安;二、长期抗战至少十年;三、满人预备放弃政权,因为在长期战争之中,满清政权一定不能维持。清廷听了戈登的意见以后,乃决心求和。我国近代史的一幕滑稽剧才因此没有开演。

幸而俄国在光绪三四年的时候,正与土耳其打仗,与英国的关系也很紧张,所以不愿多事。又幸而中国当时有青年外交家曾纪泽,以极冷静的头脑和极坚强的意志,去贯澈他的主张。原来崇厚所订的条约并没有奉政府的批准,尚未正式成立,曾纪泽运用外交得法,挽回了大部分的通商权利及土地,但偿价加倍,共九百万卢布。英国驻俄大使称赞曾纪泽说:"凭外交从俄国取回她已占领的土地,曾侯要算第一人。"

中俄关于伊犁的冲突告一段落的时候,中法关于越南的冲突就起了。

中国原来自己是个帝国主义,我们的版图除本部以外,还包括缅甸、暹逻、越南、琉球、高丽、蒙古、西藏。这些地方可以分为两类。蒙古、西藏属于第一类,归理藩部管,中国派有大臣驻扎其地。第二类即高丽、越南等属国,实际中国与他们的关系很浅,他们不过按期朝贡,新王即位须受中国皇帝的册封。此外我们并不派代表常驻其国都,也不干涉他们的内政;在经济方面,我们也十分消极。我们不移民,也不鼓励通商,简直是得不偿失。但是我们的祖先何以费力去得这些属地呢?此中也有原

故:光绪七年(一八八一年)翰林院学士周德润先生说得清楚:

> 臣闻天子守在四夷,此诚虑远忧深之计。古来敌国外患,伏之甚微,而蓄之甚早。不守四夷而守边境,则已无及矣;不守边境而守腹地,则更无及矣。我朝幅员广辟,龙沙雁海,尽列藩封。以琉球守东南,以高丽守东北,以蒙古守西北,以越南守西南:非所谓河山带砺,与国同休戚者哉?

换句话说,在历史上属国是我们的国防外线,是代我守门户的。在古代,这种言论有相当的道理;到了近代,局势就大不同了。英国在道光年间直攻了广东、福建、浙江、江苏,英法联军直打进了北京,所谓国防外线简直没有用处。倘使在这种时代我们还要保存外线,我们也应该变更方案。我们应该协助这些弱小国家独立,因为独立的高丽、琉球、越南、缅甸绝不能侵略我们。所怕的不是他们独立,是怕他们作帝国主义者的傀儡。无论如何,外人既直攻我们的腹地,我们无暇去顾外线了。协助这些弱小国家去独立是革命的外交,正如苏联革命的初年,外受列强的压迫,内有反革命的抗战,列宁(Lenin)于是毅然决然放弃帝俄的属国。

法国进攻越南的时候,士大夫阶级大半主张以武力援助越南。张佩纶、陈宝琛、张之洞诸人特别激昂。李鸿章则反对。他的理由又是要集中力量火速筹备腹地的国防事业。清廷一方面怕清议的批评,一方面又怕援助越南引起中法战争,所以举棋不定。起初是暗中接济越南军费和军器,后来果然引起中法战争。

那个时候官吏不分文武,文人尤好谈兵。北京乃派主战派的激烈分子张佩纶去守福州船厂,陈宝琛去帮办两江的防务。用不着说,纸上谈兵的先生们是不济事的。法国海军进攻船厂的时候,张佩纶逃得顶快了。陈宝琛在两江不但无补实际,连议论也不发了。打了不久就讲和,和议刚成又打,再后还是接受法国的条件。越南没有保存,我们的国防力量反大受了损失。左宗棠苦心创办的福州船厂就在此时被法国毁了。

注释:

① 应为光绪三年底。

第五节　中日初次决战

李鸿章在日本明治维新的初年就看清楚了日本是中国的劲敌。他并且知道中国的胜负要看那一国的新军备进步得快。他特别注重海军,因为日本必须先在海上得胜,然后能进攻大陆。所以他反对左宗棠以武力收复新疆,反对为伊犁问题与俄国开战,反对为越南问题与法国打仗。他要把这些战费都省下来作为扩充海军之用。他的眼光远在一般人之上。

李鸿章既注重中日关系,不能不特别注意高丽。在国防上高丽的地位极其重要,因为高丽作敌人陆军侵略我东北的根据地,也可以作敌人海军侵略我山东河北的根据地。反过来看,高丽在日本的国防上的地位也很要紧。高丽在我们手里,日本尚感不安,一旦被俄国或英国所占,那时日本所感的威胁就更大了。所以高丽也是日本必争之地。

在光绪初年,高丽的国王李熙年幼,他的父亲大院君李昰应摄政。大院君是个十分守旧的人,他屡次杀传教士,他坚决不与外人通商。在明治维新以前，日韩关系，在日本方面，由幕府主持，由对马岛之诸侯执行。维新以后，大权归日皇，所以日韩的交涉也改由日本中央政府主持。大院君厌恶日本的维新，因而拒绝与新的日本往来。日本国内的旧诸侯武士们提倡“征韩”。这种征韩运动，除了高丽不与日本往来外，还有三个动机：（一）日本不向海外发展不能图强；（二）日本不先下手，西洋各国，尤其是俄国，恐怕要下手；（三）征韩能为一般不得志的武士谋出路。光绪元年（即日本明治八年）发生高丽炮击日本船的案子，所谓江华岛事件。主张征韩者更有所借口。

当时日本的政治领袖如岩仓、大久保、伊藤、井上诸人原反对征韩。他们以为维新事业未发展到相当程度以前，不应轻举妄动的贪图向外发展。但是在江华岛事件发生以后，他们觉得无法压制舆论，不能不有所主动。于是他们一面派黑田青隆及井上率舰队到高丽去交涉通商友好条约，一面派森有礼来北京试探中国的态度，并避免中国的阻抗。

森有礼与我们的外交当局大起辩论。我们始终坚持高丽是我们的属国：如日本侵略高丽，那就是对中国不友谊，中国不能坐视。森有礼则说中国在朝鲜的宗主权是有名无实的，因为中国在高丽不负任何责任，就没有权利。

黑田与井上在高丽的交涉成功。他们所订的条约承认高丽是独立自主的国家。这就是否认中国的宗主权，中国应该抗议，而且设法纠正。但是日本和高丽虽都把条文送给中国，北京没有向日本提出抗议，也没有责备高丽不守本分。中国实为传统观念所误。照中国传统观念,只要高丽承认中国为宗主,那就够了。第三国的承认与否是无关宏旨的。在光绪初年中国在高丽的威信甚高,所以政府很放心,就不注意日韩条约了。

高丽与日本订约的问题过了以后,中日就发生琉球的冲突。琉球自明朝洪武十五年①(一三七二年)起隶属于中国。历五百余年,琉球按期进贡,曾未中断,但在明万历三十年(一六〇二年)琉球又向日本萨末诸侯称藩,成了两属,好像一个女子许嫁两个男人。幸而这两个男人曾未遇面,所以这种奇怪现象竟安静无事的存在了二百七十多年。自日本维新,力行废藩以后,琉球在日本看来,既然是萨末的藩属,也在应废之列。日本初则阻止琉球入贡中国,终则改琉球为日本一县。中国当然反对,也有人主张强硬对付日本,但日本实在时候选得好,因为这正是中俄争伊犁的时候。中国无法,只好把琉球作为一个悬案。

可是琉球问题暴露了日本的野心。士大夫平素看不起日本的到这时也知道应该戒备了。日本既能灭琉球,就能灭高丽。琉球或可不争,高丽则势在必争。所以他们专意筹划如何保存高丽。光绪五六年的时候,中国可以说初次有个高丽政策。李鸿章认定日本对高丽有领土野心,西洋各国对高丽则只图通商和传教。在这种形势之下,英、美、法各国在高丽的权利愈多,他们就愈要反对日本的侵略。光绪五年李鸿章写给高丽要人李裕元的信说得很清楚:

> 为今之计,似宜用以毒攻毒以敌制敌之策,乘机次第亦与泰西各国立约,借以牵制日本。彼日本恃其诈力,以鲸吞

> 蚕食为谋,废灭琉球一事,显露端倪。贵国固不可无以备之。然日本之所畏服者,泰西也。以朝鲜之力制日本,或虞其不足,以统与泰西通商制日本,则绰乎有余。

经过三年的劝勉与运动,高丽才接受这种新政。光绪八年春,由中国介绍,高丽与英、美、德、法订通商条约。

高丽不幸忽于此时发生内乱。国王的父亲大院君李昰应一面反对新政,一面忌王后闵氏家族当权。他于光绪八年六月忽然鼓动兵变,围攻日本使馆,诛戮闵族要人。李鸿章的谋士薛福成建议中国火速派兵进高丽,平定内乱,一则以表示中国的宗主权,一则以防日本。中国派吴长庆率所部淮军直入高丽京城。吴长庆的部下有两位青年,张謇和袁世凯。他们胆子很大,高丽的兵也没有抵抗的能力。于是他们把大院君首先执送天津,然后派兵占领汉城险要,几点钟的功夫,就把李昰应的军队打散了。吴长庆这时实际作高丽的主人翁了。后高丽许给日本赔款并许日本使馆保留卫队。这样,中日两国都有军队在高丽京都,形成对峙之势。

八年夏初之季,中国在汉城的胜利,使得许多人轻敌。张謇主张索性灭高丽。张佩纶和邓承修主张李鸿章在烟台设大本营,调集海陆军队,预备向日本宣战。张佩纶说:

> 日本自改法以来,民恶其上,始则欲复封建,继则欲改民政。萨、长二党,争权相倾;国债山积,以纸为币;每兴劳役,物价翔贵,众怨沸腾。虽兵制步伍泰西,略得形似,然外

无战将，内无谋臣。问其师船，则以扶桑一舰为冠，固已铁蚀木窳，不耐风涛，余皆小炮、小舟而已……去中国定远铁船、超勇扬威快船远甚；问其兵数，则陆军四五万人，水军三四千人，犹且官多缺员，兵多缺额，近始杂募游惰，用充行伍，未经战阵，大半恇怯，又(去)中国湘淮各军远甚。

邓承修也是这样说：

扶桑片土，不过内地两行省耳……总核内府，现银不满五百万两……窘迫如此，何以为国？水师不满八千，船舰半皆朽败，陆军内分六镇，统计水陆不盈四万，而又举非精锐。然彼之敢于悍然不顾者，非不知中国之大也，非不知中国之富且强也，所恃者中国之畏事耳，中国之重发难端耳。

这两位自命为“日本通”者，未免看事太易。李鸿章看得比较清楚。他说：

彼自变法以来，一意媚事西人，无非欲窃其余绪，以为自雄之术。今年遣参议伊藤博文赴欧洲考究民政，复遣有栖川亲王赴俄，又分遣使聘意大里，驻奥斯马加，冠盖联翩，相望于道，其注意在树交植党。西人亦乐其倾心亲附，每遇中东交涉事件，往往意存袒护。该国洋债既多，设有危急，西人为自保财利起见，或且隐助而护持之……

夫未有谋人之具，而先露谋人之形者，兵家所忌。……日本步趋西法，虽仅得形似，而所有船炮略足与我相敌。若必跨海数千里，与角胜负，制其死命，臣未敢谓确

> 有把握。第东征之事不必有,东征之志不可无。中国添练水师,实不容一日稍缓……
>
> 昔年户部指拨南北洋海防经费,每岁共四百万两。设令各省关措解无缺,七八年来,水师早已练成,铁舰尚可多购。无如指拨之时,非尽有著之款……统计各省关所解南北洋防费,约仅及原拨四分之一……可否请旨敕下户部总理衙门,将南北洋每年所收防费,核明实数,并闽省截留台防经费,由南洋划抵外,再拨的实之岁款,务足原拨四百万两之数。如此则五年之后,南北洋水师两枝,当可有成。

这次大辩论终了之后,越南问题又起来了。张佩纶、邓承修诸人忽然忘记了日本,大事运动与法国开战。中法战事一起,日本的机会就到了。这时高丽的党政军正成对垒之阵。一面有开化党,其领袖即洪英植、金玉均、朴泳孝诸人,其后盾即日本公使竹添进一郎。这一派是亲日的,想借日本之势力以图独立的。对面有事上党,领袖即金允植、闵泳翊、尹泰骏诸人,后盾是袁世凯。这一派是联华的,想托庇于我们的保护之下,以免日本及其他各国的压迫。汉城的军队有中国的驻防军和袁世凯代练的高丽军在一面,对面有日本使馆的卫队及日本军官所练的高丽军。在中法战争未起以前,开化党不能抬头,既起以后,竹添就大活动起来,说中国自顾不暇,那能顾高丽?于是洪英植诸人乃决计大举。

光绪十年十月十七夜,洪英植设宴请外交团及高丽要人。各国代表都到,惟独竹添称病不至。后忽报火警,在座的人就慌乱了。闵泳翊出门,被预埋伏兵士所杀。洪英植跑进王宫,宣称中国兵变,强迫国王移居,并召竹添带日兵进宫保卫。竹添这时不但无病,且亲率队伍入宫。国王到了开化党的手里以后,下诏召事上党领袖。他们一进宫就被杀了。于是宣布独立,派开化党的人组阁。

十月十九日,袁世凯带他所练的高丽兵及中国驻防汉城的军队进宫。中日两方就在高丽王宫里开战了。竹添见不能抵抗,于是撤退。王宫及国王又都到袁世凯手里。洪英植、朴泳孝被乱兵所杀,金玉均随着竹添逃到仁川,后投日本。政权全归事上党及袁世凯,开化党完全打散了。袁世凯这时候尚不满三十,忽当大事,因电报不通无法请示,只好便宜行事。他敢大胆的负起责任,制止对方的阴谋。难怪李鸿章从此看重他,派他作驻高丽的总代表。

竹添是个浪人外交家。他如果没有违反日本政府的意旨,至少他超过了他政府所定的范围。事变以后,日本政府以和平交涉对高丽,亦以和平交涉对中国。光绪十一年春,伊藤与李鸿章订《天津协定》,双方皆撤退驻高丽的军队,但高丽以后如有内乱,中日皆得调兵进高丽。

光绪十一年(一八八五年)正是英俄两国因为阿富汗的问题,几至开战。他们的冲突波及远东。英国为预防俄国海军从海参崴南下,忽然占领高丽南边之巨磨岛。俄国遂谋占领高丽东北的永兴湾。高丽人见日本不可靠,有与俄国暗通,求俄国保护者。在这种形势之下,英国感觉危险,日本更怕英俄在高丽得势。于是日本、英国都怂恿中国在高丽行积极政策。英国觉得高丽在中国手里与英国全无损害,倘到俄国手里,则不利于英国甚大。日本亦觉得高丽在中国手里他将来还有法子夺取;一旦到了俄国手里,简直是日本的致命之伤。所以这种形势极有利于我们,李鸿章与袁世凯遂大行其积极政策。

从光绪十一年到二十年,中国对高丽的政策完全是李鸿章和袁世凯的政策。他们第一紧紧的把握高丽的财政,高丽想借外债,他们竭力阻止。高丽财政绝无办法的时候,他们令招商局出面借款给高丽。高丽的海关,是由中国海关派员代为管理,简直可说是中国海关的支部。高丽的电报局是中国电报局的技术人员用中国的材料代为设立,代为管理的。高丽派公使到外国去,须先得中国的同意,到了外国以后,高丽的公使必须遵守三种条件:

> 一、韩使初至各国,应先赴中国使馆具报,请由中国钦差挈同赴外部,以后即不拘定。一、遇有朝会公宴酬酢交际,韩使应随中国钦差之后。一、交涉大事关系紧要者,韩使应先密商中国钦差核示。

这种政策虽提高了中国在高丽的地位,但与光绪五年李鸿章最初所定的高丽政策绝对相反。最初李要高丽多与西洋各国往来,想借西洋的通商和传教的权利来抵制日本的领土野心。此时李、袁所行的政策是中国独占高丽。到了光绪十八九年,日本感觉中国在高丽的权利膨胀过甚,又想与中国对抗。中国既独占高丽的权利,到了危急的时候,当然只有中国独当其冲。

甲午战争直接的起因又是高丽的内乱。光绪二十年(即甲午西历一八九四年)高丽南部有所谓东学党,聚众数千作乱,中日两国同时出兵,中国助平内乱,日本借口保卫侨民及使馆。但东学党造乱的地方距汉城尚远,该地并无日本侨民,且日本派兵甚多,远超保侨所需之数。李鸿章知道日本另有野心,所以竭力先平东学党之乱,使日本无所借口。但是内乱平定之后,日本仍不撤兵。日本声言高丽内乱之根在内政之不修明,要求中日两国共同强迫高丽改革内政。李不答应,因为这就是中日共管高丽。

这时日本舆论十分激烈,一意主战。中国舆论也激烈,要求李鸿章火速出兵,先发制人。士大夫觉得高丽绝不可失,因为失高丽就无法保东北。他们以为日本国力甚小:"倭不度德量力,敢与上国抗衡,实以螳臂挡车,以中国临之,直如摧枯拉朽。"李鸿章则觉得一调大兵,则双方势成骑虎,终致欲罢不能。但他对于外交又不让步。他这种军事消极、外交积极的办法,是很奇怪的,他有他的理由。俄国公使喀西尼(Cassini)答应了他,俄国必劝日本撤兵,如日本不听,俄国必用压服的方法。李觉得既有俄国的援助,不必对日本让步。殊不知喀西尼虽愿意给我援助,俄国政府不愿意。原来和战的大问题,不是一个公使所能负责决定的。等到李鸿章发现喀西尼的话不能兑现,中日外交路线已经断了,战事已经起始了。

中日两国同于七月初一宣战。八月十八(阳历九月十七日)两国海军在高丽西北鸭绿江口相遇。那一次的海军战争是我民族在这次全面抗战以前最要紧的一个战争。如胜了,高丽可保,东北不致发生问题,而在远东中国要居上日本居下了。所以甲午八月十八的海军之战是个划时代的战争,值得我们研究。那时我国的海军力比日本海军大。我们的占世界海军第八位,日本占第十一位。我们的两个主力舰定远和镇远,各七千吨;日本顶大的战舰不过四千吨。但日本的海军也有优点,日本的船比我们快,船上的炮比我们多,而且放得快。我们的船太参差不齐,日本的配合比较合用。所以从物质上说来,两国海军实相差不远。那一次我们失败的原故很多。第一,战略不如人。我方原定舰队排"人"字阵势,由定远、镇远两铁甲船居先,称战斗之主力。海军提督丁汝昌以定远为坐舰,舰长是刘步蟾。丁本是骑兵的军官,不懂海军。他为人忠厚,颇有气节,李鸿章靠他不过作精神上的领导而已。刘步蟾是英国海军学校毕业的学生,学科的成绩确是上等的。而且颇识莎士比亚的戏剧,颇有所谓儒将的风度。丁自认不如刘,所以实际是刘作总指挥。等到两军相望的时候,刘忽下令把"人"字阵完全倒置,定远、镇远两铁甲船居后,两翼的弱小船只反居先。刘实胆怯,倒置的原故想图自全。这样一来阵线乱了,小船的人员都心慌了。而且日本得乘机先攻我们的弱点了。

其次,我们的战术也不及人。当时在定远船上的总炮手英人泰乐尔(Tyler)看见刘步蟾变更阵势,知道形势不好。他先吩咐炮手不要太远就放炮,不要乱放炮,因为船上炮弹不多,必命中而后放。吩咐好了以后，他上望台，站在丁提督旁边，准备帮丁提督指挥。但丁不懂英文，泰乐尔不懂中文，两人只好比手势交谈。不久炮手即开火，而第一炮就误中自己的望台，丁受重伤，全战不再指挥，泰乐尔亦受轻伤。日本炮弹的准确远在我们的之上，结果，我海军损失过重，不敢再在海上与日人交锋。日人把握海权，陆军输送得行动自由，我方必须绕道山海关。其实海军失败以后，大势就去了。陆军之败更甚于海军。

次年三月，李鸿章与伊藤订《马关和约》。中国承允高丽独立，割台湾及辽东半岛，赔款二万万两。近代的战争固不是儿戏。不战而求和当然要吃亏，这一次要吃亏的是高丽的共管。但战败以后而求和，吃亏之大远过于不战而和。同治光绪年间的政治领袖如曾、左、李及恭亲王、文祥诸人原想一面避战，一面竭力以图自强。不幸，时人不许他们，对自强事业则多方掣肘，对邦交则好轻举妄动，结果就是误国。

注释：

① 应为洪武五年。

第 四 章

瓜分及民族之复兴

第一节　李鸿章引狼入室

甲午战争未起以前及既起以后，李鸿章用各种外交方法，想得西洋各国的援助，但都失败了。国际的关系，不比私人间的关系，是不讲理，不论情的。国家都是自私自利的。利害相同就结合为友，为联盟；利害冲突就成为对敌。各国的外交家都是精于打算盘的。西洋各国原想在远东大大的发展，但在甲午以前，没有积极推动，一则因为他们忙于瓜分非洲；二则因为他们互相牵制，各不相下；三则因为在远东尚有中国与日本两个独立国家，具有相当的抵抗能力。在中日战争进行的时候，李鸿章虽千方百计的请求他们的援助，他们总是抱隔岸观火的态度，严守中立。他们觉得中国愈败，愈需要他们的援助，而且愈愿意出代价。同时他们又觉得日本虽打胜仗，战争总要削减日本的力量。在西洋人的眼光里，中日战争，无论谁败，实是两败俱伤的。他们反可坐收渔人之利。所以他们不援助我们于未败之前。

等到《马关条约》一签字，俄、德、法三国就联合起来，强迫日本退还辽东半岛,包括旅顺、大连在内。主动是俄国,德、法不过附和。当时俄国财政部长威特(Witte)正赶修西比利亚铁路,他发现东边的一段,如绕黑龙江的北岸,路线太长,工程太困难,如横过我们的东三省,路线可缩短,工程也容易得多。同时海参崴太偏北,冬季结冰,不便航行。如果俄国能得大连、旅顺,俄国在远东就能有完善的军港和商港。完成西比利亚铁路及得一个不冻冰的海口,这是威特想要乘机而达到的目的。法国当时联俄以对德,俄要法帮忙,法不敢拒绝,何况法国也有野心家想乘机向远东发展呢?德国的算盘打得更精。他想附和俄国,一则可以使俄国知道德国是俄国的朋友,俄国不必联络法国;二则俄国如向远东发展,在欧洲不会多事,德国正好顺风推舟;三则德国也可以向我们索取援助的代价。这是三国干涉《马关条约》实在的动机。

俄、德、法三国的作法是十分冠冕堂皇的。《马关条约》发表以后,他们就向我们表示同情,说条约太无理,他们愿助中国挽回失地的一部分。在我们那时痛恨日本的情绪之下,这种友谊的表示是求之不得的。我们希望三国能把台湾及辽东都替我们收回来。同时三国给予所谓友谊的劝告,说日本之占领辽东半岛不利于远东和平。战后之日本固不敢不依从三国的劝告,于是退还辽东,但加赔款三千万两。中国觉得辽东半岛不止值三千万两,所以我们觉得应感激三国的援助。

《马关条约》原定赔款二万万两,现在又加三千万两,中国当然不能负担。威特一口答应帮我从法、俄银行借一万万两,年息四厘。数目之大,利率之低,诚使我们受宠若惊。俄国真可算是我们的好朋友!

光绪二十二年,一八九六年,俄皇尼古拉二世(Nicholas Ⅱ)行加冕典礼。帝俄政府向我表示:当中俄两国特别要好的时候,中国应该派头等大员去作代表,才算是给朋友面子。中国乃派李鸿章为庆贺加冕大使。这位东方的毕士麦克于是到欧洲去了。威特深知中国的心理,所以他与李鸿章交涉的时候,首言日本之可恶可怕,这是李鸿章愿意听的话,也是全国人士愿意听的话。这种心理的进攻既然顺利,威特乃进一步陈言俄国对我之援助如何是心有余而力不足。他说当中日战争之际,俄国本想参战,但因交通不便,俄军未到而中日战争就完了。以后中国如要俄国给予有力的援助,中国必须使俄国修条铁路横贯东三省。李鸿章并未驳辩威特的理论,但主张在中国境内之铁路段,应由中国自修,威特告以中国人力财力不足,倘自修,则十年尚不能成,将缓不济急。威特最后说,如中国坚拒俄国的好意,俄国就不再助中国了。这一句话把李鸿章吓服了。于是他与威特签订密约,俄许援助中国抵抗日本,中许俄国建筑中东铁路。

光绪二十二年的《中俄密约》是李鸿章终身的大错。甲午战争以后,日本并无于短期内再进攻中国的企图。是时日本政府反转过来想联络中国。因为西洋倘在中国势力太大,是于日本不利的。威特的本意不是要援助中国,是要利用中东铁路来侵略中国的。以后瓜分之祸,及日俄战争、二十一条、九一八这些国难都是那个密约引出来的。

李鸿章离开俄国以后，路过德、法、比、英、美诸国。他在柏林的时候，德国政府试探向他要代索辽东的报酬，他没有答应。德国公使以后又在北京试探，北京也没有答应。光绪二十三年秋，山东曹州杀了两个传教士，德国乘机一面派兵占领青岛，一面要想租借胶州湾及青岛及在山东修铁路和开矿的权。中国于二十四年春答应了。山东就算是德国的利益范围。

俄国看见德国占了便宜，于是调兵船占旅顺、大连。俄国说为维持华北的势力均衡，并为助我的方便，他不能不有旅顺、大连，并且还要修南满铁路。中国也只好答应。我们费三千万赎回来的辽东半岛，这时俄国又夺去了。俄国还说，他是中国惟一的朋友！俄国的外交最阴险：他以助我之名，行侵我之实。以后他在东北既有了中东铁路、南满铁路及大连、旅顺，东三省就成了俄国的势力范围。

于是英国要求租借威海卫和九龙及长江流域的优越权利。法国要求租广州湾及广东、广西、云南的优越权利。日本要求福建的优越权利。意大利要求租浙江的三门湾。除意大利的要求以外，中国都答应了。这就是所谓瓜分。惟独美国没有提出要求，但他运用外交，使各国不完全割据各国所划定的范围，使各国承认各国在中国境内都有平等的通商权利。这就是历史上有名的门户开放主义。

这种瓜分运动就是甲午的败仗引起来的。在近代的世界，败仗是千万不能打的。

第二节　康有为辅助光绪变法

假使我们是甲午到戊戌那个时代的人，眼看见我国的国家被小小的日本打败了，打败了以后又要割地赔款，我们还不激昂慷慨想要救国吗？又假使我们就是那个时代的人，新知识新技术都没有，所能作的仅八股文章，所读过的书，仅中国的经史，我们救国方案还不是离不开我们的经典，免不了作些空泛而动听的文章？假使正在这个时候，我们中间出了一个人提出一个伟大的方案，既合乎古训，又适宜时局，其文章是我们所佩服的，其论调正合乎我们的胃口，那我们还不拥护他吗？康有为就是这时代中的这样的人。

康有为是广东南海县人，生在咸丰五年，一八五五年，比孙中山先生大十一岁。他家好几代都是读书人。他的家教和他的先生朱九江给他的教训，除预备他能应考试、取科名外，特别注重中国政治制度的沿革及一般所谓经世致用之学。他不懂任何外国文字，在戊戌以前，也没有到外国去过。但他到过香港、上海，看见西洋人地方行政的整齐，受了很大的刺激。他觉得这种优美的行政必有文化和思想的背景和渊泉。可惜那个时候国内还没有讨论西洋政治、经济的书籍。康有为所能得的仅江南制造局及教会所译的初级天文、地理、格致、兵法、医药及耶稣教经典一类的书籍。但他是个绝顶聪明的人，“能举一反三，因小以知大，自是于其学力中别开一境界”。

我们已经说过，同光时代李鸿章所领导的自强运动限于物质方面，是很不澈底的。后来梁启超批评他说：

> 李鸿章坐知有洋务，而不知有国务……其于西国所以富强之原，茫乎未有闻焉，以为吾中国之政教文物风俗，无一不优于他国，所不及者，惟枪耳，炮耳，船耳，铁路耳，机器耳。吾但学此，而洋务之能事毕矣……知有兵事而不知有民政，知有外交而不知有内治，知有朝廷而不知有国民。日责人昧于大局，而己于大局，先自不明……殊不知今日世界之竞争，不在国家，而在国民；殊不知泰西诸国所以能化畛域除故习布新宪致富强者，其机恒发自下而非发自上。

这种批评是很对的。可是李鸿章的物质改革已遭时人的反对，倘再进一步的改革政治态度，时人一定不容许他。甲午以后，康有为觉得时机到了。李鸿章所不敢提倡的政治改革，康有为要提倡。这就是所谓变法运动。

我国自秦汉以来，两千多年，只有两个人曾主张变法，一个是王莽，一个是王安石。两个都失败了。王莽尤其成为千古的罪人。所以没有(人)敢谈变法。士大夫阶级都以为法制是祖宗的法制,先圣先贤的法制,历代相传,绝不可变更的。康有为知道非先打破这个思想的难关,变法就无从下手。所以在甲午以前,他写了一篇《孔子改制考》。他说孔子根本是个改革家。孔子作《春秋》的目的就是要改革法制。《春秋》的真义在《公羊传》里可以看出来。《公羊传》讲“通三统”,那就是说夏、商、周三代的法制并无沿袭,各代都因时制宜,造出各代的法制。《公羊传》又讲“张三世”,那就是说,以专制政体对乱世,立宪政体对升平之世,共和政体对太平之世。康有为这本书的作用无非是抓住孔子作他思想的傀儡,以便镇压反对变法的士大夫。

康有为在甲午年中了举人,乙未年成了进士。他是那个国难时期的新贵。他就趁机会组织学会,发行报纸来宣传,一时附和的人很不少。大多数并不了解他的学说,也不知道他的改革具体方案,只有极少数可以说是他的忠实同志。但是他的运动盛极一时,好像全国舆论是拥护他的。

孔子是旧中国的思想中心。抓住了孔子,思想之战就成功了。皇帝是旧中国的政治中心。所以康有为的实际政治工作是从抓住皇帝下手。他在严重的国难时期之中,一再上书给光绪皇帝,大讲救国之道。光绪也受了时局的刺激,很想努力救国。他先研究康有为的著作,后召见康有为。光绪很赏识他,因为种种的困难,只教他在总理衙门行走。戊戌春季的瓜分,更刺激了变法派和光绪帝。于是他又派康有为的四位同志杨锐、刘光第、林旭、谭嗣同在军机处办事。从戊戌四月二十三日到八月初,康有为辅助光绪行了百日的维新。

在这百天之内,康有为及其同志推行了不少的新政。其中最要紧的有二件事。第一,以后政府的考试不用八股文,都用政治、经济的策论。换句话说,以后读书人要做官不能靠虚文,必须靠实学。第二,调整行政机构。康有为裁汰了许多无用的衙门和官职,如詹事府、通政司、光禄寺、鸿胪寺、太仆寺、大理寺,以及总督同城的巡抚、不治河的河督、不运粮的粮道、不管盐的盐道。同时他添了一个农工商总局,好像我们现在的经济部,想要推行经济建设。这两件大新政,在我们今日看起来,都是应该早办的,但在戊戌年间,虽然国难那样严重,反对的人居大多数。为什么呢?一句话,打破了他们的饭碗。人人都知道废八股,提倡实学,但数百翰林,数千进士,数万举人,数十万秀才,数百万童生,全国的读书人都觉得前功尽弃。他们费了多少的心血,想从之乎也者里面,升官发财。一旦废八股,他们绝望了。难怪他们要骂康有为洋奴汉奸。至于被裁的官员,更不要说,无不切齿痛恨。

康有为既然抓住皇帝来行新政,反对新政的人就包围西太后,求"太后保全,收回成命"。这时光绪虽作皇帝,实权仍在西太后手里。他们两人之间久不和睦。西太后此时想索性废光绪皇帝。新派的人于是求在天津练兵的袁世凯给他们武力的援助。袁世凯嫌他们孟浪,不肯合作,而且泄露他们的机密。西太后先发制人,把光绪囚禁起来,说皇帝有病,不能理事,复由太后临朝训政。康有为逃了,别人也有逃的,也有被西太后处死的。他们的新政完全打消了。

第三节　顽固势力总动员

在戊戌年的变法运动之中，外国人颇偏袒光绪帝及维新派，反对西太后及顽固党。因此一个内政的问题就发生国际关系了。后康有为、梁启超，逃难海外，又得着外国人的保护。他们在逃难之中发起保皇会，鼓动外国人和华侨拥护光绪。这样，西太后和顽固党就恨起洋人来了。西太后要废光绪，立端王载漪的儿子溥儁作皇帝。刚毅、崇绮、徐桐、启秀诸顽固分子想在新王之下操权，于是怂恿废立，但各国驻京公使表示不满意，他们的仇外的心理更进了一层。

顽固党仅靠废立问题还不能号召天下，他们领导的运动所以能扩大，这是因为他们也是爱国分子。自鸦片战争到庚子年，这六十年中所受的压迫，所堆积的愤慨，（让）他们觉得中国应该火速抗战，不然国家就要亡了。我们不要以为顽固分子不爱国，从鸦片战争起，他们是一贯的反对屈服，坚强的主张抗战。在戊戌年，西太后复政以后，她硬不割让三门湾给意大利。她令浙江守土的官吏准备抗战。后意大利居然放弃了他的要求,顽固党更加觉得强硬对付洋人是对的。

外人在中国不但通商占地,还传教。这一层尤其招顽固分子的愤恨。他们觉得孔孟的遗教是圣教,洋人的宗教是异端,是邪教,中国最无知的愚民,都知道孝敬父母,尊顺君师,洋人是无父无君的。几千年来,都是外夷学中国,没有中国学外夷的道理。这种看法在当时是很普遍的。譬如大学士徐桐是大理学家倭仁的门弟子,自己也是个有名的理学家,在当时的人物中,算是一个正派君子。他和他的同志是要保御中国文化而与外人战。他们觉得铲草要除根,排斥异端非尽驱逐洋人不可。

但是中国与日本战尚且打败了,怎能一时与全世界开战呢?顽固分子以为可以靠民众。利用民众或"民心"或"民气"去对外,是林则徐、徐广缙、叶名琛一直到西太后、载漪、刚毅、徐桐传统的法宝。凡是主张剿夷的莫不觉得四万万同胞是有胜无败的。甲午以后,山东正有民间的义和团出现。顽固分子觉得这个义和团正是他们所需要的武力。

义和团(又名义和拳)最初是大刀会,其本质与中国流行民间的各种会匪并无区别。这时的大刀会专以洋人,尤其是传教士为对象,民众对洋人也有多年的积愤。外国传教士免不了偏袒教徒,而教徒有的时候免不了仗洋人的势力欺侮平民。民间许多带宗教性质的庙会敬神,信基督教的人不愿意合作。这也引起教徒与非教徒的冲突。民间尚有种种谣言,说教士来中国的目的不外挖取中国人的心眼以炼药丹,又一说教士窃取婴孩脑髓、室女红丸。民间生活是很痛苦的，于是把一切罪恶都归到洋人身上。洋人，附洋人的中国人，以及与洋人有关的事业如教堂、铁路、电线等，皆在被打倒之列。义和团的人自信有鬼神保佑，洋人的枪炮打不死他们。山东巡抚李秉衡及毓贤前后鼓励他们，因此他们就以扶清灭洋的口号在山东扰乱起来。

己亥年（光绪二十五年，一八九九年）袁世凯作山东巡抚，他就不客气，把义和团当作乱民，派兵痛剿。团民在山东站不住，于己亥冬庚子春逃入河北。河北省当局反表示欢迎，所以义和团就在河北得势了。毓贤向载漪、刚毅等大替义和团宣传，说他们如何勇敢、可靠。载漪和刚毅介绍义和团给西太后，于是义和团在北京得势了。西太后及想实行废立的亲贵、顽固的士大夫及顽固爱国志士都与义和团打成一片，精诚团结去灭洋，以为灭了洋人他们各派的公私目的都能达到。庚子年拳匪之乱是我国顽固势力的总动员。

经过四次的御前会议，西太后乃于五月二十五日向各国同时宣战。到七月二十日，董福祥的军队连同几万拳匪，拿着他们的引魂幡、混天大旗、雷火扇、阴阳瓶、九连环、如意钩、火牌、飞剑及其他法宝，仅杀了一个德国公使，连东交民巷的公使馆都攻不破。同时八国联军由大沽口进攻，占天津，慢慢的逼近北平。于是西太后同光绪帝逃到西安。李鸿章又出来收拾时局。

拳匪之乱的结束是《辛丑条约》，除惩办祸首及道歉外，《辛丑条约》有三个严重的条款。第一，赔款四万万五千万两，分三十九年还清，在未还清以前，按每年四厘加利，总计实九万万八千余万两。俄国的部分最多(那时中俄尚是联盟国),占百分之二十九;德国次之,占百分之二十;法国占百分之十六弱;英国占百分之十一强;日本与美国各占百分之七强。第二,各国得自北京到山海关沿铁路线驻兵。近来日本增兵平津,就借口《辛丑条约》。第三,划定并扩大北京的使馆区,且由各国留兵北京以保御使馆。

这种条款,够严重了。但我们所受的损失最大的还不是《辛丑条约》的各款。此外还有东三省的问题。庚子年,俄国趁拳乱派兵占领全东北三省。《辛丑条约》订了以后,俄国不肯退出,反向我要求各种特殊权利。假使中国接受了俄国的要求,东北三省在那个时候就要名存实亡了。张之洞、袁世凯竭力反对接受俄国的条款,日本、英国、美国从旁赞助他们。李鸿章主张接受俄国的要求,但是幸而他在辛丑的冬天死了,不然东北三省就要在他手里送给俄国了。日本、英国看见形势不好,于壬寅(光绪二十八年)年初,缔结同盟条约来对付俄国。美国虽未加入,但表示好感。中国当时的舆论亦赞助同盟。京师大学堂(以后的北京大学)的教授上书政府,建议中国加入同盟,变为中日英三国的集团来对付俄国。俄国看见国际情形不利于他,乃与中国订约,分三期撤退俄国在东三省的军队。条约虽签字了,俄国以后又中途变计。日本乃出来与俄国交涉。光绪三十年(一千九百零四年)两国交涉失败,就在我们的国土上打起仗来了。

那一次的日俄战争,倘若是俄国全胜了,不但我们的东三省,连高丽都要变为俄国的势力范围;倘若日本澈底的打胜了俄国,那高丽和东北就要变成日本的范围,中国左右是得不了便宜的。幸而事实上日本只局部的打胜了,结果两国讲和的条约仍承认中国在东北的主权,不过划北满为俄国铁路及其他经济事业的范围,南满包括大连、旅顺在内,为日本的范围。这样,日俄形成对峙之势,中国得收些渔人之利。

第四节　孙总理提民族复兴方案

在未述孙中山先生的事业以前,我们试回溯我国近代史的过程。我们说过,我们到了十九世纪遇着空前未有的变局,在十九世纪以前,与我民族竞争的都是文化不及我,基本势力不及我的外族。到了十九世纪,与我抗衡的是几个以科学、机械及民族主义立国的列强。我们在道光间虽受了重大的打击,我们仍旧不觉悟,不承认国家及民族的危险,因此不图改革,枉费了民族二十年的光阴。直到受了英法联军及太平天国的痛苦,然后有同治初年由奕䜣、文祥、曾国藩、李鸿章、左宗棠领导的自强运动。这个运动就是我国近代史上第一个应付大变局的救国救民族的方案。简单的说,这个方案是要学习运用及制造西洋的军器来对付西洋人。这是一个不澈底的方案,后来又是不澈底的实行。为什么不澈底呢？一则因为提案者对于西洋文化的认识根本有限,二则因为同治光绪年间的政治制度及时代精神不容许自强运动的领袖们前进。同时代的日本采取了同一路线,但是日本的方案比我们的更澈底。日本不但接受了西洋的科学和机械，而且接受了西洋的民族精神及政治制度之一部分。甲午之战是高度西洋化近代化之日本战胜了低度西洋化近代化之中国。

甲午以后，康有为所领导的变法运动是我国近代史上救国救民第二个方案。这个方案的主旨是要变更政治制度，其最后目的是要改君主立宪，以期民族精神及维新事业得在立宪政体之下充分发挥和推进。变法运动无疑的是比自强运动更加西洋化近代化。康有为虽托孔子之名及皇帝的威严去变法，他依旧失败，因为西太后甘心作顽固势力的中心。满清皇室及士大夫阶级和民间的顽固势力本极雄厚，加上西太后的支助，遂成了一种不可抑遏的反潮。严格说来，拳匪运动可说是我国近代史上第三个救国救民的方案，不过这个方案是反对西洋化、近代化的，与第一第二两个方案是背道而驰的。拳匪的惨败是极自然的。惨败代价之大足证我民族要图生存绝不可以开倒车。

等到自强、变法、反动都失败了，国人然后注意孙中山先生所提出的救国救民的方案。这个方案的伟大与中山先生的少年环境是极有关系的。

中山先生是广东香山县人，生于前清同治五年，西历一千八百六十六年。他的家庭是我国乡下贫苦农夫的家庭。他小的时候，就在田庄上帮助父亲耕种。十三岁，他随长兄德彰先生到檀香山。他在那里进了教会学校。十六岁的时候，他回到广州入博济医学校。次年，他转入香港英国人所设立的医学专科。他在这里读书共十年，于光绪十八年毕业，成医学博士。中法战争的时候，他正十九岁，所受刺激很大。他在学校所结纳的朋友，如郑士良、陈少白、陆皓东等多与秘密反对满清的会党有关。所以在这个时候，他已有了革命的思想。

中山先生的青年生活有几点值得特别注意。第一，他与外人接触最早，十三岁就出国了。他所入的学校全是外国人所设立的学校。他对西洋情形及近代文化的认识远在李鸿章、康有为诸人之上。这是我民族一种大幸事，因为我们既然只能从近代化找出路，我们的领袖人物应该对近代文化有正确深刻的认识。第二，中山先生的教育是科学的教育，而且是长期的。科学的思想方法是近代文化的至宝。但是这种方法不是一两个月的训练班或速成学校所能培养的。我们倘不了解这一点，我们就不能了解为什么中山先生所拟的救国方案能超越别人所提的方案。中山先生的一切方案是具体的，精密的，有步骤的，方方面面都顾到的，因为他的思想是受过长期科学训练的。

光绪十年的中法之战给了中山先生很大的刺激。光绪二十年的中日之战所给的刺激更大。此后他完全放弃行医，专门从事政治。次年，他想袭取广州，以为革命的根据地。不幸事泄失败，他逃到国外。在檀香山的时候，他组织了兴中会。当时风气未开，清廷监视很严，所以兴中会的宣言不提革命，只说政府腐败，国家危急，爱国志士应该联合起来以图国家的富强。宣言虽是这样的和平，海外侨胞加入兴中会的还是很少。中山先生从檀香山到美国、英国，一面鼓吹革命，一面考察英美的政治。在英国的时候,使馆职员诱他入馆,秘密的把他拘禁起来,想运送回国。幸而得着他的学校教师的援助终得出险,后又赴法。这是中山先生初次在海外逃难的时期,也是他的革命的三民主义初熟的时期。

庚子拳匪作乱的时候,郑士良及史坚如两同志奉中山先生的命令想在广东起事,不幸都失败了。但是庚子年的大悲剧摇动了许多人对满清的信念。留学生到日本去的也大大的加增。从此中山先生的宣传容易得多,信徒加增也很快。日本朋友也有赞助的。到了甲辰年(光绪三十年,西历一千九百零四年),他在日本组织同盟会,并创办《民报》。这是我民族初次公开的革命团体。《同盟会宣言》及《民报发刊词》是中山先生初次公开的正式的以革命领袖的资格,向全世界发表他的救国救民族的方案。甲辰以后,中山先生尚有二十年的革命工作,对他所拟的方案尚有不少的补充,但他终身所信奉的主义及方略的大纲已在《同盟会宣言》和《民报发刊词》里面立定基础了。

《民报发刊词》说明了三民主义的历史必然性。欧洲罗马帝国灭亡以后,各民族割据其地,慢慢的各养成其各别的语言、文字、风俗、法制。到了近代,各民族遂成了民族国家。但在各国之内王室专制,平民没有参政之权,以致民众受压迫的痛苦。十八世纪末年,十九世纪初年,欧人乃举行民权的革命。在十九世纪,西洋人虽已实行民族主义和民权主义,但社会仍不安。这是因为欧美在十九世纪科学发达,工业进步,社会贫富不均。中国应在工业初起的时候,防患未然,利用科学和工业为全民谋幸

福,这就是民生主义,中山先生很激昂的说:

> 夫欧美社会之祸,伏之数十年,及今而后发见之,又不能使之遽去。吾国治民生主义者,发达最先,睹其祸害于未萌。诚可举政治革命、社会革命,毕其功于一役,还视欧美,彼且瞠乎后也。

这是中山先生的爱国热忱和科学训练所创作的救国方案。其思想的伟大是古今无比的。

但是民族主义和民权主义在西洋尚且未实现,以落伍的中国,外受强邻的压迫、内部又满布封建的思想,何能同时推行三民主义呢?这岂不是偏于理想吗?有许多人直到现在还这样的批评中山先生。三十三年以前,当同盟会初组织的时候,就是加盟者大部分也阳奉阴违,口信心不信。反对同盟会的人更加不必说了。他们并不否认三民主义的伟大,他们所犹豫的是三民主义实行的困难。其实中山先生充分的顾到了这层困难。他的革命方略就是他实行三民主义的步骤。同盟会的宣言的下半说明革命应分军法、约法、宪法三时期,就是以后所谓军政、训政、宪政三阶段。一般浅识的人承认军政、宪政之自然,但不了解训政阶段是必要的,万不能免的。中山先生说过:

> 由军政时期,一蹴而至宪政时期,绝不予革命政府以训练人民之时间,又绝不予人民以养成自治能力之时间,于是第一流弊,在旧污未由荡涤,新治未由进行;第二流弊,在粉饰旧污,以为新治;第三流弊,在发扬旧污,压抑新治。

> 更端言之,即第一民治不能实现;第二为假民治之名行专制之实;第三则并民治之名而去之也。此所谓事有必至,理有固然者。

当时在日本与同盟会的《民报》抗争者是君主立宪派的梁启超所主持的《新民丛报》。梁启超是康有为的门徒,爱国而博学。他反对打倒满清,反对共和政体。他要维持清室而行君主立宪。所以他在《新民丛报》里再三发表文章攻击中山先生的民族主义和民权主义。他说中国人民程度不够,不能行共和制。如行共和必引起多年的内乱和军阀的割据。他常引中国历史为证:中国每换一次朝代必有长期的内乱。梁启超说,在闭关自守时代,长期的内乱尚不一定要亡国。现在列强虎视,一不小心,我们就可招亡国之祸。民国以来的事实似乎证明了梁启超的学说是对的。其实民国以来的困难都是由于国人不明了,因而不接受训政。

孙中山先生的三民主义和革命方略无疑的是我民族惟一复兴的路径。我们不可一误再误了。

第五节　民族扫除复兴的障碍

庚子拳匪之乱以后，全体人民感觉满清是我民族复兴的一种障碍，这种观察是很有根据的。甲午以前，因为西太后要重修颐和园，我国海军有八年之久，不能添造新的军舰。甲午以后，一则因为西太后与光绪帝争权，二则因为满清的亲贵以为维新就是汉人得势，满人失权，西太后和亲贵就煽动全国的一切反动势力来打倒新政。我们固不能说，满人都是守旧的，汉人都是维新的，因为汉人之中，思想腐旧的，也大有人在。事实上，满人居领袖地位，他们一言一动的影响大，而他们中间守旧的成分实在居大多数。并且他们反对维新，就是借以排汉，所以庚子以后，满清虽逐渐推行新政，汉人始终不信服他们，不认他们是有诚意的。

庚子年的冬天，西太后尚在西安的时候，她就下诏变法。以后在辛丑到甲辰那四年内，她裁汰了好几个无用的衙门，废科举，设学校，练新兵，派学生出洋，许满汉通婚。戊戌年康有为要辅助光绪帝行的新政，这时西太后都行了，而且超过了。日本胜了俄国以后，时人都觉得君主立宪战胜了君主专制。于是在乙巳年（一九〇五年）的夏天，西太后派载泽等五大臣出洋考察各国宪法，表示要预备立宪。丙午、丁未、戊申三年成了官制及法制的大调整时期。

丙午（一九〇六年）九月，厘定中央官制。前清中央主要的机关有内阁、军机处、六部、九卿。所谓九卿，多半是无用的衙门。六部采用委员制，每部有满汉尚书各一，满汉侍郎各二，共六人主政，责任不专，遇事推诿，并且自道咸以后，各省督抚权大，六部成了审核机关，本身几全不举办事务。军机处是前清中央政府最得力的机关，原是内阁分出来的一个委员会，实际辅佐皇帝处理大政的。自军机处在雍正年间成立以后，内阁变成一种装饰品。丙午年的改革，保存了军机处，此外设立十一部，每部以一个尚书为最高长官。这种改革虽不圆满，比旧制实在是好多了。但十一名尚书发表以后，汉人只占五人，比以前六部满汉各一的比例还差了。所以这种改革，不但未和缓汉人的不平，反加增了革命运动的力量。

丁未年（一九〇七年）满清决定设资政院于北京，作为中央的民意机关，设谘议局于各省，作为地方的民意机关。戊申年，满清颁布宪法大纲，并规定九年为预备立宪时期。如果真要立宪，九年的预备实在还不够，但是因为当时国人对满清全不信任，故反对九年的预备，说满清不过借预备之名以搁置立宪。

满清在这几年之内，不但借改革以收汉人的政权，并且铁良和良弼想尽了法子把袁世凯的北洋兵权也夺了。等到戊申的秋天,宣统继位,其父载沣作摄政王的时候,第一条命令是罢免袁世凯。此时汉人之中尚忠于清廷而又有政治手腕者,袁世凯要算是第一,载沣还要得罪他,这不是满清自取灭亡吗?

同盟会和其他革命志士看清了满人的把戏,积极的图以武力推倒满清的政权。丙午年,同盟会的会员蔡绍南、刘道一联合湖南和江西交界的秘密会党在浏阳和萍乡起事。他们的宣言明说他们的目的是要打倒满清,建立民国,平均地权。这是同盟会成立以后第一次的革命,也是三民主义初次充当革命的目标。不幸失败了。同时还有许多革命党员秘密的在武昌及南京的新军之中运动革命,清廷简直是防不胜防。

这时日本政府应满清的请求,强迫孙中山先生离开日本。中山先生乃领导胡汉民、汪精卫等到安南,在河内成立革命中心。他们在丁未年好几次在潮州、惠州、钦州、廉州及镇南关各处起事,戊申年又在河口起事,均归失败。同时江浙人所组织的光复会也积极活动,丁未年五月光复会首领徐锡麟杀安徽巡抚恩铭,此事牵连了他的同志秋瑾,两人终皆遇害。戊申年十月,熊成基带安徽新军一部分突破安庆。他虽失败了,他的行动表示长江一带的新军已受了革命思想的影响。

丁未、戊申两年既受了这许多的挫折,同盟会的多数领袖主张革命策略应该变更。胡汉民当时说过:“此后非特暗杀之事不可行,即零星散碎不足制彼虏死命之革命军,亦断不可起。”汪精卫反对此说,他相信革命志士固应有恒德,“担负重任,积劳怨于一躬,百折不挠,以行其志”,但是有些应该有烈德,“猛向前进,一往不返,流血以溉同种”。他和黄复生秘密的进北京,谋刺摄政王载沣。后事不成,被捕下狱。这是庚戌宣统二年的事情。

汪精卫独行其烈德的时候,中山先生和胡汉民、黄兴、赵声正在南洋向华侨募捐,想大规模的有计划的向满清进攻。这是汪精卫所谓恒德。他们于庚戌年十一月在槟榔屿定计划,先占广州,然后北伐,“以黄兴统一军出湖南趋湖北,赵声统一军出江西趋南京”。定了计划以后,他们分途归国。次年,辛亥宣统三年,三月二十九日的黄花岗七十二烈士之役是他们的计划的实现。军事上虽失败了,心理上则大成功,因为革命精神从此深入国民的脑际。

正在这个时候,清廷宣布铁路国有的计划,给了革命党人一个很好的宣传的机会。那时待修的铁路,以粤汉、川汉两路为最急迫,困难在资本的缺乏。四川、湖北、湖南诸省的人民乃组织民营铁路公司,想集民股筑路。其实民间的资本不够,公司的领袖人物也有借公济私的,所以成绩不好,进行很慢。邮传大臣盛宣怀乃奏请借外债修路,把粤汉、川汉两路都收归国有。借外债来建设,本来是一种开明的政策,铁路国有也是不可非议的,不过盛宣怀的官声不好,满清已丧失人心,就是行好政策,人民都不信任。何况民营公司的股东又要损失大利源呢?因以上各种原故,铁路国有的问题就引起多数人的反对,革命党又从中煽动,竟成了大革命的导火线。

同盟会的革命策略,本注重广东,但自黄花岗失败以后,陈其美、宋教仁、谭人凤等就想利用长江流域为革命策源地。他们在上海设立同盟会中部总会。谭人凤特别注重长江中游之两湖。那时湖北新军中的蒋翊武组织文学社于武昌,借以推动革命。在湖南活动的焦达丰及在湖北活动的孙武和居正,另外组织共进会。这两个团体,虽有同盟会的会员参加,并不是同盟会的支部,而且最初彼此颇有磨擦。经谭人凤调和以后共进会和文学社始合作。

同盟会的首领原来想在长江一带应该有好几年的预备工作,然后可以起事。但四川、湖北、湖南争路的风潮扩大以后,他们就决定在辛亥年(宣统三年,一九一一年)秋天起事。发难的日期原定旧历八月十五日,后因预备不足,改迟十天。却在八月十八日,革命党的机关被巡捕破获,党人名册也被搜去。于是仓卒之间定八月十九即阳历十月十日起事。

辛亥武昌起义的领袖是新军的下级军官熊秉坤。他率队直入武昌,进攻总督衙门。总督瑞澂当即不抵抗出逃,新军统制张彪也跟他逃,于是武昌文武官吏均弃城逃走。武昌便为革命军所据。革命分子临时强迫官阶较高、声望较好的黎元洪作革命军的都督。

武昌起义以后,一个月之内,湖南、陕西、江西、山西、云南、安徽、江苏、贵州、浙江、广西、福建、广东、山东十三省相继宣布独立。并且没有一个地方发生激烈的战争。满清的灭亡,不是革命军以军力打倒的,是清朝自己瓦解的。各独立省选派代表,制定《临时约法》,并公举孙中山先生为中华民国的临时总统。我们这个老古的帝国,忽然变为民国了。

满清到了山穷水尽的时候,请袁世凯出来挽回大局。这种临时抱佛脚的办法是不会生效的。袁世凯替清室谋得的不过是退位以后的优待条件,为自己却得了中华民国第一任正式总统的地位。

辛亥革命打倒了满清,这是革命惟一的成绩。满清打倒了以后,我们固然扫除了一种民族复兴的障碍,但是等到我们要建设新国家的时候,我们又与民族内在的各种障碍面对面了。

第六节　军阀割据十五年

民国元年的民国有民国必须具备的条件吗？当然没有。在上了轨道的国家，政党的争权绝不使用武力，所以不致引起内战。军队是国家的，不是私人的。军队总服从政府，不问主政者是属于那一党派。却是民国初年，在我们这里，军权就是政权。辛亥的秋天，满清请袁世凯出来主持大政，正因为当时全国最精的北洋军队是忠于袁世凯的。中山先生在民国元年所以把总统的位置让给袁世凯，也与这个原故有关。我们以先说过在太平天国以前，我国并没有私有的军队，有之从湘军起。湘军的组织和精神传给了淮军，淮军又传给北洋军，以致流毒于民国。不过湘军和淮军都随着他们的领袖尽忠于清朝，所以没有引起内乱。到了民国，没有皇帝了，北洋军就转而尽忠于袁世凯。

为什么民国初年的军队不尽忠于民国，不拥护民国的宪法呢？我们老百姓的国民程度是很低的。他们当兵原来不是要保御国家，是要解决个人生计问题的。如不加以训练，他们不知道大忠,那就是忠于国家和忠于主义,只知道小忠,忠于给他们衣食的官长,和忠于他们同乡或同族的领袖。野心家知道我国人民乡族观念之深,从而利用之以达到他们的割据企图。

工商界及学界的人何以不起来反对军阀呢?他们在专制政体下作了几千年的顺民,不知道什么是民权,忽然要他们起来作国家的主人翁,好像一个不会游水的人,要在海洋的大波涛之中去游泳,势非淹死不可;知识阶级的人好像应该能作新国民的模范,其实也不尽然。第一,他们的知识都偏于文字方面。古书愈读得多,思想就愈腐旧,愈糊涂。留学生分散到各国各校各学派,回国以后,他们把万国的学说都带回来了,五花八门,彼此争辩,于是军阀的割据之上又加了思想的分裂。第二,中国的读书人,素以作官为惟一的出路。民国以来,他们中间有不少的人惟恐天下不乱,因为小朝廷愈多,他们作官的机会就愈多。所以知识阶级不但不能制止军阀,有的时候,反助桀为虐。

那末,我们在民国初年绝对没有方法引国家上轨道吗?有的,就是孙中山先生的建国方略和三民主义。中山先生早已知道满清不是中国复兴惟一的障碍。其他如国民程度之低劣,国民经济之困难,军队之缺乏主义认识,这些他都顾虑到了。所以他把建国的程序分为军政、训政、宪政三个时期,但是时人不信他,因为他们不了解他的思想。他们以为满清是我们惟一的障碍,满清扫除了,中国就可以从几千年的专制一跃而达到宪政。这样,他们正替军阀开了方便之门。这就是古人所谓“欲速则不达”。在民国初年,不但一般人不了解中山先生的思想,即同盟会的会员，了解的也很少。中山先生并没有健全的革命党作他的后盾。至于革命军更谈不到。当时军队的政治认识仅限于排满一点，此外都是些封建思想和习惯，只够作反动者的工具。中山先生既然没有健全的革命党和健全的革命军帮他推动他的救国救民族的方案，他就毅然决然让位与袁世凯，一方面希望袁世凯能不为大恶，同时他自己以在野的资格，努力造党和建设。

假使我民族不是遇着帝国主义压迫的空前大难关，以一个曹操、司马懿之流的袁世凯当国主，树立一个新朝代，那我们也可马虎下去了。但是我们在二十世纪，所需要的，是一个认识新时代而又能领导我们向近代化那条路走的伟大领袖。袁世凯绝不是个这样的人。他不过是我国旧环境产生的一个超等的大政客。在他的任内，他借了一批大外债，用暗杀的手段除了他的大政敌宋教仁，扩充了北洋军队的势力，与日本订了民国四年的条约，最后听了一群小人的话，幻想称帝。等到他于民国五年六月六日死的时候，他没有做一件于国有益、于己有光的事情。

袁死了以后，靠利禄结合的北洋军队当然四分五裂了。大小军阀，遍地皆是。他们混打了十年。他们都是些小袁世凯。到了民国十五年的夏季，中国的政治地图分割到什么样子呢？第一，东北四省和河北、山东属于北洋军阀奉系的巨头张作霖。他在北京自称大元帅，算是中华民国的元首。第二，长江下游的江、浙、皖、闽、赣五省是北洋军阀直系孙传芳的势力范围。孙氏原来是吴佩孚的部下，不过到了民国十五年，孙氏已羽翼丰满，不再居吴佩孚之下了。第三，湖北同河南仍属于直系巨头、曾拥戴曹锟为总统的吴佩孚。第四,山西仍属于北洋之附庸而保持独立而专事地方建设之阎锡山。第五,西北算是吴佩孚的旧部下而倾向革命之冯玉祥的势力范围。第六,西南的四川、云南、贵州,属于一群内不能统一、外不能左右大局的军阀。第七,广东、广西、湖南三省是革命军的策源地。从元年到十五年,我们这个国家的演化达到了这种田地。

第七节　□□□贯澈总理的遗教

民国十五年七月九日，国民革命军总司令蒋中正誓师北伐，并下总动员令。这是中华民国历史上的大分水界。前此我们虽有革命志士，但没有健全的、有纪律的、笃信主义的政党；前此我们虽有军队参加革命，但没有革命军。此后就大不同了。我们如要了解民国十五年北伐誓师为什么是个划时代的史实，我们必须补述孙中山先生末年的奋斗。

我们已经说过，中山先生在辛亥革命以前宣布了他的革命方略，分革命的过程为军政、训政、宪政三个阶段。用不着说，军政是一个信服三民主义的革命军对封建势力的扫荡和肃清；训政是一个信服三民主义的革命党猛进的缔造宪政所必须的物质及精神条件。民国初年，这样的革命军和革命党都不存在，军阀得乘机而起，陷民国于长期的内乱，人民所受的痛苦，反过于在满清专制之下所受的。中山先生于是更信他的革命方略是对的。民国三年，他制定革命党党章的时候，他把一党专政及服从党魁的精神大大的加强。民国七年,俄国革命,虽遇着国内国外反动势力的夹攻,终成功了。中山先生考察俄国革命党的组织,发现其根本纲领竟与他多年所提倡的大同小异。原来俄国也是个政治经济落后的国家,俄国的问题也是火速的近代化。在十九世纪,俄国没有赶上时代的潮流,因此在上次的欧洲大战,俄国以二十倍德国的领土,两倍德国的人口,尚不能对付德国二分之一的武力。俄国的革命方略,在这种状况之下当然可供我们的参考。难怪中山先生虽知道中山主义与列宁主义有大不同之点,早就承认列宁是他的同志。

在苏联革命的初年,为抵抗帝国主义起见,列宁亦乐与我们携手。民国十二年正月二十六日,中山先生与列宁的代表越飞(Joffe)共同发表宣言,声明两国在各行其主义的条件之下,共同合作。十二年夏,中山先生派蒋介石同志赴俄,考察红军和共产党的组织。是年冬,苏联派遣鲍罗廷来华作顾问。十三年初,中山先生召开全国代表大会于广州,澈底的改组国民党,并决定联俄容共。同时蒋介石同志从俄回国。中山先生就请他创办黄埔军官学校。中山先生对黄埔军校是抱无穷希望的。在开学的那一天,中山先生说过:

> 今天要开这个学校,是有什么希望呢?就是要从今天起,把革命的事业重新来创造,要用这个学校内的学生做根本,成立革命军。诸位学生,就是将来革命军的骨干。

十四年是革命策源地的两广的大调整时期。陈炯明勾结杨希闵、刘震寰以图消灭新起的革命势力。于是有两次的东征,然后广东得以肃清。同时革命政府协助了李宗仁、黄绍竑肃清广西。

不幸在这年的春天,三月十二日,中山先生在北平逝世了。革命的重担大部分从此就遗到□□□同志身上了。

从十五年七月九日起的北伐,到二十六年七月七日的抗日战争,□□□的事业是读者们所熟知的,我们可以不必细说。但是有三个重要方面我们不得不注意。

第一,现任国民党总裁的□□□在最近十余年之内的事业一贯的以中山先生遗教为本。他认定偏左的□□主义和偏右的军阀都是误国的。他所领导的政军始终不离开三民主义。最初误会的人很不少。慢慢的他们认识了他的政策,由认识而生敬仰,终则一致的拥护。所以抗战以来,国人不分党派区域均团结于他的领导之下,一致抗战。

第二,近年□□□鞭策全国向近代化这条大路上迈进。铁路的加修,全国公路网的完成,航空线的设立,无线电网的布置,义务教育的提倡,科学及工程教育的奖进,及国防的近代化,都是近几年的大成绩。抗战以前全世界无不承认我民族已踏上了复兴之路。日本的军阀看清了这一点,所以决计向我们大举进攻。

第三,九一八以来,国人有些为感情所冲动要求中央早战,有些□□分子另怀阴谋,以为向日抗战,就能消灭中央势力,于是假借爱国之美名,鼓动早战。□□□为民族计忍受国人的非议和敌人的无礼,绝不轻言战,亦绝不放松民族近代化之推进。我们能从九一八到七七得着宝贵光阴的建设,这是□□□深谋远见的结果。

目前的困难是一切民族在建国的过程中所不能避免的。只要我们能追随□□□,谨守中山先生的遗教,我们必能找到光明的出路。

附　录

中国近代化的问题

近代世界文化有两种重要的特别:一种是自然科学,一种是机械工业。这两种特别引起了许多政治经济社会的变迁,如大规模的民治,兼领数洲的大殖民帝国,资本阶级与劳动阶级的斗争,支配世界市场的大公司等。上次世界大战以前,全世界的文化发展似乎有共同的趋势:素不行民治的国家如中国、日本、土耳其、俄罗斯都像望着民治走;曾未使用机械的国家也步步的踏入工业革命的园地。却是大战以后,经苏联的革命,义大利、德意志、日本诸国的法西斯运动,世界的政治经济制度反而背道而驰了,至少是各向各方去了。现在世界没有共同的趋势,所谓近代文化究竟是什么,各国亦有各国的说法了。虽然,此中有一点我们必须注意:斯塔林与希特勒在政治经济的立场上虽一个站在北极,一个站在南极,两人对于自然科学及机械工业都是维护的。世界的一切都可革命,谁都对于自然科学及机械工业尚未闻有革命之声。左派的,右派的;帝国主义者与反帝国主义者;

男的,女的;白种,黄种;老年,幼年:没有一个肯树反自然科学和反机械工业的旗帜。所以我们如说中国必须科学化及机械化,并且科学化和机械化就是近代化,大概没有人反对的。

这种科学机械文化发源于欧洲西部。近代史就是这种文化的发展史。西欧以外的国家都被这种文化征服了。抵抗这种文化的国家不是被西欧占领了,化为殖民地了,就是因战争失败而觉悟,而自动的接受这种文化。胜利的抵抗是没有的。能利用这种文化来生产,来防守国土者就生存;不能者便灭亡。这是近代史中的铁律,没有一个民族能违犯的。

关于西欧以外的国家接受科学机械文化的过程,有几点值得我们的注意。第一,接受愈早愈便宜,愈迟愈吃亏。在同治光绪年间——十九世纪的后四十年——远东历史的最重要事实是中日两国近代化竞争。在那个竞争之中得胜者一切都得胜了,失败者一切都失败了。十八及十九世纪俄罗斯及土耳其的形势亦复如此。俄国能占领黑海以北的土地是因为大彼得在十八世纪初年为俄国立了近代化的基础。近代化的迟早快慢和程度是决定近代国家命脉的要素。

第二,科学机械文化从西欧向外发展的区域有两种。一种是土著的人很少,西欧人移居其中,把这种文化带去了。美洲及澳洲之成为西欧文化区域是因为美洲及澳洲成了西欧人居住的区域。另一种是人口稠密,西人不能移殖的区域,如东欧、中国、日本、印度。西欧人的势力到这些地方去的是政治经济的,不是移民的。这些地方能否近代化须看地方人民自己的努力。第一种区域近代化的过程是简单的，自然的；其经验没有可资我们借镜的。第二种区域的近代化都是从艰难困苦内忧外患交迫中得来的，其过程之富有色彩和戏剧性是历史家和政治家不能也不应忽视的。

印度在近代史的前几幕就亡国了，我们可以置之不论。余有四国可资比较，即中国、日本、俄国、土耳其。这四国的经验有紧要的共同点。四国近代化都是自上而下的。俄国近代化的发起人是大权独揽的大彼得。日本近代化的发起人是少数贵族的政治家。中国近代化的发起人是同治年间的权贵，在内恭亲王奕䜣和大学士文祥，在外长江的督抚曾国藩、李鸿章、左宗棠。土耳其近代化的发起人是少数留学西欧的知识分子。在四国，群众都是反对近代化的。这不是说这四国的群众是比别国的群众特别顽固。无论在那一国，群众是守旧的。创造是少数人的事业。在辛亥年，如果全国对国体问题有个总投票的机会，民众十之八九是要皇帝的。现在的民众如有全权决定要不要修汽车路，大多数会投票决定不要汽车路。数年之前，如苏联的民众能自由选择集耕或分耕，百分之九十是要维持分耕的。基玛尔假使遵从民意，土耳其妇女的解放就不会实现了。我们在西欧文化区域内受过教育的人不知不觉的接受了那个区域内的民意哲学，忘记了我们所处的境遇完全不同。英、法、德、美各国进步上的再进步是可迟可早的，至少不致成为国家存亡的问题。西欧文化区域以外的国家则不能不积极的推动各种反民意的改革。

在中、俄、日、土四国之中，近代化既是自上而下，并且常违反民意,改革的推动不能不赖政权的集中。从这四国近代化的过程,我们可以得着一个共同结论:政权愈集中的国家,其推行近代的成绩愈好。所谓好,就是改革的程度愈澈底,愈快速。没有大彼得的横暴——不仅专制——旧马斯哥的守旧势力是不能打倒的,俄国或要保存鞑靼的、东欧的文化直到拿破仑大战的狂风暴雨,十八世纪的宝贵光阴将整个的空费了。在民族的竞争之中,百年的落伍是不易补救的。大彼得虽于死前未得着俄国人的感激,他是俄罗斯民族的大恩人,这是无容疑问的。战后列宁和斯塔林的伟业实在就是大彼得的事业的继进。□□□在俄国的专制,恐怖,横暴,可说到极度了。有许多人至今只知道包尔雪维克的厉害,和俄国反革命者末日的惨痛,不知道□□□在俄国的使命是要俄国超近代的近代化。以俄国民众的愚蠢及昔日领袖阶级的自私,非用极大的暴力,苏俄革命是不能成功的。

日本明治的维新与我国所谓同治中兴有一个极大的差别。日本的维新是以政治革命为基础的。尊王派的政治目的达到了以后,政权才集中,维新家始得以天皇的尊严来号召全国。因为天皇的尊严到了绝顶,所以日本的维新家无须倡一党专政,无须用密探和恐怖。同光年间的中国名为统一,实不统一。曾李左诸人的事业不是国家通盘筹画的事业。李鸿章在北洋负创设新陆军和新海军的责任,但他的财源可靠的仅北洋一隅。其他各省的协饷要看李的势力和李与其他各省督抚的私人关系。京内的御史老爷们,甚至各衙门的胥吏及内廷的太监都能和他捣乱。到了甲午,尚有北洋舰队敢与日本一战,李鸿章已算大成功了。只有绝顶天才始能创造新事业,始能为民族行百年大计。这些天才,因为没有集中的政权作后盾,不知道历史上有多少被庸人和群众反对而消没了。

土耳其在革命以前的维新很像中国在前清末年的维新,三心二意的维新,成绩很少,费用很多,整个国家几乎为这样的维新所灭亡。等到基玛尔用严密的组织统一了政权,又利用这政权来打倒一切步骤不齐的行动,然后土耳其始真正的复兴了。

民国以来,我们一面想要接受近代的科学和机械,一面又因内战把国家割裂了,政权分散了,所以国运反而在革命以后遭更严重的打击。自国府定都南京以后,我们才慢慢的从艰难困苦之中建设了近代化的最低限度的基础,那就是说,政权慢慢的统一了。我们不必讳言,这种统一还有不健全的地方,还有待我们努力和牺牲来完成的地方。但是近代化的问题关系民族的前途太大了,无论牺牲多大,我们不可顾惜。不近代化,我们这民族是不能继续生存的。不统一,我们的近代化就不能进行。统一而政权不集中或集中而运用不大胆,不猛烈,则近代化虽进行而不能快。那末,我们落伍的距离就不能追上了。

所谓自然科学和机械工业不是少数学者和学校的事业,也不是几个都市的事业。我们有时因为近年理工两科的学生和设备加多,就心满意足,以为中国就近代化了。其实中国近代化的程度是很可怜的。说农业:中国的农民与近代的科学可说是不发生关系的。说行政:仅少数上层机关有几分近代化的皮毛,余则因循度日。说工业:就是大都市里面的大工厂尚且有用中古的管理方法来使用近代的机器的。倘此后政府不加以督促和鞭打,我们的生产事业都会被国际竞争所淘汰。

我们近年在各方面确有相当的进步。但是我们的进步离应付国难的程度还远呢。我们的外交内政,大干,冒险的干,革命的干,或者干得通;小干,三心二意的干,就会干不通了。所以在纪念民国二十五年的时候,我愿全体同胞从大处着眼,为民族谋百年的大计,拿出我民族的伟大精神来。

中国与近代世界的大变局

> 历代备边，多在西北；其强弱之势，客主之形，皆适相埒；且犹有中外界限。今则东南海疆万余里，各国通商传教，来往自如，麇集京师及各省腹地；阳托和好之名，阴怀吞噬之计；一国生事，诸国构煽：实为数千年来未有之变局。轮船电报之速，瞬息千里；军器机事之精，工力百倍；炮弹所到，无坚不摧；水陆关隘，不足限制：又为数千年来未有之强敌……

这是同治十三年李鸿章对中国的国际地位之观察。时人多以为他言过其实；今人觉得他的看法还不透彻。关于这一点，我们在下文里当再讨论。我们现在不过要指出：李鸿章的结论是不能否认的或修改的。中国近代所处的局势确是“数千年来未有之变局”；中国近代所遇之敌人确是“数千年来未有之强敌”。

这个大变局的由来及其演化，中国对此变局的应付及其屡次的修改：这是本文所要讨论的。

一

葡萄牙人在十五世纪末年发现了绕非洲经好望角的欧亚直接航路。这事在世界历史上开了一个新纪元,也就是上文所谓大变局的起始。在这事以前,中西固早已发生了关系,但以前的关系与以后的关系根本不相同。原来欧亚两洲虽境土相连,且在乌拉山以南,喀斯便海以北,两洲之间并无自然的分界,但在十六世纪以前,中国与欧洲之间,除蒙古帝国短时期外,总有异族异教之人居中隔离。在这种环境之下,中西的关系不但要看双方的需要及意志如何,还要靠中欧之间的区域有适合的情形。在这个条件不能圆满的时候,中西的关系就完全断了。即在这个条件能圆满的时候,中西的关系大部分是间接的:货物的交换及彼此的认识都是由第三者转递与介绍。严格说来,历上古与中古,中西各自成一个世界,一个文化系统。自欧亚直接航路发现以后,第三者的阻碍成为不可能,其介绍亦成为不必要。自十六世纪到现在,世界史的最重要方面之一是东西的合化;或者我们应该说,是全世界的欧化。

为什么欧亚的航路到十五世纪末年始发现呢?这问题不是一言两句所能解答的。就地理说,这个大发现之迟到很自然。中西的发展是背道而驰的。欧洲发展起始于东南而趋向西北。欧洲最早的文化及政治中心是希腊,其次是罗马,最后才是西欧,愈到后来愈离中国远了。等到大西洋沿岸的国家有了相当的成熟,欧洲的历史始入海洋时期。中国的发展方向正与欧洲相反:中国的发展是由北而南的。我国的史家虽大书特书汉唐在西域的伟业,其实这不是我民族的正统。我国政治势力、文化及人民渡长江而逐渐占领江南以及闽粤,这一路的发展才算得我民族事业的正统。等到闽粤成熟了,然后我们更进而向南洋发展。明永乐及宣德年间的海外盛事不是偶然的,无历史背景的。那时南洋,甚至印度洋,似乎是我们的势力范围。郑和的时代就是葡萄牙航海家亨利王的时代。无怪乎中国人与葡萄牙人初次的见面礼是在印度洋沿岸举行的。我们可以说,十六世纪以后的中西关系是数千年来双方历史的积势所蓄养而成的。那末自然会愈演愈密切而愈重要了。

在欧洲历史未入海洋时期以前,西方没有一个国家把提倡海外发展当作政府的大事业。西人来中国者多半为个人的好奇心、利禄心或宗教热所驱使。他们的事业是私人的事业;他们没有国家或民族作他们的后盾。就是欧洲中古最著名的东方旅行家——马可孛罗——并未得着任何欧洲政府的援助。他的事业,在当时,与欧洲任何国家或民族的国计民生都没有关系。到葡萄牙人发现好望角的时候,欧洲的局势就大不同了。至少在西欧、葡萄牙、西班牙、法兰西、英吉利已成立了民族国家。在十六世纪末年,荷兰亦经革命而独立。这些国家的国王和权贵无不以提倡海外发展为政府及民族的大事业。那班在海外掠财夺土的半海盗半官商居然成了民族的英雄。文学家又从而赞扬之。在十六、十七世纪的欧人眼光里,国家的富强以及灵魂的得救,都靠海外事业的成败。个人冒险而到海外去奋斗的,不但可以发大财,且得为国王的忠臣、民族的志士和上帝的忠实信徒。这种人的运动是具有雄厚魄力的。他们在历史上发起了、推动了一个不能抑遏的潮流。

李鸿章所谓“数千年来未有之变局”就是这样开始的。

二

葡萄牙大航海家帝亚士(Bartholomew Diaz)于一四八六年,明成化二十二年,发现了好望角。十二年以后,明弘治十一年,甘玛(Vasco de Gama)率领小舰队直抵葡人百年努力的目的地印度。在印度西边的各海口,甘玛采买了印度土产如珍珠、胡椒、细布,及香料群岛所产的香料,满载而归。这一次的贸易获利六十倍。弘治十五年,甘玛又率领第二次远征队到印度。他带到东方的资本约值二百四十万佛郎;归国后,带回去的东方货物变价到一千二百万①。但欧亚贸易,在此以前,是由亚拉伯人及意大利人垄断。他们自然不甘心坐视别人攘夺他们的利源。而葡人尝了滋味以后亦自不乐歇手。正德五年(一五一零年)的大战决定了最后的胜利属于新兴的葡萄牙。

彼时葡属印度总督阿伯克尔克(Albuqerque)具有绝大的野心。他囊括印度洋及南洋各地,创立一个伟大的海洋帝国。正德五年,他占据印度西岸的大市镇果亚(Goa),且设总督府于此。次年,他的舰队又灭了南洋咽喉的满剌加(Malacca)。此举开了中西冲突之端。原来满剌加自明成祖于永乐元年(一四零三年)派遣尹庆出使其地宣示威德以后,历年谨修职贡;加上郑和在南洋的活动,尤对中国顺服。葡人灭满剌加就是并吞中国的藩属。中国如何应付这种侵略?《明史·满剌加传》于无意中形容实在极了:

> 后佛郎机[②]强,举兵侵夺其地。王苏端妈末出奔,遣使告难。时世宗嗣位,敕责佛郎机,令还其故土。谕暹罗诸国王以救灾恤邻之义,迄无应者,满剌加竟为所灭。

换句话说,明世宗仅发了几篇纸上文章以塞宗主的责任。难怪葡人要继续前进占美洛居(Moluccas)。《明史》说:“地有香山,雨后香堕,沿流满地。居民拾取不竭。其酋委积充栋,以待商舶之售。东洋不产丁香,独此地有之,可以辟邪,故华人多市易。”此段文字虽带浪漫风味,然离事实确亦不远。美洛居亦名“香料群岛”(Spice Islands),所产物品为数百年欧亚贸易的大宗,也就是葡人及荷兰人在亚洲最注重的。葡萄牙在美洛居的侵略,中国更置之不理了。

西班牙的海外发展与葡萄牙同时;最初目的也是要到印度。因为哥伦布不知美洲的存在,误信了从欧洲向西直航为达印度的捷径。后来西班牙人在十六世纪初年发现了墨西哥及秘鲁的金银,才定美洲为他们海外发展的范围。所以马奇伦(Magellan)虽于一五二一年(正德十六年)发现了菲律宾群岛,等到一五六三年(嘉靖四十二年),西班牙人始复来经营此地;再等七年,始占吕宋。中国与吕宋的关系比与满剌加或美洛居更密切。《明史》说:“先是,闽人以其地近且饶富,商贩者至数万人,往往久居不返,至长子孙。”西班牙人对于中国人实在是去留两难:留之则恐华人势力太大,致不能制;去之则岛上经济受损失。且中国人也去不尽,因为“华商嗜利,趋死不顾,久之复成聚”。西班牙人采取了一个折中办法:华人太多的时候驱逐些或屠杀些;平时则收重的人丁税。万历二十一年(一五九三年),驱逐过一次。三十一年屠杀过一次:中外记载皆说死难者约二万五千人。崇祯十二年(一六三九年),又屠杀过一次:彼时华侨共三万人,死者占三分之二。万历三十二年,中国尚移檄吕宋:“数以擅杀罪,令送死者妻子归。”到崇祯年间,连一篇纸上文章都无暇发了。这样的,我民族又丧失了在菲律宾的发展范围。

荷兰在爪哇也是这样对付华侨的。

这三国及后来的英国的侵略也是南洋的大变局。在欧洲人未到南洋之前,华侨是那些地方的社会及经济的高层,甚至有执当地政柄者。倘这种趋势能继续推演,则群岛未尝不可成为海外的新闽粤。可惜西人势力到达南洋的时候,我国无以应付,侨胞遂永远寄人篱下了。

有明一代,一方面闽粤的人民自动的冒万险到南洋各地去谋生,一方面政府至少在永乐及宣德年间,似乎又极端重视中国在南洋的势力。海外发展的条件岂不是齐备了?何以在十六世纪又这样的拱手让人呢?西人的船坚炮利及十六世纪的明廷之无远略当然是要紧的原故。比这种原故还根本的是当时中国的特殊国情。明代政府及人民的海外事业各有其动机，且彼此不相关的。历有明一代，广州市舶司提举——即海关监督——的肥缺全是太监的专利。政府所派的代表到南洋去的，如郑和、尹庆，又都是太监。他们的使命虽说得冠冕堂皇，什么为国家扬威宣德，其实他们的目的岂不是为太监们去招徕？近人谈唯物史观者，好以地主阶级或资本阶级的私利解释中国的历史。如要勉强用阶级争斗来解释历史，我以为在中国应特别注重官吏阶级。这个阶级有其特殊的立场与主观；虽出身是从地主或资本阶级，官吏只为官吏而施治，并不代表任何人。惟其如此，明朝政府始能一面派使出洋扬威宣德，一面禁止人民出洋及坐视外人压迫在外的侨民。实际在政府方面，明朝海外事业的动机就是太监们的私利。这个动机那能促进民族运动呢？拿这种动机来与西人的动机比较，岂不是有霄壤之别吗？

三

从满剌加，葡萄牙人更进而到中国东南的洋面，初次在正德十一年，西历一五一六年。此一举中国又如何应付呢？当时中国并不守闭关主义。在葡人未来之先，中国沿海的通商已有相当的发展。暹罗、占城、苏禄、浡泥、爪哇、真腊、锡兰山、苏门答剌、榜格兰等国常有船只往来中国。但同时我们没有所谓国际贸易或通商条约，因为中国的政治观念，尤其自南宋以后，总以天朝自居，“一统无外，万邦来庭”，否认有所谓“国际”者存在。

所谓通商,就是进贡;市舶是随贡舶来的。我的朋友张君德昌直称明正德以前通商为贡舶贸易时期[3]。凡来通商的无不尊中国为上国,而以藩属自居。在藩属方面,他们进贡以表示他们的恭顺;在上国方面,我们许其贸易,并不因为我们利其货品或税收,"不过因而羁縻之而已"。这是双方条件的交换。因此,倘蕃邦偶不恭顺,我们就"停市"。这是当时中国国际关系的理论。在此理论之上,我们设了各种法规,其中最要紧的是贡有定期,舶有定数。但是久而久之,这个理论及法规都成具文,其结果是贡舶其名,通商其实,甚至外人不到贡期或全不进贡的也来作买卖了。此中原因复杂,容待下文讨论。

葡人初次来广州的是从满剌加坐中国商船来的,贸易未发生困难。第二次,正德十二年,西人的记载说,华人初见其船只之大及葡人容貌的奇异,要拒绝通商;后见其行为和平,巡海水师又得重贿,就许了葡人在上川岛停船贸易。从第三次起,正德十三年,中葡发生许多冲突。由冲突到妥协经过四十年[4];最后的妥协方案就是中国应付近代世界的大变局之第二步。

冲突的发生,第一由于葡人行为的凶暴。"剽劫行旅"、"掠买良民"、"恃强凌轹诸国"等形容词屡见于当时的奏章。并且这些形容词不是虚诬的;西人的记载可作参证。其实在十六世纪,欧人到海外去的可以作商客,也可以作海盗;当时的道德观念并未明定这两种人的善恶,不独葡萄牙人如此。至于给事中王希文所说的"烹食婴儿","犬羊之势莫当,虎狼之心叵测",及庞尚鹏所说的"喜则人而怒则兽,其素性然也",虽不免历代言官的夸大,亦可表示当时一部分人的印象。葡人这种凶暴,不但危害了中葡关系,且影响了全盘中西关系,因为时人当然把葡人当作西人的代表看待,而他们的行动容易使中国人以看待历代夷狄的眼光来看他们。初次的印象是不容易消抹的。

葡萄牙人大概从满剌加的华侨及广州沿海的商人探知了中国的贡舶贸易制度,所以他们初次到中国的时候,亦借口进贡。但是进贡须朝廷许可,得列藩封以后始可执行。葡萄牙之灭满剌加是她得进贡的资格的大障碍。正德十五年年底,御史丘道隆曾说过:

> 满剌加乃敕封之国,而佛郎机敢并之,且啖我以利,邀求封贡,决不可许。宜却其使臣,明示顺逆,令还满剌加疆土,方许朝贡。倘执迷不悛,必檄告诸蕃,声罪致讨。

葡萄牙的使者虽到了南京及北京,因满剌加的原故及使团人员的失礼,于世宗嗣位之初(一五二一年),惨败而归;其舌人亚三伏法,正使 Tomé Pires 死于广东监牢。

但是正德嘉靖年间的中国人的心理也不是这样简单。经过几次的交战,尤其是嘉靖二年(一五二三年)新会西草湾、二十六年漳州及二十八年诏安等役,我们知道了葡人火炮的利害。"御史何鳌言佛郎机最凶狡,兵械较诸蕃独精。前岁驾大舶突入广东会城,炮声殷地。"西草湾之役,中国得了几尊火炮。海道副使汪鋐送至北京,说其大者能击五六里。《明史》加了一句:"火炮之有佛郎机自此始。"于是"佛郎机"又成了利炮的别名了。我们虽与葡人打了好几次的仗,且是得胜了的,他们仍继续前来。《明史》说:"吏其土者(在广东作官的人)皆畏惧,莫敢诘。"

除威胁外,葡人尚可以利诱。利有好几种:有通商自然之利,法内之利,亦有法外之利。嘉靖八年左右:

> 巡抚林富言互市有四利。祖宗朝诸蕃朝贡外,原有抽分之法,稍取有余足供御用:利一。两粤比年用兵,库藏耗竭,借以充兵饷,备不虞:利二。粤西素仰给粤东,小有征发即措办不前,若蕃船流通,则上下交济:利三。小民懋迁为生,持一钱之货,即得展转贸易,衣食其中:利四。

林富所奏的是国计民生,法内之利;此外尚有官吏从互市所得的陋规。此种法外之利之大有非吾人所能想像者。因此地方官吏,在林富以前(及以后),"甚有利其宝货,佯禁而阴许之者"。

林富论民生的一节也不透彻。据西人的记载,中国沿海的居民无不乐与外人交易,只要交易是和平的,朝廷尽管要闭关,士大夫尽管倡攘夷,平民能作买卖必定要作。久而久之,统治阶级亦无可如何;即清高者不过骂一句"奸商"或"汉奸"以了之。现代如此,十六世纪早已如此。在中外商业的开辟之过程中,中外的商人有许多时候是利害相同,因而互助的。正人君子往往把这种互助当作狼狈为奸看,其实君子反自然,商民顺自然。我国士大夫对"商"没有正确观念,所以我民族在应付近代世界的大变局之中有时不免自作孽了。

我们的传统观念既把正路堵塞了,中外的商人就不得不走邪路。天启年间,荷兰人想在广州通商遭拒绝以后,用了一个新方法。《明史·和兰传》有这一段:

> 海澄人李锦及奸商潘秀、郭震久居大泥,与和兰人习。语及中国事,锦曰:"若欲通贡市,无若漳州者。漳南有彭湖屿,去海远,诚夺而守之,贡市不难成也。"其酋麻韦郎曰:"守臣不许,奈何?"曰:"税使高寀嗜金银甚,若厚贿之,彼特疏上闻,天子必报可。守臣敢抗旨哉?"酋曰:"善。"

潘秀及郭震诸人于是负命回福建去运动。高寀不但甘愿,且努力促成其事。他派了"心腹周之范诣酋,说以三万金馈寀,即许贡市。酋喜与之,盟已就矣"。但别的官吏或因分赃不均,或因不敢违旨开禁,不承认这个私约,事就作罢。

此种记载,倘无旁证,似难可信。幸而英国东印度公司亦有同类记录。这时英商企图在华通商,苦无门可入。东印度公司日本的经理柯克司(Richard Cocks)于是联络长崎华商商会的会长替他运动。一六二一年(天启元年)一月,柯克司报告公司说:"中国老皇帝已传位于其子,新皇帝已许我国每年派两只船去通商。地点定在福州。现在所缺的只是当地督抚的许可。"几个月后,他又写信给公司说:"中国商会会长负责交涉通商权利者已返平户。他说特许状已得到了。他又说他费了一万二千两的运动费。如公司的经理现在不理他,他必致破产。"这个商会的会长似乎是个买空卖空的投机者,因为这种活动没有先疏通北京而后再来对付地方官吏的[5]。

我们近代对付西洋的方法不外采用西洋枪炮及雇用西洋的军人。西人近代对付我们不外学我们疏通衙门的秘诀，且雇用汉人替他们跑衙门。双方均在那里仿效对方的长处。

现在我们应能了解十六世纪中西互市问题的上层理论及法规，和下层的事实。究竟促成互市的动机大于禁止互市的动机。因这种基本的趋势，当时虽有许多人反对，皇帝终发明诏许葡人在广东通商。

最初明令特许的通商地点是浪白滘。葡人最初在此岛旁就船为市，后来移居岛上。嘉靖十四年（一五三五年），都指挥黄庆"纳贿，请于上官，移之濠镜"，由葡人"岁输课二万金"。"濠镜"就是澳门的别名。葡萄牙与澳门的关系是这样发生的。黄庆为什么要替葡人出力，他"纳贿"的钱从那里来，中籍无明文的纪载；西籍则说葡人善于运用金钱与中国官吏周旋[6]。嘉靖十四年，中国还只许葡人在澳门停船：

> 三十二年（一五五三年）蕃舶托言舟触风涛，愿借濠镜地暴诸水渍贡物，海道副使汪柏许之。初仅茇舍。商人牟奸利者渐运瓴甓榱桷为屋。佛郎机遂得混入。高栋飞甍，栉比相望。久之遂专为所据。

当时的官吏既然一面畏惧"佛郎机"，一面又利其互市，还是让葡人在澳门居住为最方便。况且官吏很能自圆其说：如果在岛上，则"巨海茫茫，奸宄安诘，制御安施"；一旦移居澳门，则

"彼日食所需,咸仰于我,一怀异志,我即制其死命"。原来澳门面积甚小,与内地的交通,仅靠莲花茎一路:倘有冲突,中国只须抽退工人,断其接济,就"制其死命"了。这是我国官吏在十六世纪从经验得来的一个极省事而又极灵效的"驭夷"秘诀。葡人移居澳门等于把生命财产搬进一个葫芦里而让中国看守葫芦口。为守口严密起见,万历二年(一五七四年)中国筑了一道闸墙横断莲花茎,墙中留门,启闭由中国驻防军队主持。中国在澳门又立税关,置县丞;葡人年纳地租五百两。此外中葡并没有别的关系。葡人好几次派代表到北京,中国看同琉球暹罗的贡使,葡人并未抗议。这样,中国保存了"天朝"的尊严,而地方人民和官吏以及葡萄牙人都作了他们的好买卖。这个妥协方案既顾到了上层的理论和法规,又适合于下层的事实及欲望。这是我们应付近代世界的大变局之第二步。《明史》说:"……终明之世,此番固未尝为变也。"

四

终明之世,葡人所以未为大患,不仅因为中国有了"驭夷"的秘诀。此外有别的原故在。葡人在澳门虽受中国种种限制,但中国货物除由华商运到南洋及日本,再由荷商或英商运到欧洲外,余概须经过葡人之手始能到欧洲。这种中国与欧洲贸易的垄断每年给葡人百余万两的净利。果亚总督给葡人商船来澳门的特许状值价多到七十余万两⑦。所以葡人自得澳门后,不但不想进取,反竭力的联络中国来避免第三者的分润。且葡萄牙的帝国政策最注重的是香料群岛及印度,并不是中国。其国内的经济政策不好;在海外所得的财富不过经葡人之手,终流到英、荷、法诸国。一五八零年(万历八年),其本国又为西班牙所兼并。因此荷兰及英国与西班牙为敌者,亦与葡萄牙为敌。葡属殖民地一部分就被英荷瓜分了。葡萄牙海上称雄仅在十六世纪;到了十六世纪末年,她已自顾不暇,更谈不到进取。

西班牙也是十六世纪的大海权国,但是天主教教皇在分派海外区域的时候,把中国划归葡萄牙去发展。所以中国与西班牙没有要紧的关系。

荷兰与英国的海外事业的起始同在十六世纪末年。最初两国合作以抗西班牙。两国在亚洲都设有专利的东印度公司。这两个公司初到中国来通商的时候,葡萄牙人竭力怂恿广东官吏反对,因此英荷两国初来通商所遇着的困难反比葡萄牙更多。荷兰东印度公司在广州及澳门失败以后,就于天启二年(一六二二年)向东北去占澎湖,以图与福建通商。"守臣惧祸,说以毁城远徙即许互市。番人从之。天启三年,果毁其城移舟去。巡抚商周祚以遵谕远徙上闻。……已而互市不成,番人怨,复筑城澎湖。"后任福建巡抚南居益与荷人屡战,并严断接济;荷人遂弃澎湖而专意经营台湾。

彼时台湾虽未入中国版图,国人在那里垦荒的已经不少。嘉靖末年,海盗林道乾曾据其地。天启初年海盗颜思齐和郑芝龙也在此地住过。崇祯中年,芝龙降于福建巡抚沈犹龙,并受了明朝官职。适福建大旱,芝龙就提倡移民于台湾。“鸿荒甫避,土膏愤盈,一岁三熟,厥田惟上上。漳泉之人赴之如归市。”荷兰人不过在安平、鸡笼、淡水建立货栈和堡垒。“荷兰专治市航,不敛田赋,与流民耦俱无猜。”明亡,芝龙降于满清,其子成功不从,据厦门一带的地方与清对抗。顺治十七年(一六六零年)成功进攻南京失败以后,遂率领部队去占台湾,也可以说去收复祖业。荷兰人死抗,但在爪哇的总公司接济不上,台湾遂于顺治十八年完全变为中国人的土地。从此荷兰人与郑氏为仇而偏袒满清,想趁机得与中国通商。康熙二年(一六六三年)施琅夺取厦门的时候,荷兰东印度公司曾派船来协助。康熙帝还赏了“荷兰王”缎匹银两。从此公司得在厦门通商。

荷兰东印度公司除以武力协助满清消灭明朝余党,借以得通商权利外,又屡次派使进京以资联络。中国当然以“请贡”待之。顺治十二年“请贡”的时候,世祖曾以“特降敕谕赐其国王”,其中有一段极有趣的话:

> 至所请朝贡出入,贸易有无,虽灌输货贝,利益商民,但念道里悠长,风波险阻,舟车跋涉,阅历星霜,劳勚可悯。若朝贡频数,猥烦多人,朕皆不忍。著八年一次来朝,员役不过百人,止令二十人到京。所携货物,在馆交易,不得于广东海上私自货卖。尔其体朕怀保之仁,恪恭藩服,慎乃常赋,祗承宠命。

荷兰人尽管恭顺,他们与中国的贸易仍不能脱贡舶色彩。在十七世纪的前半,荷兰虽曾称雄海上,但其所注重地点是南洋群岛和印度。所以荷兰反明助清的行动虽饶有历史兴趣,中西全盘的关系并没有受荷兰的影响。

英国东印度公司在十七世纪前半对中国的态度更加消极。荷兰在澳门失败了,英人就觉得无试验的必要。驻日的经理虽曾联络长崎华商商会的会长,但以后怕上当,遂未前进。所需中国货物,英人在南洋或日本从华商购置以了事。

东印度公司对中国的消极颇引起英人的批评。一六三五年,国王查理一世偕同少数资本家另外组织一个团体,来专营中英之间的贸易。次年,这团体派了威得尔上尉(Captain John Weddell)率领四大船二小船来华;一六三七年(崇祯十年)六月驶抵澳门。葡人既不愿英人来分其利,心中又怕威得尔以武力对付,只好虚与委蛇。威得尔急了,就直向虎门驶进。中国官吏的反对,他全置之不理。双方于是备战。八月十二日武山炮台——虎门炮台之一——开始射击;威氏竭力反攻。交战仅半小时,台上兵丁尽逃了。英兵于是上岸占了炮台,悬上英国的国旗,并把台上的炮位搬到船上。所谓虎门的天险,在十七世纪已不能限制西人。九月十日中国放了许多火箭喷筒以图焚毁英国船只。这种火攻之法也没有发生效力。威氏说:"谢谢上帝,我们没有一人受伤。"以后他大事报复:烧了好几只水师船,毁了一个村庄,并从村里"拿走了三十头猪"。经过这些硬仗之后,官吏和葡人都知道总须想个收场的办法。终究威氏作了点买卖,但他也担保不再来中国⑧。

不久英国发生革命。革命以后,东印度公司于一六四六年(康熙三年)派船一只来华。那时适经大乱之后,澳门景象十分萧条。葡人口口声声的诉苦,说"鞑靼"人如何蛮横,船一进口便不许出。这船白白纳了二千两的船钞,原货皆装回去。与中国直接通商既然这样困难,公司改在台湾设法。一六七零年,公司居然与"国姓爷"郑经订了通商的协定:公司得在台湾及厦门通商,但须输进若干火药及炮位。五年以后,公司在厦门设立总栈,在台湾设分栈。除供给军火外,尚派人教练郑氏的炮兵。虽然,买卖仍旧不能发达,因为郑氏在大陆上所辖土地有限,并且年年缩小。到了康熙二十年(一六八一年)郑氏失厦门,大陆上就无寸土了。二十二年,郑克塽薙发投降。台湾也入了清朝的版图。东印度公司驻华经理之失望可想而知。最奇怪的,英人并未因协助郑氏而以后吃亏,正如荷兰人之未因协助满清而占特殊便宜。

其实在十七世纪,英荷海权膨胀的时候,中国与西欧的关系并无新发展。在明末清初的时候,英荷两国虽同为通商对中国的内战有所偏袒,但并没有影响以后的关系。在这百年之内,近代世界大变局,在东南方面,进了一个凝滞时期。

近年因为纪念徐文定公,国人对于明末清初的传教事业特别注意。当然,在十七世纪,外国传教士能在中国居官受爵,著书立说,中国高层的士大夫竟有信奉天主教者,这都是饶有兴趣的事实。但是在朝廷方面——无论是明是清——外国传教士的地位是一种技术专家的地位。朝廷所以用他们,不过因为他们能改良历法及制造佛郎机炮及红衣炮。士大夫与传教士接近者究竟不多,信教者更少。且这少数信教者岂不是因为那时的天主教加了浓厚的儒教的色彩?我们从乾嘉道咸时代的学术著作里能找出多少西洋科学方法及科学知识的痕迹呢?十七世纪的传教事业虽然带了不少英雄的风味,究未在我国引起一种精神运动;我国的文化依然保留了旧观。倘若没有近百年的发展,这事业在我国历史上不过如景教一样而已。

五

十七世纪的大变动,不在传教或沿海的通商,而在全亚洲北部之更换主人翁。

俄国人于一五七九年(万历七年)越乌拉山而进侵西比利亚。此后勇往直前,直到太平洋滨为止。一六三八年(崇祯十一年),其先锋队遂在鄂霍次克(Okhotsk)海滨建设鄂霍次克城。六十年内,全亚洲北部入了俄国的版图,其面积有四百万平方英里,比欧洲俄罗斯远大一倍。

中俄在黑龙江流域的战争和交涉,我已撰有专文讨论此事⑨。这里我仅须指出其有关于中国国际地位者。

第一,俄国未占西比利亚以前,中西的接触仅在东南沿海一带;占领以后,中西的接触加添了北疆的长线。从欧亚关系史看,我们可以说,自十七世纪起,欧人分两路侵略亚洲。一路自海洋而来,由南而北,其侵略者是西洋海权国;一路自陆地而来,由北而南,其侵略者是俄罗斯。两路的侵略,合起来,形成剪刀式的割裂。全亚洲,连中国在内,都在这把剪刀口内。这是亚洲近代的基本形势,诚数千年来未有的变局。

第二,当时的人虽不知道这个变局的重要,但在应付上,他们的成功是中国近代外交上空前绝后的。根据康熙二十八年(一八六九年)的《尼布楚条约》,不但黑龙江、吉林及辽宁三省完全是中国的领土,即现今俄属阿穆省及滨海省也是我国的领土。《尼布楚条约》的东北是大东北,因其总面积几到八十万平方英里,比现今的东北大一倍有余,也可称为全东北,因其东其南都到海,都有海口,其北有外兴安岭的自然界线——在交通上及国防上,那时的东北是完全的。

我们在十七世纪能得这种成绩,一面是因为机会好,一面是因康熙皇帝处置得当。彼时西比利亚的交通极不方便;俄国在远东的国力极其薄弱;俄人对远东的地理知识亦极缺乏;俄国最大的希望是与中国通商;因此,我们的外交困难并不甚大。同时康熙皇帝在军备上不遗余力,在外交上则不为过甚。尼布楚的交涉方式最值得我们注意。事前,代表团得着皇帝批准的确切训令,所以交涉的目的是固定的。在交涉的时候,我方代表全未以上国的使者自居;中俄双方概以平等相待。《尼布楚条约》是中西最早的条约,也是中西仅有的平等条约。彼时三藩之乱已经平定,清朝的江山已经稳固:何以康熙帝独于此时放弃"一统无外,万邦来庭"的态度呢?若说满人在那时尚未完全接受汉人的传统,所以能平等待外人,那末在顺治年间,满人的汉化程度更低,应该更能以平等待人。顺治年间给荷兰人的“敕谕”,我们在上文里已经引过:其态度的高傲也就够了。并且顺治十三年,俄国特使背喀甫(Baikoff)到北京的时候,因“行其国礼,立而授表,不跪拜,于是部议来使不谙朝礼,不宜令朝见,却其贡物,遣之还”。十七年,俄国使者又因“表文矜夸不逊,不令陛见”。在顺治年间,俄国已有意与中国和平交涉,无奈这些体制问题把交涉的路堵塞了。康熙的态度诚难解释,但此态度是外交顺利的一个成因,这是毫无问题的。

《尼布楚条约》的第六条也表示康熙时代朝廷态度的特别。这一条说:

> 两国之间既已成立本和好友谊条约,一切人民均可完全自由的从一国到对方国,惟必须携带护照,证明他们是得允许而来的。他们并可完全自由交易。

平等对待及自由贸易可解释尼布楚外交成绩的大部分。中国外交史上的大成绩是由平等对待及自由贸易中得到的,不是从独自尊大、闭关自守的传统中得来的:这件事值得吾人的深思。

六

康熙二十二年(一六八三年),三藩之乱平定了,台湾也收复了,从此清朝统一了中国。于是清圣祖不但下决心来解决黑龙江一带的中俄问题,又在沿海通商制度上,辟了一个新局面。

以先在军事时期,清廷曾禁人民下海,甚至强迫沿海居民迁居内地,以免他们接济"叛逆"。康熙二十三年,圣祖下明诏开海禁。这个谕旨虽仅许了国人下海,并没有明文的许外人进口,但是事实上无论那国人要到广州、厦门、福州、宁波来通商者,中国一视同仁。所以在十七世纪末年及十八世纪来中国通商的,如奥国(双鹰国)、普鲁斯(单鹰国)、丹麦(黄旗国)、美国(花旗国)、比利时、法兰西均没有遇着葡萄牙在十六世纪及英、荷在十七世纪初年所遇着的困难。

同时清廷正式设海关监督,规定粤海关由内务府派,闽海关由福州将军兼,浙海关及江海关皆由各该省巡抚兼。按法律,中国的旧海关制度完备极了,公道极了。圣祖的训谕说:"各省关钞之设,原期通商利民以资国用";"国家设关榷税,必征输无弊,出入有经,庶百物流通,民生饶裕"。世宗的旨趣相同:"国家之设关税,所以通商而非累商,所以便民而非病民也。"高宗也说过:"朕思商民皆为赤子,轻徭薄赋,俾人人实沾惠泽,乃朕爱养黎庶之本怀。"户部颁有税则,其平均率不到百分之五,比《南京条约》以后的协定税则还要低廉。防弊的法令也极森严:

> 一,各关征税科则,责令该管官详列本榜,竖立关口街市,并责令地方官将税则刊刷小本,每本作价二分,听行户颁发遵照。倘该管官将应刊本榜不行设立,或书写小字悬于僻处,掩以他纸,希图高下其手者,该督抚查参治罪。地方官将应刊税则不行详校,致有舛漏,或更扶同徇隐者,并予严参。

> 一，各关应征货税，均令当堂设柜听本商亲自填簿，输银投柜验明放行。其有不令商亲填者，将该管官严加议处。

很明显的，中国自十七世纪末年起，已有了法定的、公开的海关税则。

实际上，中国海关收税的情形不但离高尚道德甚远，且与法律绝不相符。直到鸦片战争，外商不知中国的税则的模样。历康雍乾嘉四朝，外人索看海关税则多次，每次概被衙门拒绝。关税分两种：船钞与货税。照户部的章程，船钞应丈量船的大小而定：大船约纳一千二百两，中船约九百六十两，小船约五百四十两。实际除船钞外，还须“官礼”。在十七世纪末年，官礼的多少，每次须讲价。到康熙末年，十八世纪初年，官礼渐成固定：不问船的大小，概须送一千九百五十两，比正钞还多。货税也有正税及“陋规”。陋规最初也是由收税者及纳税者临时去商议，到康熙末年，大约已达货价百分之六，比正税亦大。雍正初年，杨文乾以巡抚兼关监督的时候，官礼报部归公，于是官吏在货税上加了百分之十的陋规，名曰“缴送”。正税及各种陋规总起来约当百分之二十：这是中国实行的税则。

这种税则虽重，但在十八世纪尚未发生困难。彼时进口货少，出口货多。中国的税收百分之八十来自出口货。这种货物，因中外市价的悬殊，能纳重税。英国东印度公司在广州出银二十两买茶一担，纳出口税不过三两八钱（其中正税仅二钱），到伦敦即能批发到四十两以上。且同时英国茶叶的进口税比中国的出口税还重。

通商的地点的选择，在法律上虽自由，实际无自由。浙、闽、粤三省的官吏虽都欢迎外商，但各处都有特殊权利的华商垄断市场，即所谓“皇商”、“总督商”、“将军商”、“巡抚商”等等。这班人是商人想借用政治势力以图操纵市场呢，还是官吏利用走狗来剥夺商利呢，还是官商狼狈为奸呢？在厦门，康熙四十三年（一七零四年），“皇商”组织公行，行外之人概不许与外人交易。从此厦门的市价全由公行操纵，外商苦极了。宁波（实际交易在珠山）不但有特殊的权利商人，有时官吏简直自定价格，强迫外人交易。在十七世纪末及十八世纪初年，外商只能从各口的彼此竞争占点便宜。最初他们侧重厦门，后来侧重宁波，最后侧重广州。康熙五十年以后，中外通商实际只有广州一口，因为广州市面较大，官吏的贪索亦比较有分寸。

广州尝了专利的滋味以后，绝对不肯放手。所以乾隆二十年，英商复想到厦门及宁波的时候，广州的官吏及商人联合起来，在北京运动。他们达到了目的；从乾隆二十一年（一七五六年）起，广州成了法定的唯一的通商地点。

从十八世纪中年起，外人的通商不但限于广州且限于广州的十三行。十三行的专利实由于环境的凑泊。第一，与外商交易者总是资本比较大的华商：此中有一种自然的专利。第二，外人嫌中国海关衙门纳税的手续过于麻烦，所以常把纳税的事务委托中国商人去办。官吏于是指定少数更殷实的商家担保外人不漏税走私。这个责任甚大，保商没有团结不足以当之，倘团结而没有专利亦是得不偿失。得了专利以后，官吏又觉得保商应负更大的责任，于是保商不但要担保外人不漏税走私，且要担保外人安分守己。换言之，管理外人的责任也到了十三行身上去了。在十八世纪的下半期，广州外商及外船的水手逐渐增多而杂。中国官吏所定的禁令也就多而且严了。

这些禁令的繁琐简直是现在的人所不能想像或理解的。"番妇"不得来广州。"夷船"开去以后，"夷商"不得在广州逗留，他们必须回到澳门或随船回国。"夷商"出外游散只能到河南花地，每月只许三次，每次不得过十人，并须有"通事"随行。"外夷"不得坐轿。"外夷"不许学习中文，购买中国书籍。"外夷"移文到衙门，必须由十三行转，必须用"禀"，只许用"夷"字，不许用汉字。"外夷"只许租用十三行；仆役有限数，且须由十三行代雇。每年开市之初（秋末），官吏把这些禁令宣布一次，并训令十三行好好的开导那班"不知礼义廉耻"的外夷。禁令的实在用意不外三种：（一）防止外人开盘据之渐；（二）防止外人通悉中国政情以俾官吏的奸弊无从告发；（三）防止外人熟悉中国的商情，以便行商得上下物价。行商执行这种禁令的方法不外劝勉疏通；倘不行，则宣布停止贸易；再不行，则撤退外人的仆役，断绝接济。因这种利器用了多次，每次都见了效，官吏以为"驭夷"易如反掌。

我们在十八世纪末年，应付近代世界的大变局，又放弃了十七世纪末年康熙皇帝的比较开明态度而回到明末的模样。

七

幸而在十八世纪与中国通商的最重要的对手是英国东印度公司。公司的政策由股东决定,股东的目的在红利。东印度公司在中国的买卖既大赚钱,其他一切也就将就过去了。又幸而在十八世纪,中国很像一个强大的帝国,而印度适于是时瓦解。英国的注视是在印度与法国的对抗。所以英国只想用外交的方法来修改中国的通商制度。

是时在广州的外商觉得他们所受的限制和压迫多半出自地方官吏,非皇帝所知道,更非皇帝所许可。倘若在地方交涉,通商的制度是不能更改的;倘若由政府派公使到北京去交涉,或有一线的希望。一七八八年(乾隆五十三年)英国外交部遂采纳这个办法。不幸英国这次所派来的公使在中途死了,使团也就折回去了。次年,两广总督福康安授意东印度公司的经理们,希望公司派代表到北京去贺高宗的八旬万寿。经理们一则恐怕此中有奸谋,代表或将被扣留为质,二则怕见皇帝的时候,必须行三跪九叩礼,遂未接受福康安的意思。后来公司的董事以为经理们失了一个绝好的机会,于是决计假补行祝寿为名再派公使来华。

在筹备这使团的时候,英国人费尽心力,要使团在可能范围内迎合中国人的心理,同时作西洋文明——尤其是英吉利文明的活广告,使中国人知道英国也是礼义之邦,且是世界大帝国之一。外交部给马戛尔尼(Lord Macartney)的训令不过讲交涉大纲,其细则由马氏临行斟酌。大使所行的礼仪应表示中英的平等,不卑不亢,但不可拘泥形式。交涉的目的在扩充通商的机会和联络邦交。第一,英国想在中国沿海得一小区域如澳门一样,俾英商可以屯货住家,主权可以仍归中国,但警察权及对英侨的法权应归英国;在租借区域内,英国可不设军备。第二,如中国不愿租地,就加开通商口岸及减少广州的限制。第三,英国可以遵守中国的鸦片禁令。第四,希望英国可派公使驻北京,或间来北京;如中国愿派公使到伦敦,英政府十分欢迎。这是十八世纪末年英国对华外交的方法及目的。

马戛尔尼的使节,在中国方面,自始就作另一回事看待。东印度公司的董事长百灵(Francis Baring)在乾隆五十七年的夏季,先发一信给两广总督,报告英廷派使的意思:这封信由十三行的通事译成中文,送呈署督郭世勋;郭氏随奏折送到北京。这信原文第一句是:

> The Honorable the President and Chairman of the Honorable the Court of Directors under whose orders and authority the Commerce of Great Britain is carried on with the Chinese Nation at Canton to the High and Mighty Lord the Tsontock or Viceroy of the Provinces of Quantong and Kuangxi Greeting.

译文变为:

> 英吉利总头目官管理贸易事啞𠹭,谨禀请天朝大人钧

安,敬禀者。

原文第二句是:

These are with our hearty Commendations to acquaint you that our most Gracious Sovereign His Most Excellent Majesty George the Third King of Great Britain, France and Ireland etc., etc. Whose fame extends to all parts of the world having heard that it had been expected his subjects settled at Canton in the Chinese Empire should have sent a Deputation to the Court of Pekin in order to congratulate The Emperor on his entering into the Eightieth year of his age, and that such Deputation had not been immediately dispatched His Majesty expressed great displeasure thereat.

译文变为:

我国王兼管三处地方。向有夷商来广贸易,素沐皇仁。今闻天朝大皇帝八旬万寿,未能遣使进京叩祝,我国王心中惶恐不安。

英人费尽了心力要表现平等者的相敬;通事反把琉球安南的口气加在这信上。当时的通事不能也不敢实译,而当时的官吏之所以禁止外人学习中文及用中文移书往来,一部分就占这个纸上的便宜。这种外交是幼稚而又滑稽。

清高宗度量颇大,虚荣心亦大。马戛尔尼快要到天津的时候，高宗吩咐直隶总督梁肯堂及长芦盐政徵瑞如何招待：

……应付外夷事宜，必须丰俭适中，以符体制。外省习气，非失之太过，即失之不及。此次英吉利贡使到后，一切款待固不可踵事增华，但该贡使航海往来，初次观光上国，非缅甸安南等处频年入贡者可比。

高宗对招待虽愿从优，对礼节则极重视。他教徵瑞预为布置：

……当于无意闲谈时，婉词告知，以各处藩封到天朝进贡观光者，不特陪臣俱行三跪九叩首之礼，即国王亲自来朝者亦同此礼。今尔国王遣尔等前来祝嘏，自应遵天朝法度。虽尔国俗俱用布扎缚，不能拜跪，但尔等叩见时，何妨暂时松解，俟行礼后，再行扎缚，亦属甚便。若尔等拘泥国俗，不行此礼，转失尔国王遣尔航海远来祝禧纳赆之诚，且贻各藩部使臣讥笑，恐在朝引礼大臣亦不容也。

马戛尔尼深知中国人重视礼节，也知三跪九叩首必成问题，所以对徵瑞的婉劝和要求早有准备。马氏并不拒绝行三跪九叩首的礼，但他有一个条件，中国须派与他同等级的大臣在英国国王的像前作三跪九叩的答礼。他说他所争的不是他自己的身份；他对中国皇帝愿行最敬的礼节；他所争的是中英的平等，是英国国王的尊严，是要表示英国不是中国的藩属。他把他的办法和苦衷函达当时的首揆和珅。中国拒绝了他的条件，他就决定以见英王最敬的礼来见中国皇帝。

马戛尔尼于乾隆五十八年八月十日及八月十三日在热河行宫两次见了高宗,两次都未跪拜。高宗虽敷衍了,赏了他及他的随员不少的东西,心中实在不满意,要官吏暗中设法讽令英人早回国。他所提出的要求,高宗以一道敕谕拒绝一切。

马氏的外交失败是由于中西的邦交观念之不相容。我们抱定"天朝统驭万国"的观念,不承认有所谓"国际"者存在;西方在近代则步步的推演出来国际生活及其所须的惯例和公法。马氏的失败证明中国绝不愿意自动的或和平的放弃这种传统观念。因此中国外交史有一大特别:除康熙亲政初年外,中外曾无平等邦交的日子。在鸦片战争以前,中国居上,外国居下;鸦片战争以后则反是。

由现代的中国人看来,马氏出使中国毫无直接的成绩可言,这已经够奇了,但连间接的影响也没有,这更奇怪了。马氏在中国境内逗留几及半年。在这时期内,中国官吏与他往来的也不少。有意反对他的如徵瑞、前任粤海关监督穆腾额、前任两广总督福康安,我们不必说。据马氏的日记,对他感情甚好的大吏也不少。直隶总督梁肯堂与他一会于天津,再会于热河。军机大臣松筠陪他游万树园,以后又陪送他到杭州。松筠曾办过中俄的交涉,马氏亦曾出使俄国,所以他们甚相得。浙江巡抚升任两广总督的长龄陪他由杭州经江西到广东。就是当时主持朝政的和珅与他见面也好几次。这些人——其他官阶较卑的如天津道及天津镇不论——马氏均说对他个人有相当的好感,尤其是松筠和长龄。何以这些人没有因为认识马氏而对外人的态度稍有变更呢？马氏所坐的兵船——比中国的水师船大五倍——及所送高宗的炮位和模型军舰当时也有许多中国人看见过。何以他们对西洋军备无丝毫的惊醒呢？英国这次所送的浑天仪实为十八世纪西洋科学及工艺的最精品。何以国人（满汉均在内）没有发生一点觉悟呢？马氏文化使命的失败足证中国绝不会自动的接受西洋的科学和工艺。

马戛尔尼在中国的那一年正是法国革命国会对英国宣战的一年。从一七九三年到一八一五年（嘉庆二十年），大英帝国的精力都集中于对法的作战。远东通商制度的改良只好暂时搁置。同时中国这方也是变故多端。嘉庆元年，湖北教匪起事，蔓延到四川、河南、陕西、甘肃，至八年始告平定。闽粤海盗蜂起，聚众到八九万人，船三百多只。西人被海盗架去而以重价赎回者有好几次。官吏如何虚报胜仗，如何“招抚”：在广州的外人知道很清楚。内乱多，军费就多，十三行的捐款也就多了。外人觉得通商的困难日见增多。等到拿破仑战争一终止，英国政府遂决计再派使来华，以求通商情形的改良。

嘉庆二十一年，罗尔美都（Lord Amherst）的使节简直是个大惨败。因跪拜问题，仁宗竟下逐客之令。由北京返广州的时候，沿途的官吏多以白眼相待。西洋人从此知道，要变更中国的通商制度，和与中国建立平等的邦交，和平交涉这条路走不通。

八

到了道光年间，中西都有大变动，使旧的中西关系不能继续存在：

第一，英在十八世纪的下半叶有所谓工业革命。在手工业时期，英国出品运至外国者不多，适宜于中国市场者更少。到了拿破仑战争以后，在海外辟市场成了英国新工业的急迫需要。

第二，自由贸易的学说随着工业革命起来了。以往各种贸易的限制和阻碍，英人视为家常便饭者，到了十九世纪，英人看为野蛮黑暗，非打倒不可，中国的通商制度亦在内。

第三，经过十八及十九世纪初年的战争，大英帝国毫无问题的是世界的最强的帝国。英人往年在广州所能忍受者现在觉得万不能忍了。并且这个帝国以印度为中心。要侵略亚洲别部，英国有印度为大本营、出发地。为维持及发展在印度的利益，英国觉得有进一步的经营亚洲别部的必要。

第四，在十九世纪以前，欧人到海外去传教者全是天主教徒。在十九世纪初年，耶稣教徒也发现他们有传布福音给全世界的神授使命。在广州的传教士，对于中国各种禁令的愤慨尚在商人之上。

我们试看道光元年（一八二一年）至二十年，外人在澳门所发表的刊物，及他们写给政府的请愿书或给亲戚朋友的信，我们发现一个共同的要求：解放！他们，不分商人及传教士，都觉得解放的日子应该到了,已经到了。

在东印度公司的末年,驻华经理中之后辈就主张与中国算总账。以往公司的经理只求大事化小事,小事化无事;现在这般商人尚惟恐天下无事。在道光十二三年的时候,外商已自动的,不顾中国的禁令,到福建、江苏、山东,甚至奉天及高丽去卖鸦片,和新的机制纺织品;传教士也跟着他们去传教,去施医药。实际上,沿海官吏就无可奈何。林则徐在江苏巡抚任内,遇着一个这样的犯禁的船,也无法对付。

道光十三年,东印度公司在中国的通商专利取消了。这种专利也是贸易不自由时代的产物;它的取消就是时潮的表现,取消以后,新来的商人多而且杂。他们对于中国的旧制度无经验,也无了解,只觉得这种制度之无理。同时,公司取消以后,保护商业的责任由英国政府负责。以前买卖是公司作的,要办交涉和打仗,费用也是公司出的;以后买卖是商人作的,交涉及打仗都是政府的事情了。所以大决裂的机会就多多了。并且责任既由英国政府直接负担,英国必须派代表常川驻华。这个代表要执行他的职权必须得中国的承认——承认他是外国政府的代表。那时,中国只知道有贡使,不知道有公使、领事。这种承认等于承认中英的平等。我们知道,在乾隆末年及嘉庆末年,中国绝无放弃传统观念的倾向。在道光年间,中国还是旧中国。事实上,在东印度公司取消以后,中英必须发生平等的近代的邦交;而中国的体制绝不容许这种邦交发生。道光十四年,中英因此就以炮火相见。那次英国代表不久因病去世,这问题就成为一个大悬案。

换句话说:在道光年间,我们的通商制度及邦交观念是十九世纪的世界所不能容许的。

同时,英国人的鸦片买卖也是我们觉得不应该容许的。

这个鸦片买卖的发展有其商业的自然性。历十七及十八世纪,中国的国际贸易总是有很大的出超,因之白银源源的从欧洲、南北美及印度输进来。西商所苦的是找不着可以销售的进口货。在嘉庆年间,他们始发现鸦片推销之易,但是这种买卖的大发展尚在道光年间。在道光元年,鸦片进口的尚不满六千箱,每箱百斤;到了道光十五年,已过了三万箱;道光十九年(一八三九年)——林文忠到广州去禁烟的那一年——过四万箱。中国在道光六年初次有入超,从此白银起始出口:西商的困难也从此解决了。倘若英国的工业革命提早百年,倘若英国的工业品在十八世纪就能大量的输入中国,那末英商无须鸦片来均衡他们与中国的买卖;那末,中英可以不致有鸦片战争,只有通商战争;那末,我民族可以不受鸦片之毒至如此之深,但我们的农民家庭附属手工业的崩溃又要提早百年。换言之,无论如何,我们是不能逃避外来的压迫的,除非我们的现代化也提早百年。

鸦片买卖的发展,除了有其商业的自然性外,还有一个很重要的政治理由,那就是印度财政的需要。英国自十八世纪中年战胜法国以后,就成了印度的主人翁,就着手整理印度的行政。整理的方法不外多用英国人为官吏。其结果有两个:一个是行政效率的提高,一个是行政费及军费的提高。印度因此发生财政问题。鼓励鸦片之输入中国是英属印度解除财政困难方法之一,即所谓开源者也。其用心之苦——如中国吸鸦片者的嗜好的探讨,价钱的适合,装包箱之图便宜等——不亚于任何现代的公司推销任何其他货品。

宣宗可说是个清教徒。他不但要禁烟,且禁唱戏。他的俭朴是有名的,连朝服尚不愿换新,只肯补缀。无疑的,宣宗的禁烟是出于至诚的,下了决心的。可是当时官吏的腐败不是一个皇帝,虽有生杀之权,所能挽回的。所以愈禁烟而烟之输入愈多。我们若参看美国近年禁酒的经验,道光年间禁烟之失败似很自然了。

宣宗及少数的同志为什么要禁烟呢?他们一则觉得鸦片伤害身体,二则因烟瘾妨害平民职业,三则因烟瘾减降军队的战斗力。我们若以道光年间的谕旨及奏章为凭,他们禁烟最大的理由还是因为鸦片进口,白银就出口。那时国家没有统计(鸦片按法不能进口,故更不能有进口的统计),他们又怎能知道鸦片进口及白银出口的数目呢?他们的知识一部分得自传闻,因为鸦片买卖已成了公开的秘密,一部分得自推测。他们知道在嘉庆年间,每两银子可换制钱一千文,在道光中年,可换至一千六百文。他们的结论是:银价的提高是因为银子流出外洋。这个结论不尽可靠,因为在道光年间,中国各省铸钱太多,且钱质也太坏。他们所得的传闻往往亦言过其实。正因为他们的运动没有科学的基础,他们的热忱反而加高。

当时在广州有少数留心时务的士大夫共同探讨鸦片问题。

顺德人何太青曾主张这个办法：

> 纹银易烟出者不可数计。必先罢例禁，听民间得自种罂粟。内产既盛，食者转利值廉，销流自广。夷至者无所得利，招亦不来；来则竟弛关禁，而厚征其税，责商必与易货，严银买罪名。不出二十年，将不禁自绝，实中国利病枢机。

监课书院教官吴兰修很赞成这个主张，自己作了一篇“弭害论”以资宣传，并请了学海堂同事们出来提倡。这些人都是粤东道台许乃济的朋友，他也相信这个主张是惟一可能的办法。在道光十六年他作太常寺少卿的时候，他就奏请禁白银出口，不禁鸦片进口但加税，且许人民种烟，希望拿国货来抵制外货。许乃济及他的同志都知道这个办法是下策，但是他们认清禁烟虽是上策，可惜是不能行的上策。御史们如许球、朱嶟、袁玉麟都反对开禁，以为事系天下风化，万不可为，且如能禁白银出口，就能禁鸦片进口。许乃济的办法就打消了。

十八年，黄爵滋奏请治吸烟者以死罪。这是烟禁加严的大呼声。宣宗令各省将军督抚讨论。大多数的人都以为死罪太重；因为太重，地方官吏反不执行了；他们以为贩卖者的罪实大于吸食者。惟独湖广总督林则徐完全赞成。宣宗于是决定吸食与贩卖同时都禁，并派林则徐为钦差大臣，到鸦片贸易大本营的广东去禁烟。

九

林文忠于道光十九年(一八三九年)春天到广州。

广东的中外烟商对于朝廷及官吏的禁烟实是司空见惯毫不在乎。他们以为文忠一定是和别的官吏一样,初到任时,排个架子,大讲禁烟;架子愈排得大,不过表示要钱愈多。他们想拿对付别的官吏的法子来对付文忠。不幸文忠是中国官场的怪物,那就是说,他居然办事认真,说到那里,就作到那里。他下令要烟商完全把鸦片交出来。烟商不听令,他就撤退十三行的仆役,断绝接济,派兵封围十三行。这个办法不是文忠独创的,广东几百年来“驭夷”的方法就是这样。他为什么不派兵船到海上去拿烟船呢?因为他知道中国兵船的力量不够。他为什么不分好坏把外商封锁起来呢?一则因为好坏难分,二则因为三百多个外商之中,只有几个人从来没有作过鸦片买卖。他为什么把英国商业监督义律(Charles Elliot)也封锁起来呢?因为中国与英国没有邦交,不承认有所谓商业监督存在。林文忠全用传统的方法,因为他不知道有别的方法。他是中国纯粹旧文化的产物。他的特别是他忠实的要行孔孟程朱之学,不但口讲而已。

义律知道了没有法子可以对付这个横蛮的林钦差,于是以英国政府的名义令英商把所有的鸦片交给他,由他发收据。英商喜出望外,因为以后他们可以向政府追索财产或其赔偿。这一举是林文忠的大幸,也是他的大不幸。有此一举,他得了两万多箱的鸦片烟,简直一网打尽。他的报告到了北京的时候,宣宗批谕说:“朕心深为感动,卿之忠君爱国,皎然于域中化外矣。”同时因为义律玩了这套把戏,他交出的鸦片已不是英商的私产,而是英国政府的公产。因此这问题更加严重。

鸦片收了毁了,朝廷升他为两江总督了,普通官吏大可就此收场,林文忠则不然。他要办到底。他令外商具一甘结,以后不再作鸦片买卖,如作而被发觉,货则入官,人则处死。不具甘结者,他要他们回国不再来。义律率领英商既不具甘结,也不回国。他的实在理由是要等英国政府的训令然后再作处置。林文忠则以为义律与烟商狼狈为奸,从中取利。所以他就下令禁止沿海人民接济淡水食物,因此在这年秋季,中英就兵火相见了。

在义律方面,他这年秋季及次年春季所有的武力仅两只小兵船,其余都是商船临时应战。他与林文忠两次的冲突,他不教战争(War),只称报复(Reprisal)。文忠的军事报告不免言过其实:这不是水师提督关天培蒙蔽他,就是他有意欺君。不幸关天培颇负时誉,林文忠的官声素好,所以时人就信他们是百战百胜的。文忠于军备的努力亦言过其实。他买了一只外国的旧商船,改作水师练船。他又买了些外国小炮。在虎门口,他安了一根大铁链子,以防英船的驶进。他令沿海居民办团练,他是相信可以利用“民气”以御外侮的。他自信很有把握,最可惜的,时人也相信他有把握。二十年的夏季,英国水路军队到了中国洋面的时候,他们不攻广州,反攻珠山。文忠及时人的解释是英人怕他的军备!

英国的目的有两个:一个是要得鸦片赔款,一个是要大修改通商制度。英国以为打仗应在北边,交涉更应近北京,不然,不能收速效。所以占了珠山以后,英国交涉员就率领舰队到天津去。在天津负责交涉者是琦善。他对英国武备加以研究以后,就认定中国绝不能与英国战,于是不能不和。适英国政府致中国宰相书为琦善开了讲和之路。该书要求条款甚多,没有一条是当时中国所能接收的。但要求的理由就是林文忠禁烟方法的横暴。琦善把这个交涉当作一场官司办:英人既说林钦差欺负了他们,那末查办林则徐岂不可以了事?以中国皇帝的命令去查办中国的疆吏不但无损国体,反足以表示中国的宽大。义律以琦善的态度开明,交涉不能失败,就答应率舰队回广州再议。林则徐攘出大祸,致定海县失守;琦善凭三寸之舌把英军说退了。宣宗就罢免林则徐,派琦善去查办。

琦善到了广州,义律又旧话重提。琦善仍主和。英国政府给代表的训令要他们要求中国割一岛;如中国不愿割地,则加开通商口岸。这点选择是中国外交惟一的机会。琦善看到了这个机会,主张不割地,只加开通商口岸。清廷不许割地,也不加开通商口岸;义律则一心要香港。于是主和者的琦善也与英人决裂了。军事失败以后,就订《穿鼻条约》,割香港与英国。清廷得信以后,就把琦善革职拿问。宣宗从此一意主战。

既然主战,宣宗就应该复用林则徐。文忠自告奋勇,愿到浙江去收复失地。在浙江督师的裕靖节亦竭力保他能胜任。于是宣宗令文忠到浙江去戴罪立功。不料二十一年夏季,英国新军将到浙江的时候,宣宗临时又把文忠遣戍伊犁。是以这位自信能"剿夷",时人也信他能"剿夷"的林则徐终于没有机会可以一现他的本领。

因此,我们的鸦片战争虽败了,大败了,时人绝无丝毫的觉悟。他们不认输。他们以为致败之理由,不在中国军备之不及外人,是在奸臣误国,使林文忠不得行其志。好像两个球队比赛,甲队的导师临时不许其健将某人出场,以后败了,其咎当然在导师,不在球队。在道光年间,中西文化如要比赛的话,无疑的,中国队员的自然队长是林则徐。则徐未得出场,国人当然有以自慰。因此中有这个大波折,国人又酣睡了二十年。

十

负责办理战事善后者是伊里布及耆英。伊里布秉承琦善的衣钵,而耆英又秉承伊里布的衣钵。他们是"抚夷"派。他们抚夷的方法见于他们所订的中英《南京条约》和《虎门条约》、中美《望厦条约》及中法《黄埔条约》。

我们战争的目的没有达到,因为英国虽不反对禁烟,但反对中国再用林则徐用过的方法。这样一来,禁等于不禁,因为以中国的国力及国情,用文忠的方法尚有一线之望,不用则全无禁烟的希望。

英国战争的目的完全达到了。通商制度大加修改了。我们现在把南京、虎门、望厦及黄埔诸条约当作最早的不平等条约看，因为这些条约里有领事裁判权、协定关税，及片面的最惠国待遇。虽然，我们不可就结论这些不平等条款是帝国主义压迫我们的工具。道光时代的人的看法完全与我们两样。他们不反对领事裁判权，因为他们想以夷官按夷法来治夷人是极方便省事的。他们不反对协定关税，因为他们想把税则一五一十的订在条约里可以免许多的争执，并且耆英所接收的协定税则比中国以往国定的税则还要高。他们不反对片面的最惠国待遇，因为他们想不到中国人要到外国去；其实当时的法令禁止人民出洋。至于租界制度，并不是根据任何条约起始的。最早的租界是上海英人居留地（Settlement），由上海道与英国领事订的。原来外人初到上海的时候，他们在城内租借民房。后来中国地方官吏感觉华洋杂居，管理不易；外人亦感觉城内卫生不好，交通不便。为外人划出一特别区域为其居留地是出于双方乐意的。时人并不反对。他们，不论抚夷派或剿夷派，不知道，亦无从知道这些条款之主权的及经济的损失。剿夷派所痛恨的是赔款和五口通商。他们认赔款是输金以养夷，使夷力坐大。他们以为有了五口，那就防不胜防了。其实这五口，上海除外，都是康熙年间曾经有过通商的地点。

最奇怪的，英人认《南京条约》是中英平等的承认及保障，因为条约中规定中英官吏可以平等往来。这一条是剿夷派所不甘心的。

《南京条约》以后，中国以两广总督（最初是广州将军）兼钦差大臣负责处理夷务，而以两江总督副之。我们可以说，在道咸年间粤督是中国的外交总长,江督是次长。此外北京并没有专办外交的衙门。

第一任总长是伊里布;不满一年他就死了。继任的是耆英。鸦片战争以后的通商制度几全成于耆英之手。他抚夷的技术很值得我们的注意:

> ……其所以抚绥羁縻之法,亦不得不移步换形。固在格之以诚,尤须驭之以术。有可使由不可使知者;有示以不疑,方可消其反侧者;有加以款接,方可生其欣感者;有付之包荒,不必深与计较,方能与事有济者。……夷人会食,名曰大餐……奴才偶至夷楼夷船,渠等亦环列侍坐,争进饮食,不得不与共杯勺,以结其心。且夷俗重女,每有尊客,必以妇女出见。……奴才于赴夷楼议事之际,该番妇忽出拜见。奴才踧踖不安,而彼乃深为荣幸。此实西洋各国风俗,不能律以中国之礼。傥骤加诃斥,无从破其愚蒙,适以启其猜嫌。……

耆英所谓"驭之以术",就是肯与外人交际。这没有什么了不得。但清议骂他"媚外",因为清议要死守"人臣无私交"的古训。换句话说,鸦片战争以后,时论仍不许中国有外交。

耆英最感困难的是广东民情与夷情之调济。鸦片战争以后,广东人特别仇恨外人,而外人的气焰自然亦比战前亦高。于是发生许多私斗暗杀事件。耆英不惜以严刑处置暗杀者。御史们骂他"抑民奉夷"。在这种空气之下,发生广州入城问题。广州人坚执不许外人入城,好像城内是神圣之地,不容外夷沾染。英人把这种态度看作侮辱,坚要入城,以不许入城为违约。耆英左右为难,对人民则竭力开导,对英人则劝其不着急。到了道光二十七年,英人太不能忍了,于是以武力要挟。耆英不得已与之定约,许两年后进城。《清史稿》说"耆英知终必有衅,二十八年请入觐,留京供职"。这个解释颇近情,因为耆英离开广州以后,官运尚好,"管理礼部兵部,兼都统,寻拜文渊阁大学士"。这样,耆英的脱离外交,似乎不是宣宗不信任他了,是因为他自己畏难而退。

十一

虽然,这个解释也有困难。宣宗训令他的继任者说:

> 惟疆寄重在安民:民心不失,则外侮可弭。嗣后遇有民夷交涉事件,不可瞻徇迁就,有失民心。……总期以诚实结民情,以羁縻办夷务,方为不负委任。

这就是批评耆英的政策。并且继任者是徐广缙。广缙也是佩服林文忠者之一。他继任之初,就请教文忠驭夷之法,文忠答以"民心可用"。其实耆英的下台及徐广缙的上台不是寻常官吏的调动,是抚夷派的下野和剿夷派的登朝执政。徐广缙秉承林文忠的衣钵,而叶名琛以后又秉承徐广缙的衣钵。可惜徐广缙是个小林则徐,而叶名琛又是个小徐广缙。英法联军祸根就种于此。

徐广缙继任一年以后，耆英二年后入城的条约到期，英人根据此约要求进城。广缙与名琛于是联络地方绅士大办团练，“共团勇至十万余人，无事则各安工作，有事则立出捍卫，明处则不见荷戈持戟之人，暗中实皆折冲御侮之士”。广州官民同心以武力抵抗。英人终觉因入城问题而作战，未免小题大做。于是声明保留权利，以待他日。广缙遂以英人怕百姓，放弃入城之举报告北京。宣宗高兴极了，赏了广缙子爵，名琛男爵，并赐广州人民御书“众志成城”四字。剿夷派外交的起始总算是顺利。

文宗即位（道光三十年正月）以后，剿夷派的势力更大。大学士潘世恩及给事中曹履泰等均谓应该起用林则徐，“庶几宋朝中国复相司马之意”。文宗亦有此意。三十年十月，他手笔下诏宣布抚夷派的罪状。咸丰朝的对外态度于此毕露了。

这时适有太平天国的革命，满清的江山几乎不保，但京内外的驭夷政策并不因此稍改。在广东叶名琛自以为很有把握，文宗亦十分信任他。咸丰四年（一八五四年）英、法、美三国共同要求中国修改通商条约。三国代表到两江及天津去交涉的，地方官吏均答以修约之事只有叶名琛能主持，但是他们到广东去的时候，名琛总是托故不见，最后又回答他们他只知守约，不知改约。是时英法正联军助土耳其抵抗俄国，而急于修约的英国亦以为不如等中国内乱之胜负决定后再议，于是搁置修约问题。名琛不知道这个内幕，反自居功，以为他得着驭夷的秘诀了。

其实外人，尤其是英国人，这时已十分不满意旧约。他们以为商业不发达是由于通商地点太少，且偏于东南沿海，长江及华北均无口岸；他们又觉得中国内地的通过税太繁，致货物不能流通。外国代表对叶名琛的办事方法也十分愤慨，以为邦交制度非根本改革不可。外人气焰之高，很像鸦片战争以前的样子。

叶名琛反于此时给外人以启衅的口实。咸丰六年，广西西林县杀了一个马神父。法国代表要求处置，名琛一事推诿。这时拿破仑三世欲得教皇的欢心以维持他的帝位，有了马神父的悬案，他就师出有名了。同时叶名琛因捕海盗事，与英人起了冲突。于是英法联军，首攻广州。名琛不和不战，终为英人所虏。八年，联军由大沽口进据天津。清廷恐京师受扰，于是派桂良及花沙纳到天津去修约。

天津交涉最严重的问题，第一是北京驻使。士大夫简直以此事为荒谬绝伦，万不可许。第二是长江开通商口岸及内地游行：这样遍地都有外夷，简直防不胜防了。至于减低关税及改内地各种通过税为二五子口税，时人倒觉得值不得争。桂良及花沙纳（天津人说，那年桂花不香）以为不签字，则外人必直逼京师；签字则外军可退，中国可徐图挽回。《天津条约》实在可说是城下之盟了。

签字以后，北京就教桂良到上海去“挽回”已失权利。清廷知道若否认条约必致引起战祸，于是有所谓“内定办法”：中国以后完全不收关税，外人放弃北京驻使、长江通商及内地游行。时人以为外夷既惟利是图，以利诱之，他们必就范。桂良到了江南，地方官吏大反对这个内定办法：不收关税则军饷无来源。万一外人接收了这个便宜而同时又不放弃新得的权利，那又怎样？桂良费了九牛二虎之力，疏通英国，结果允不派使驻京。他觉得此外不能再有所得，只好批准《天津条约》。

次年，各国派使到北京去交换批准证书。北京也为他们预备了公馆，以便接待。但各国疑心甚大，所以派兵船护送公使北上。清廷于八年派了僧格林沁在大沽设防，以免外人再进据天津。中国原意堵塞海河交通，留北塘一路出入，则外人不能武装进京。外人见了大沽口不能通行，遂以为中国有心废约。他们把中国军备看得太轻了。一战的结果，外人大失败。于是英法要复大沽之仇。

咸丰十年，我们的外交一误于北京不给桂良全权证书——时人以为惟独皇帝可以有全权，再误于捕拿外国交涉员，终至联军入京，毁圆明园，而《天津条约》以外又有所谓《北京条约》了。

剿夷派外交的代价不能不算大。

十二

上文已经说过，俄国占了西比利亚以后，中国的国际地位加了一路的侵略。但《尼布楚条约》终究实行一百六十余年。到了十九世纪中年，欧人自水路来者的侵略复行积极的时候，自旱路来者的侵略也积极了。剪刀在那里活动了。

俄人最初假道黑龙江出师，以防英法的侵略；次则实行占据江北。等到布置好了,然后与黑龙江将军奕山开始交涉。咸丰八年,签订《瑷珲条约》,将黑龙江以北的土地划归俄国。九年,中国想否认该约。等到英法联军进了北京以后,中国不但无力取消《瑷珲条约》,反又订《北京条约》,把乌苏里以东的土地送给俄国,我们的大东北缩小了一半,而且俄国得了海参崴,可以角逐于北太平洋。

俄国没有费丝毫之力就得了三十万平方英里的土地:其对华外交的灵敏可说远在英国之上。而且俄国自始至终以中国的“朋友”自居!

十三

咸丰十年的大挫折终久唤醒了一部分的中国人。在八年九年,文宗的亲弟恭亲王奕䜣是顽固派之最顽固者。首先提议捕杀外国交涉员的就是他。文宗逃往热河的时候,派他留守北京。咸丰十年的经验给了他及他的助手文祥两个教训。他们从此知道外国的枪炮实非我们的所能敌。同时他们发现外国人也讲信义:与外人订了约以后,他们果然遵约退出北京。于是奕䜣与文祥决心自强,并且知道中国还可利用外国专门人材以图自强。

适此时曾国藩、李鸿章、左宗棠诸疆吏因与太平天国战,免不了与外人发生关系。他们也得了同样的教训。这五人的努力造成了同治中兴的局面。

他们是中国的第一流政治家,知道中国所处的局势是数千年来未有的变局，而且图以积极的方法应付之。他们的大政方针分两层：以外交治标，以自强治本。这个治本之策是步步发展的。最初不过练洋枪队；继则买制器之器，以图自己造枪造船；终而设学校，派留学生，以图自己能制这些制器的器具。等到光绪年间，他们进而安电线，开煤矿，修铁路，办海军，设招商局，立纱厂。我们现在以为他们的事业不够，可是我们如知道他们的困难，我们也不批评他们了。时人多怪他们以夷化夏，多方反对。加以事权不一，掣肘者多。政府没有整个的计画，事业的成败要靠主办者个人的势力。

至于治标方面，奕䜣及文祥创立一个总理各国事务衙门来负外交的专责。总署拿定主意谨守条约以避战祸。但是十九世纪的后四十年，外来的压迫节节加紧。这时工业化的国家也多了，各国都须在海外找市场，不像以往只有英国。同时，西洋人把达尔文的学说应用于民族之间：优胜劣败既然是天理，强者有助天淘汰弱者之责。所谓近代的帝国主义的狂澜充满了全世界。加之这时在已有的两路侵略——剪刀式的夹攻——之上，又来一个从东面临头砍杀的日本。治标没有治好，治本也不足济事。甲午之战是自强运动的失败。

十四

自强失败以后，就是瓜分；瓜分引起民族革命。这是甲午以后，我们对世界大变局的应付。不幸土产的革命只产生了军阀。

军阀大部分也是爱国志士,因为他们都有民族意识。同时他们所造成的局面逼着人人作卖国贼。要在内政上占优胜没有人不需外援的。要得外援必出相当的代价。大概说来,在朝者出代价较低,因为所需的援助较少。在野者只要有卖国的资格,那就是说,只要外人肯接收他们所开的支票,他们比较不惜把支票开得大点。

我们玩了多年土产的革命,没有玩出好花样来,我们就试一下一种最新式的舶来品。不过□□反把我们的国际问题加严重了。因为□□□□在中国倘成功,日本人及英国人都以为亚洲就是俄国人的天下了。日本感觉只有她能奠定远东局势。这不但是大和民族的生死问题,且是世界文化所关。世人,尤其是英国人,竟有信之者。

我不是说革命全无成绩。无疑的,经过这三十余年的革命,我们的民族意识大有进步。无疑的,这民族意识是我们应付世界大变局的必需利器。现在的问题是:这民族意识能否结晶,能否具体化。我们是否从此团结一致来御外侮;我们是否因为受了民族主义的洗礼而就能人人以国事为己任:这些条件会决定我们最后对这个大变局的应付的成败。

注释:

① Charles de Lannoy et Herman van der Linden: *Histoire de L'expansion Coloniale des Peuples Européens*:*Portugal et Espagne* (Bruxelles et Paris, 1907),pp. 191-192.

② 按佛郎机就是 Frank 的音译。自十字军东征以来,近东人概称西欧人为佛郎机。此名遂随亚拉伯商人传到印度,再由印度传到南洋和中国。

③ 参看他所著的《明代广州之海舶贸易》,见《清华学报》七卷二期。

④ 参看梁君嘉彬著《〈明史·佛郎机传〉考证》,载于《国立中山大学文史研究所月刊》第二卷第三及第四期。

⑤ H. B. Morse, *The Chronicles of the East India Company Trading to China* (Cambridge, 1926), Vol. I, p. 10.

⑥ 中文书籍记澳门事最详实的要算印光任及张汝霖合编的《澳门记略》。西文书籍最好的是:Sir Andrew Ljunstedt, *An Historical Sketch of the Portuguese Settlements in China and of the Roman Catholic Church and Mission in China* (Boston, 1836).

⑦ Morse, loc. cit., pp. 3-13.

⑧ Morse, loc. cit., pp. 14-30.

⑨ 《最近三百年东北外患史》,见《清华学报》八卷一期。

百年的外交

道光十九年，一千八百三十九年的年初，林则徐在广州开始严禁鸦片，因而引起我国近代的第一次对外作战。从那时起到现在，政府办了整个一百年的外交，士大夫关于外交也发了一百年的议论。百年的时间，就是在民族历史上，也不能算短。我们应该切实检讨以往的得失，作为来日的指南。

我们这个国家是士大夫阶级执政的国家。自宋以来，士大夫是极端注重气节的。最近这百年并不是例外。无论我们是研究这百年初期的外交家如林则徐、琦善、耆英、桂良、花沙纳，或是中期的外交家如奕䜣、文祥、曾国藩、李鸿章、郭嵩焘、曾纪泽、薛福成，或是最近期的袁世凯、段祺瑞、张作霖及当代的人物，我们不能发现一个人不竭尽心力，挣扎又挣扎，而后肯对外人有所退让。百年来负外交责任者，若论他们的世界知识，诚有可批评的，若论他们的爱国心，不但无可疑问，且可引为民族的及士大夫阶级的光荣。

初期的外交家最受时人的非议和后世的不谅解者莫过于琦善。因为他于道光二十年春与英人订了《穿鼻条约》,时人说他是汉奸。其实琦善不但是爱国者,而且是当时见解比较明白的一个人。自从故宫博物院发表"筹办夷务始末"一书以后,学者才知道琦善受冤屈之深。他与英国代表义律所订的《穿鼻条约》比道光二十二年的《南京条约》,在赔款及通商权利上,有利于我多了。英国政府认义律上了琦善的当而加以革职的处分。琦善体察中英的形势,决定《穿鼻条约》是当时我国外交所能得的最优的条约,故无论时人怎样骂他,造他的谣言,无论朝廷怎样指责他,他不顾一切依照他的良心作下去。至于顾全一己的名誉而牺牲国家的利益,老于世故的琦善未尝不知道。却是到了民族紧急的关头,他毅然决然不作这种滑头的事情,这才算得真正爱国。林则徐是鸦片战争的英雄,琦善是鸦片战争的政治家。作英雄不易,作政治家尤难。

近期的外交家中受人攻击最多的莫过于袁世凯。此人的内政和人品如何,将来的历史家自有定论,不在本文的讨论范围之内。至于他的外交,我们可以说从他协助李鸿章办理高丽案件起,到他末年主持二十一条的交涉为止,他没有作过为国谋而不忠的事情。以先我们最不满意他的是民四的对日交涉。但自王芸生先生发表"六十年来中国与日本"大著以后,学者始知袁世凯那次与日本的奋斗可谓作到鞠躬尽瘁了。我们如仔细研究他应付日本二十一条的亲笔批示,并记得日本当时因欧战关系在远东所处的优越地位,我们不能不感激他的用心之苦并佩服他的外交天才。日本人知道袁世凯是他们的劲敌。

我国数千年与异族的奋斗逐渐养成了士大夫的爱国心肠。这是根深蒂固,无须我们过虑的。如果仅靠激昂慷慨的爱国心就能救国,那我们的知识阶级早把国家救好了,绝不至有今日的严重国难。不过士大夫的传统思想多不合于近百年的大变局。到了十九世纪,他们仍不承认闭关自守、独自尊大的时代已成过去而绝对无法挽回。同时他们对于西洋的知识缺乏使他们不能了解如大胆的向国际生活中去找出路,我国能得着新的光荣。所以他们愈信念我国的古老文化,他们就愈反动,以致阻塞民族的出路。他们不是卖国,他们是误国。

从道光十九年到咸丰十年,我们初则有中英鸦片战争,后又有英法联军之役。在那二十年之内,士大夫是一贯主张抗战的。他们为什么要抗战呢?为拒绝签订不平等条约吗?不是的。他们不反对治外法权,因为他们觉得让夷官按照夷法去管理夷人是最省事的办法。他们不反对协定关税,因为他们以为海关收入无补于大国的财政,不值得我们去与夷商计较区区税则。咸丰末年,他们有人提议我们完全不收海关税。他们也不反对租界,因为他们想为夷人特辟居住区可以免得华洋杂处。在道光年间,他们所反对的是五口通商和香港割让。在咸丰年间,他们所反对的是长江通商和北京驻外国公使。我们今日如再读他们的议论,我们一方面仍能为他们的激昂所动,却同时我们又不能不痛哭他们见解的糊涂。可惜在我们这个社会里,糊涂的见解,用激昂的文词发表出来,有误国的能力。

到了同治光绪年间,我们始有少数政治家对十九世纪的新局势有相当的认识。其中见解最透澈、魄力最大、主政最久的是李鸿章。他的救国方案可分治本、治标两部分。治本的方案是努力西化。他觉得我们抵抗西方的侵略要靠我们的西化,同时维持我们在东方的传统领袖地位也要靠我们的西化。同治初年,日本维新尚在酝酿之中的时候,李鸿章就大声疾呼的警告国人不可轻视日本。他认定中日两国将来国力的比较必决定于两国西化速度的比较。这种论断是最具有政治家眼光的。至于治标的方法,他主张在西化工作未成熟以前,努力维持和平,结纳友邦。

李鸿章无疑的是同治光绪年间在朝的最大的政治家。但是他也是当时的士大夫最好弹劾的。到了那个时代,大多数的士大夫仍不承认中国有西化的必要。李鸿章的建设事业,如海军、电信、煤矿、铁路、纺纱厂、招商局、机器厂、兵工厂等,在士大夫的眼光里,皆非根本之图。他们以为我国固有的驭夷方法可以依旧适用。他们且以为道咸年代的失败在人而不在法。所以李鸿章终身绝少同志和帮手。他的事业的推进全靠专制君主威力的支持。

士大夫一面反对李鸿章的治本方案,同时却又主张采用强硬的、积极的外交政策。恰好这时候有几位青年文人,目空一世,而文章与学问又实在不差。他们——张之洞、张佩纶、陈宝琛、邓承修等——在同末光初,每因细故就主战。为台湾生番问题,他们要向日本兴问罪之师。为琉球问题,他们要李鸿章率师东征。为伊犁问题,他们又要与俄国开战。这些浮议的难关,李鸿章都一一设法渡过了。其中最难的莫过于伊犁问题,因为关于这个问题,不但士大夫主战,当时与淮军敌对的湘军领袖如左宗棠、彭玉麟也主战。是时彭玉麟督率长江水师防御俄国的海军。他准备满载桐油木柴出海,趁便风火攻俄国舰队。两江总督刘坤一和他开玩笑,说时代非三国,主帅又非孔明,恐火攻之计不售也。彭玉麟大怒,即上章弹劾,左宗棠又在京内替他说话,于是刘坤一只好不作江督了。李鸿章观察形势,知道如运用外交,至少伊犁可部分的收回;如对俄宣战,不但伊犁不能收复,即新疆及东三省均可虑。而且我们的实力消磨于对俄作战以后,日本在远东岂不坐大吗?所以决定制止国内主战潮流。他请英国军官戈登作总顾问。戈登的建议是具有深意的。他说抗战未尝不可,惟在抗战之先,中国政府应该下最大的决心准备作三件事。第一,即时迁都西安。第二,准备抗战十年。第三,抗战以后,满清放弃政权。这种话,李鸿章要说而不敢说,但出自常胜军领袖戈登之口,国人不但能原谅他,而且信任他。后来曾纪泽果然运用外交,把俄国所占领的土地大部分收回。

曾纪泽在彼得堡的交涉还没有办好的时候,中法越南问题就发生了。李鸿章对这个问题也主张运用外交,反对开战。但是士大夫主战者多。朝廷徘徊于和战之间。最初表面言和,实则暗地助刘永福的黑旗军作战。后无形中变为一面战,一面和。终成正式战争。那时文武不分。文人中主战最力者莫过于张佩纶和陈宝琛。清廷乃派陈宝琛襄办两江军务,张佩纶守福州马尾船厂。事实上,陈氏到了两江以后毫无建白,而张氏则以“逃得快”了之。足证文人的高调,除误国家大事以外,别无作用了。到了光绪十一年的春天,战事只好结束。全局的失败果不出于李鸿章的意料之外。

李鸿章交结友邦的运用最初表现于高丽。在光绪初年,日俄英美法德六国均图与高丽发生关系。李氏判断日俄对高丽有领土野心,而英美法德则只图通商和传教。那末,他可以借四国的力量来对付日俄两国。于是他从光绪六年起竭力劝高丽放弃闭关自守的政策而与西方各国订通商友好条约。在光绪八年,高丽果真与各国订约,势力均衡的局面似乎产生。然而李鸿章的高丽政策终归失败。主要的原故有两个。

第一,高丽地瘠民贫,内政不修,经济未得开发,致注重通商的国家无大利可图。所以到了甲午中日战争之际,英美法德皆觉得利害关系不大,无积极干涉必要。第二,中国始终不愿更改旧的宗主对藩属的观念。高丽对我的重要全在国防,在国防上,我国所怕的不是高丽,而是别的帝国主义者利用高丽为根据地向我作进一步的侵略。高丽果能独立自保,我们就能达到目的了。光绪十年,德国驻高丽的总领事,根据以上的理由,曾向李鸿章建议,化高丽为远东的比利时,由列强共同担保其独立和中立。这种建议不但清廷不能接收,就是李鸿章也反对,因为这个办法不合我国在高丽的传统宗主权。以后在袁世凯的积极作法之下,宗主权几乎变为统治权。结果,美国舆论很不直我们施诸高丽的压迫,并且高丽的新派人物因对我失望而想联日或联俄。

可惜我国谈边政者至今对旧日的宗主权仍恋恋不舍。

甲午年春,东学党在高丽起事,日本遂借口保侨派遣重兵。世界各国均知局势的严重。我国士大夫的激昂可想而知。他们主张即时动员。在朝的要人多年想倒李鸿章而屡试屡败者亦坚决主战,以便借对外来对内。李鸿章拿到这个难题竟无法交卷。以往他假朝廷的威力,强迫各省协济北洋军饷,为的是对日备战。以往他关于伊犁、越南诸问题均反对战争,为的是要集中力量去保护高丽。他此刻如再不强硬对付日本,就无法自圆其说了。适此时俄国公使喀西尼路过天津。李鸿章就临时抱佛脚,竭力求援。喀西尼亦觉得日本如占领高丽,那是大不利于俄国的,于是答应警告日本撤兵。李以为日本最怕俄国。现俄国既允压制日本,他可高枕无忧了。所以他对日外交不退让,而军事的布置又不积极,自以为那一次他可不战而胜。日本最后经英国的劝导提出中日两国共管高丽的妥协方案。李告诉总理衙门坚持要先撤兵,后谈判,而其心总以为俄国向东京警告以后,日本无不屈服。其实日本的消息比我们的还灵通。日本知道了俄国绝不干涉,而北京的谈判是无诚意的,遂决定进攻。到了这个时候,李鸿章只好应战。

中日甲午之战决定了远东的领袖地位,在一整个历史阶段之中,将不属于我而属于日。甲午以前,我们只受西洋帝国主义的压迫,以后则同时受西洋与日本的侵略了。所以甲午之战是个划时代的战争。我们的失败是军事的,也是外交的。军事失败的原由,大概的说,有两层。第一,中国西化的水准低于日本;

这一层的责任应由士大夫负担。第二,中国彼时的军政太腐化了;这一层的责任应由李鸿章负其大半。

至于外交失败的根由也可以分好几层来说。第一,李鸿章不应专凭一个外国公使的谈话来决定军国大政。关于和战大事,不但一个公使的谈话不算数,就是外交部长的谈话也不能算数。必定有正式的条约,经全权代表签字而又有元首的正式批准然后有相当的,但仍非绝对的可靠。李鸿章的办法充分表现他的外交的幼稚。帝俄政府根据整个国策决定不采纳喀西尼的意见以后,李就陷于进退两难了,幼稚的外交误国之大莫过于此。

第二,假使当时我国驻日和驻俄的公使深知所在国的国情,又假使他们知无不言而言又无不尽,再假使李鸿章和其他主政者对他们的报告加以相当的考虑和信任,那我们甲午之役的外交或者能兼顾利害和力量。政策的发动当然根据国家的利害,但是政策的贯澈要靠国家的力量。个人负重若超过其力之所能必致害身。外交的企图,纵使是正当的,倘超过国力,必致误国。所以外交必须知己知彼。这种工作,惟独健全的外交机构始能负荷。我国政治家素重用人而不知运用机构。李鸿章也不是例外。前文所说的三种假设并不存在。当时驻外的公使对所在国的国情所知有限,所知者又因层层顾虑不能尽言,所言者政府未必见信。其结果就是李鸿章因偏信喀西尼而采取外交积极、军事消极的误国政策。

当时李虽不能济事,仍超人一等。至于一般士大夫的言论,除激昂慷慨以外,别无足取,不过空言与高调而已。甲午以前的小波折,李的才能足以渡过。在甲午及甲午以后的大风浪之中,李实不能掌舵了。愈到后来,他愈不济事。在作战期中,他多方求援,但西洋各国均借词搪塞。这不是李的罪过,因为当时我国的国力实不足以左右任何西洋国家的政策。外国虽不援我于未败之前,却又援我于既败既订约之后。俄德法三国的援助本是不怀好意的。以后瓜分的祸根就种于此。我们对于"友"邦的"友谊"不可太凭一时的情感和幻想。我们愈研究国际关系,愈知国与国是寡情的。这一点,我们也不能责备李鸿章。

我们能够责备他的是甲午战争以后的联俄政策。帝俄假助我的美名,行割我的实政。最初修中东铁路,因而引起以后的严重东北问题,一直演变到九一八和今日。中东铁路是李鸿章联俄的代价。戊戌年春,帝俄又假助我的名义,强迫我许她筑南满铁路和租借大连旅顺。这两个海口就是俄德法三国于乙未年助我以两千万两向日本赎回的。三国的援助,若清算一下,仅使我白白的抛弃了两千万两银子罢了。这还不够。庚子年,帝俄趁拳匪之乱派兵把我东北全占了。在北京交涉的时候,帝俄又要假助我收复平津的美名,强迫我割让东北一切的权利。当时英美日三国竭力支持刘坤一、张之洞来抗俄,而李鸿章则坚持要与俄订约。李末年的荒唐简直不堪设想。幸而条约未签字以前,李就于辛丑年冬死了。帝俄得着这个消息以后,说:"中国以后无人了!"

乙未至辛丑是李鸿章联俄的阶段。以后我们外交的路线就全变了。辛丑的次年,即一九零二年,英日订同盟的条约。当日我国的舆论对英日同盟是怎样呢?京师大学堂(北大的先身)的教授联名请求政府加入英日同盟。旅居上海的名流假张园开会,作同样的要求。好像我们所敬佩的蔡孑民先生当日亦在座。我们留日的学生发起义勇军,准备协助日本去打帝俄。日俄战争之际,我政府虽守中立,实际我们是对日表同情的。地方人士如张作霖还实力协助日本作战。为什么我国在辛丑以后有这大的外交路线变更呢?因为李鸿章的联俄政策不但失败了,而且简直引狼入室了。李在辛丑以前想联俄以制日,后人乃转过来想联日以制俄。前者的成绩固不好,后者的成绩亦欠佳。日俄战后,我国在南满就开始与日本磨擦了。足证所谓外交也者,在自己的国力发展未到相当程度以前,是不可靠的。无论是联东以制西,或是联西以制东都要出代价的。不小心的时候,代价还要过于当初所要避免的损失。

民国以来,我们的外交方案并无根本变动。与前不同的就是在内乱的时期,党派的竞争免不了要借外以对内。大概的说,在朝的党,因所须的外助少,故对外所愿出的代价低。反之,在野的党,因所须的外助多,故对外所愿出的代价高。同时还有一方面值得我们注意。政府因负实际政治责任,说话行事比较谨慎。反对政府的人因不负责任可以随便给政府出难题,对社会唱高调。因之,一般人民很容易发生误会,以为官僚不努力,太消极,甚至于不爱国。反之,反对政府的人因言论激昂好像是特别爱国,特别有作为。国际关系是十分复杂的。不但在中国,就是在教育普及、新闻事业十分发达的国家如英美，一般人民关于外交问题容易为野心家的宣传所麻醉。所以在这些国家，近年有不少的公私组织，专门研究国际问题，以图舆论的健全化和外交的超党化。这种组织的需要在我国尤为急迫。

在这百年之末，于全民精诚团结以抗战之际，最使我们痛心的是平津京沪各地的汉奸。老百姓供敌人骗使者全为饥寒所迫，我们还不能说他们的本质不良，甘心从敌。粤闽鲁冀的劳工在外国侨居数代仍不忘祖国，足证我国人民的本质是优良的。我们可以相信沦陷区域的劳苦同胞，时机一到，还要热烈的回到祖国的怀抱。只要国家无负于他们，他们是不会负国家的。我们所痛心的是参加伪组织的知识分子。他们当中大部分被生活问题迫着走上无耻的途径，其余还不是狂妄的借外力以从事内争？

抗战以前的数年，我们在最高领袖指导之下，把统一基础打好了，于是改革法币、建设公路铁路、推进国防等等自力更生的事业得有一日千里的进步。假使政府于九一八的冬天就听从一般士大夫的浮议而开始抗战，那我们就不能有自九一八到八二三那个阶段的积极建设和统一完成。没有那一个阶段，我们那能有今日的抗战力量？

我们于研究百年的外交之余，可以得着几个结论。第一，我们近百年对外的失败不是由于我们的不爱国。第二，我们的失败由于外交本身者尚为次要，由于内政者实为主要。内政的致命伤即现代化的建设之过于零碎，迟缓，和不澈底。第三，就外交本身而论,我们的失败一部分应归咎于士大夫的虚骄,其他部分则应归咎于外交机构的不健全。若再进一步的研究,这两种弊病都要归根于我们的知识、思想及办公习惯的现代化程度之不足。

再论近百年的外交

我在本刊第四期发表的“百年的外交”一文竟引起了少数读者的误会，其中最要紧的是邓公玄先生。这颇出于我的意料之外。读者对于我的史学试作有所批评，这当然在我的意料之中，而且是我所欢迎的。史学是种很困难的学问，史评和史论尤其困难。专家集毕生精力的著作，在著者的主观中，或者是不朽之作，然而在史学上，往往仍不过是一种试作。但是邓先生对我的不满大半在于文外问题，而且大半是误会，不是学术的批评。在他的结论里，他这样说：

> 末了，我认为蒋氏“百年外交”一文，对于过去史实的判断如何，还是小事，因为“仁者见仁，智者见智”，而且“士各有志，不能强同”。

邓先生把过去史实的判断作为小事，而于“小事”以外提出些无关的问题来与我争辨。我觉得我们不能把史实的判断作为小事,并且关于史实的判断不能"士各有志"。历史是种科学,研究历史就是探求真理,与"志"有什么关系?我们要探求史理还能于史实之外去求吗?离开事实而去发空泛议论,充其量,不过得一篇好八股文章。所以我对于邓先生的议论不能不答复,而我的答复又不能不以史实的判断为主。

在未入正题之先,我应该简单的解释邓先生因文外的问题而发生的误会。邓先生急于要知道我为什么在这个时候要发表这样一篇文章。譬如:他开始引了我论琦善和袁世凯的两段文章以后,他就问:

> 看了这两段文章,我们不说蒋氏替琦善袁世凯二人翻案为不当,只是要问为什么要在这个时候特地替他们翻案?

在他的结论里,他有这样的质问。我想邓先生的误会完全由于他不知道我平素生活的习惯。我在二十四年多未入政府以前,差不多有十五年的功夫专门研究"百年的外交"。这文的内容,用不同的方式,向南开大学的学生讲过三遍,向清华的学生讲过五遍,向北大的学生讲过两遍。关于琦善的那一段,我于十九年在《清华学报》发表过专文,以后又在美国的《近代史学报》讨论过,在英国伦敦大学和牛津大学讲演过。关于李鸿章的高丽政策,我也用中文英文发表过无数次的论文。我入政府以后,仍想把研究历史作为我的副业,也可以说我的娱乐。在政府未规定研究历史是一种不正当的娱乐以前,我觉得我可以时常继续这种工作。

我写那篇文章还有一个原故,那就是“新经济”的编辑先生问我要稿子。我一想今年是鸦片战争的百周年,应该作文纪念。但是专写鸦片战争或者不免引起中英之间不良的情感,所以就决定写“百年的外交”。那篇文章是上年十二月初写的,十二月十号左右送给编辑先生,十二月十五日付印,本年正月初一出版。这些年月日都是极自然的,不应该引起任何文外无关的问题。

邓先生既不知道我平素的学术兴趣,又不注意原文第一段所说写文的理由,于是就疑“难道是引古以非今吗”?邓先生的疑问证明他的历史观念完全与我的不一样。现在史学界公认历史是不重演的。历史不是一种制好的电影片,今天演几场,明天后天又拿出来演几场。换句话说,历史上的事情前后没有两件是一样的。所以我们不能引古以非今,也不能据今以非古。我们旧日的八股先生们固好写史论,说尧舜以先是怎样,所以“今上”也应该怎样,或桀纣以先是怎样自取灭亡,所以“今上”不可那样以自取灭亡。这样的写法不是现在科学的史学家所愿过问的。

但是历史未尝不可以“资治”,因为历史虽不重演,却不断的继演。历史是一张制不完、演不完的电影片。在这个片子上,前后没有两幕情节完全相同的,但是第一幕的情节往往能部分的支配第二幕,第二幕又部分的支配第三幕,如此下去,以至无穷。历史家的主要工作是作寻求和分析前一幕如何支配后一幕及支配的程度。我们如本这种精神去研究中国近代史,必发生无穷的兴趣,以致有此癖者,就是在抗战紧张的时期,还是恋恋不合。

现在我想文外的问题都解决了,可以言归正题。邓先生承认琦善所订的《穿鼻条约》比以后的《南京条约》"对于国权损失较少",却不承认琦善是个政治家。我所以称赞琦善为政治家正因为他减少了国权的损失,而且他作这事的时候,他不顾一己的损失。他原可以与世浮沉,随着时人唱高调,因以误国而利己。他不,他情愿牺牲自己以图有利于国。这就是政治家的风度。琦善固不是头等政治家,但是道光一朝实无了不得的人物,琦善比较的要算是高人一等。

为什么琦善不是头等政治家?因为以后他虽又服官多年,却毫无建白。我们从道光十九年至二十二年与英国打了三年的仗,惨败了,被迫订割地丧权的条约了,然而国人毫无觉悟,战后绝无改革,直到咸丰末年英法联军之役然后有新政出现。民族整个的丧失了二十年的光阴。假使同治年间的改革提前到鸦片战争以后,那不但英法联军之役可免,即中日甲午之役或亦可免,而我国在远东的领袖地位必可保存。从民族的立场观察,我们不能不痛惜那二十年宝贵光阴的白过。我们研究历史的人不能不清算此中的责任。这是一个很复杂的问题,不易解答的。据我所知,此中的情节大概是这样的。当鸦片战争开始的时候,全国的士大夫一致的鄙视"外夷",以为英国人那能与"天朝"抗衡。林则徐也这样想。在他的奏折中,他表示十分有把握。林是当时士大夫所佩服的一个人。他自信,国人也信他。却是事实上林没有机会与英国人比武。英国派遣来华的军队,照中国人的理想,应该先攻广州。林已准备好了各种防御工事。不料英国人不攻广州而攻舟山。于是时人断定英国人怕林则徐。林的声价因此提高了好几倍。后清廷罢免林则徐而派琦善去主持粤政,时人说英国用计,借琦善以去林则徐。林一去,自然我方失败了!后裕谦奏调林则徐去帮他防守浙江。清廷答应了,许林“戴罪立功”。时人深信有林在浙江,英国人是不敢来的。英国人来了,快要与林交锋了,但是正在这个时候,清廷忽下令把林则徐谪戍伊犁。在鸦片战争的三年之中,除第一年小有接触之外,林始终没有机会与英人打一个大仗。所以以后士大夫不服输。他们以为我们的败,不是由于我们的旧战法和旧军器的不行,而是由于清廷用人不得当。既然如此,那我们没有改革的必要。琦善虽知道中外强弱的悬殊,经过一次的革职拿办,他也不敢再触犯士大夫的清议而有所主张了。所以他不够称头等的政治家。

当时士大夫的清议之可怕,我们于林则徐的行动中也可以看出来。在他初到广州的时候,他真相信他用中国的旧法子就能制服英人。到了广州以后不久,他就觉悟了,知道惟独“用夷器而后能制夷人”。他秘密的探访外国的国情,购买外国的船炮。他以后把他所搜集的材料,给了魏默深。魏又把这些材料编入《海国图志》。这部书提倡以夷制夷,及以夷器制夷。日本的文人把这部书译成日文,促进了日本的维新。日本学者中山久四郎常说明治维新的事业受《海国图志》的影响不少。林虽有这种觉悟，他怕清议的指摘，不敢公开的提倡。他在赴伊犁成所的途中曾致书友人说：

> 彼之大炮，远及十里内外，若我炮不能及彼，彼炮先已及我，是器不良也。彼之放炮，如内地之放排枪，连声不断。我放一炮后，须辗转移时，再放一炮，是技不能熟也。……今此一物置之不讲，真令岳韩束手，奈何奈何！

但在信尾，他坚请他的朋友不要把信给别人看。他让主持清议的士大夫睡在梦中，他让国家日趋衰弱，而不肯牺牲自己的名誉去与时人奋斗。他怕时人骂他是汉奸或败北主义者。邓先生如了解此中的情节，或者不怪我，在回想我民族过去百年的历史，要痛骂士大夫阶级。

关于袁世凯的一段，邓先生批评袁的外交，说袁应该在民四交涉的时候，努力谋美国的援助。邓先生以华府会议美国的援助为证据，判断美国在民国四年也可以援助我，只要袁运用得法。其实袁派人把日本二十一条通知美国公使芮恩史并求他援助，芮氏颇热心，但其政府不愿意。第二年美国尚与日本订所谓《蓝辛—石井协定》，承认日本在华的特殊权利。民八，在巴黎和会我国代表苦求威尔逊助我取消民四条约，威尔逊不愿理会。民十一，华府会议的时候，美国内部的情形已完全改变，而国际形势复有利于我，故我国能得相当的收获。虽然，国人不要误会华府会议的重要所在。关于既成事实的纠正，华府会议仅助我收复德国在山东的权利，民四其他条约华府未过问。邓先生说：

"假使袁世凯不是要做皇帝,不敢得罪日本,又何至于遵守日本人的谆嘱,严守秘密。"袁要做皇帝,据我所知,是签订民四条约以后的事情。而且条约签订以后,日本人仍旧反对袁作皇帝。袁的一贯政策是联英美以制日。他在高丽的时候如此。光绪末年他作外务部尚书的时候,也是如此,所以日本恨他。至于守秘密一层,国际交涉的事情,正在交涉之中的时候,除非双方同意,是不可宣露的。

邓先生所指摘的其他各点完全由于误会和曲解,没有再加讨论的必要。

琦善与鸦片战争

鸦片战争的终止之日，当然就是道光二十二年七月二十四日中、英两国代表签订《南京条约》之日。至于起始之日为何日，则不易定。因为中、英双方均未发表宣战正式公文，并且忽战忽和，或战于此处而和于彼处。此种畸形的原由，大概有二。一则彼时中国不明国际公法及国际关系的惯例。不但不明，简直不承认有所谓国际者存在。中、英的战争，在中国方面，不过是“剿夷”、“讨逆”。就此一点，我们就能窥测当时国人的心理和世界知识。第二个原由是彼时中、英两国均未预抱一个必战之心。中国当初的目的全在禁烟。宣宗屡次的上谕明言不可轻启边衅。在道光十八年各省疆吏复议黄爵滋严禁鸦片的奏折之时，激烈派与和缓派同等的无一人预料禁烟会引起战争[①]。不过激烈派以为，倘因达到禁烟目的而必须用兵以迫“外夷顺服”则亦所不惜。在英国方面，自从律劳卑[②]（Lord Napier）以商业监督（Superintendent of Trade）的资格于道光十四年来华而遭拒绝后,英政府的态度就趋消极。继任的监督虽屡次请训,政府置之不理。原来英国在华的目的全在通商;作买卖者,不分中外古今,均盼时局的安定。我们敢断定:鸦片战争以前,英国全无处心积虑以谋中国的事情。英政府的行动就是我们所谓"将就了事,敷衍过去",英文所谓"muddle along"。英国政府及人民固然重视在华的商业,而且为通商中、英已起了好几次的冲突,不过英国人的守旧性甚重,不好纷事更张,因为恐怕愈改愈坏。及林则徐于道光十九年春禁锢英商与英领以迫其缴烟的信息传到英京之时,适当巴麦尊爵士(Lord Palmerston)主持英国的外交。此人是以提倡积极政策而在当时负盛名的。他即派遣舰队来华,但仍抱一线和平的希望,且英国赞成和平者亦大有人在。倘和议不成而必出于一战,巴麦尊亦所不惜。故鸦片战争的发生,非中、英两国所预料,更非两国所预谋。战争虽非偶然的,无历史背景的,然初不过因禁烟而起冲突,继则因冲突而起报复(reprisal),终乃流为战争。

鸦片战争,当作一段国际关系史看,虽是如此畸形混沌,然单就中国一方面研究,则显可分为三期。第一期是林则徐主政时期,起自道光十九年正月二十五日,即林以钦差大臣的资格行抵广东之日。第二期是琦善主政时期,起自道光二十年七月十四日,即琦善与英国全权代表懿律(Admiral George Elliot)及义律(Captain Charles Elliot)在大沽起始交涉之日。第三期是宣宗亲自主政时期,起自道光二十一年二月六日,即琦善革职拿问之日,而止于二十二年七月二十四日的《南京条约》。在专制政体之下，最后决断权，依法律，当然属于皇帝；然事实上，常常有大臣得君主的信任，言听计从。此地所谓林则徐及琦善主政时期即本此意而言。缘此，林的革职虽在二十年九月八日，然自七月中以后，宣宗所信任的已非林而为琦善，故琦善主政时期实起自七月中。自琦善革职以后，直到英兵破镇江，宣宗一意主战，所用人员如奕山、奕经、裕谦、牛鉴等不过遵旨力行而已。虽有违旨者，然皆实违而名遵，故第三期称为宣宗主政时期，似不为无当。

三期中，第一期与第三期为时约相等，各占一年半。第二期——琦善主政时期——为最短，半年零数日而已。在第一期内，严格说，实无外交可言。因为林则徐的目的在禁烟，而禁烟林视为内政——本系内政——不必事先与外人交涉，所采步骤亦无须外人的同意。中、英往来文件，在林方面，只有“谕示”；在英领义律方面，迫于时势，亦间“具禀”。此时义律既未得政府训令，又无充分的武力后援，他的交涉，不过图临时的相安，他的军事行动不过报复及保护在华英人的生命和财产。到第三期，更无外交可言。双方均认交涉无望，一意决战。后来英兵抵南京，中国于是屈服。在此三年半内，惟独琦善主政的半年曾有过外交相对的局势。在此期之初，英国全权代表虽手握重兵，然英政府的训令是教他们先交涉而后战争，而二代表亦以速和以复商业为上策。训令所载的要求虽颇详细，然非完全确定，尚有相当伸缩的可能。在中国一方面琦善的态度是外交家的态度。他的奏折内，虽有“谕英夷”、“英夷不遵劝戒”字样，但他与英人移文往来,亦知用“贵国”、“贵统帅”的称呼。且他与英人面议的时候,完全以平等相待。至于他的目的,更不待言,是图以交涉了案。故琦善可说是中国近九十年大变局中的第一任外交总长。

这个第一任外交总长的名誉,在当时,在后代,就是个“奸臣”和“卖国贼”的名誉。不幸,琦善在广东,除任交涉以外,且署理两广总督,有节制水陆军的权力和责任。攻击他的有些注重他的外交,有些注意他的军事。那末,琦善外交的出发点就是他的军事观念,所以我们先研究琦善与鸦片战争的军事关系。

道光二十一年二月初间虎门失守以后,钦差大臣江苏巡抚裕谦上了一封弹劾琦善的奏折。他说:“乃闻琦善到粤后,散遣壮勇,不啻为渊驱鱼,以致转为该夷勾去,遂有大角、沙角之陷。”③裕靖节是主战派首领之一,也是疆吏中最露头角的人。他攻击琦善的意思不外林则徐督粤的时候,编收本省壮丁为团勇,琦善到粤则反林所为而遣散之。这班被撤壮丁就变为“汉奸”,英人反得收为己用。此说的虚实,姑不讨论:倘中国人民不为中国打外国,就必反助外国打中国,民心亦可见一斑了。

靖节的奏折上了不满二月,御史骆秉章又上了一封,措辞更激烈:“窃惟逆夷在粤滋扰,几及一年。乃自前督臣琦善到粤查办,将招集之水勇、防备之守具,全行撤去。迨大角、沙角失事,提镇专弁赴省求援,仅发兵数百名,遣之夜渡,惟恐逆夷知觉,以致提督关天培、总兵李廷钰在炮台遥望而泣。”④这样说来,琦善的罪更大了:除遣散壮勇之外,还有撤防具、陷忠臣的大罪。

骆文忠原籍广东花县,折内所言大概得自同乡。他为人颇正直,道光二十一年以前,因查库不受贿已得盛名。故所发言词,不但足以左右当时的清议,且值得我们今日的研究。

此类的参奏不必尽引,因为所说的皆大同小异。但道光二十一年六月王大臣等会审的判词是当时政府最后的评定,也是反琦善派的最后胜利,不能不引。“此案琦善以钦差大臣查办广东夷务,宜如何慎重周详,计出万全。该夷既不遵照晓谕办理,已形猖獗,即当奏请调兵,迅速剿除。乃妄冀羁縻,暂以香港地方许给,俾得有所借口。于一切防守事宜,并不预为设备,以致该夷叠将炮台攻陷,要隘失守,实属有误机宜。自应按律问拟。琦善合依守备不设失陷城塞者斩监候律,拟斩监候,秋后处决。”⑤这个判词实代表当时的清议。所可注意者,政府虽多方搜罗琦善受贿的证据,判词内无受贿的罪名。

但是当时的人不明了琦善为什么要“开门揖盗”,以为必是受了英人的贿赂。战争的时候,左宗棠——同光时代的恪靖侯左宗棠——正在湖南安化陶文毅家授课。道光二十一年,他致其师贺蔗农的信有一段极动人的文章:“去冬果勇杨侯奉诏北行。有人自侯所来云:‘侯言琦善得西人金巨万,遂坚主和议。将恐国计遂坏伊手。’昨见林制府谢罪疏,末云并恐彼族别生秘计云云,是殆指此。诚如是,其愚亦大可哀矣。照壁之诗及渠欲即斩生夷灭口各节情状昭著。炮台失陷时,渠驰疏谓二炮台孤悬海外,粤东武备懈弛,寡不敌众,且云彼族火器为向来所未见。此次以后,军情益馁。无非欺君罔上,以和要主,张贼势而慢军心,见之令人切齿。"[⑥]左的信息得自"自侯所来"者。果勇侯杨芳原任湖南提督,于道光二十一年正月八日放参赞大臣,"驰驿前赴广东,剿捡逆夷"。他于正月二十一日接到了这道上谕,二月十三日行抵广东省城[⑦]。他在起程赴任之初即奏云:"现在大局,或须一面收复定海,一面准其于偏岸小港屯集货物。"换言之,浙江应与英人战,广东则应与英人通商以求和。自然宣宗以为不妥。抵广东后他就报告:"预备分段援应,共保无虞。"但是他所带的湖南兵为害于英人者少,为害于沿途及广东人民者反多。三月初,果勇侯又有"布置攻守机宜"的奏折,说:"城厢内外,民心大定,迁者渐复,闭者渐开,军民鼓勇,可期无虑。"[⑧]宣宗当然欣悦之至:"客兵不满三千,危城立保无虞。若非朕之参赞大臣果勇侯杨芳,其孰能之?可嘉之处,笔难宣述。功成之日,伫膺懋赏。此卿之第一功也。厥后尤当奋勉。"[⑨]后来的奋勉或者有之;至于第二功则无可报了。虽然,败仗仍可报胜仗,自己求和仍可报外夷"恳求皇帝施恩,准予止战通商"。皇帝远在北京,何从知道?这就是杨芳日后顾全面子的方法[⑩]。左宗棠的信息既间接得自果勇侯,就不足信;何况果勇侯传出这信息的时候,既在途中,亦必间接得自自广东来者?至于琦善"欲即斩生夷灭口"之说,遍查中外在场人员的记载均未发现。独在湖南安化乡中教书的左先生知有其事,且认为"情状昭著",岂不是甚奇了!

同时广东的按察使王庭兰反说他屡次劝琦善杀义律而琦善不许。他写给福建道员曾望颜的信述此事甚详:"义律住洋行十余日。省河中夷船杉板数只而已，不难擒也。伊亦毫无准备。有时义律乘轿买物，往来于市廛间。此时如遣敢死之士数十人拴之，直囊中取物耳。乃屡次进言于当路，辄云现在讲和，未可轻动。是可谓宋襄仁义之师矣。”⑪琦善倘得了“西人金巨万”，授之者必是义律；“欲即斩生夷灭口”，莫若斩义律。琦善反欲效“宋襄仁义之师”，岂不更奇了！王庭兰的这封信又形容了琦善如何节节后退：“贼到门而门不关，可乎？开门揖盗，百喙难辞。”王庭兰既是广东的按察使，他的信既由闽浙总督颜伯焘送呈御览，好像应该是最好的史料。不幸琦善在广东的时候，义律不但未“住洋行十余日”，简直没有入广州。这封信在显明的事实上有此大错，其史料的价值可想而知了。

琦善倘若撤了广州的防具，撤防的原动力不是英国的贿赂，这是我们可断定的。但是到底琦善撤了防没有？这是当时及后来攻击琦善的共同点，也是琦善与鸦片战争的军事关系之中心问题。道光二十年的秋末冬初——宣宗最信任琦善的时候——撤防诚有其事，然撤防的责任及撤防的程度则大有问题在。

宣宗是个极尚节俭的皇帝。林则徐在广东的时候，大修军备，但是宣宗曾未一次许他拨用库款，林的军费概来自行商及盐商的捐款。二十年六月七日，英军占了定海。于是宣宗脚慌手忙的饬令沿海七省整顿海防。北自奉天，南至广东，各省调兵、募勇、修炮台、请军费的奏折陆续到了北京，宣宗仍是不愿疆吏扣留库款以作军费。当时兵部尚书祁寯藻和刑部右侍郎黄爵滋正在福建查办事件。他们同闽浙总督邓廷桢及福建巡抚吴文镕会衔建议浙江、福建、广东三省应添造大船六十只,每只配大小炮位三四十门,“通计船炮工费,约须银数百万两”。他们说:“当此逆夷猖獗之际,思卫民弭患之方,讵可苟且补苴,致他日转增靡费。”宣宗不以为然。他以为海防全在平日认真操练,认真修理,“正不在纷纷添造也”。⑫此是道光二十年七月中的情形。

八月中,琦善报告懿律及义律已自大沽带船回南,并相约沿途不相攻击,静候新派钦差大臣到广东与他们交涉。宣宗接了此折,就下一道上谕,一面派琦善为钦差大臣,一面教他“将应撤应留各兵分别核办”⑬。琦善遵旨将大沽的防兵分别撤留了。

九月初四,山东巡抚托浑布的奏折到了北京,报告英国兵船八只果于八月二十二三路过登州,向南行驶。托浑布买了些牛羊菜蔬“酌量赏给”。因此“夷众数百人一齐出舱,向岸罗拜,旋即开帆南驶。一时文武官弁及军吏士民,万目环观,咸谓夷人如此恭顺,实出意料之外”⑭。宣宗以为和议确有把握,于是连下了二道谕旨,一道“著托浑布体察情形,将前调防守各官兵酌量撤退归伍,以节靡费”;一道寄给盛京将军耆英、署两江总督裕谦及广东巡抚怡良,“著详加酌核,将前调防守各官兵分别应留应撤,妥为办理”。适同日闽浙总督邓廷桢奏折到京,报告从福建调水勇八百名来浙江。宣宗就告诉他,现在已议和,福建的水勇团练应分别撤留,“以节靡费”。是则道光二十年九月初,琦善尚在直隶总督任内,宣宗为“节省靡费”起见,已令沿海七省裁撤军队[15]。

琦善于十一月六日始抵广东。他尚在途中的时候沿海七省的撤防已经实行了。奉天、直隶、山东与战争无关系，可不必论。南四省中首先撤防者即江苏。裕谦于十月三日到京的折内报告，共撤兵五千一百八十名。并且“各处所雇水陆乡勇亦即妥为遣散”。十月十七日的报告说接续又撤了些：“统计撤兵九千一百四十名。”[16]广东及浙江撤兵的奏折同于十一月一日到京。怡良说：“查虎门内外各隘口，兵勇共有万人。督臣林则徐前次奉到谕旨，当即会同臣将次要口隘各兵陆续撤减二千余名。臣复移咨水陆各提镇，将各路中可以撤减者再为酌核情势，分别撤减以节靡费。”[17]撤兵的上谕是九月初四发的；罢免林则徐的上谕是九月初八发的。怡良所说广东初次撤兵是由林与他二人定夺：此说是可能的。怡良署理总督以后，又拟再撤，但未说明撤多少。伊里布在浙江所撤的兵更多。照他的报告共撤六千八百名，共留镇海等处防堵者五千四百名[18]。南四省之中，惟福建无撤兵的报告。

总结来说，与鸦片战争有关系的四省，除福建不明外，余三省——江苏、浙江、广东——均在琦善未到广东以前，已遵照皇帝的谕旨，实行撤兵。江苏所撤者最多，浙江次之，广东最少。广东在虎门一带至少撤了两千兵勇，至多留了八千兵勇。道光二十年秋冬之间，撤防诚有其事，并且是沿海七省共有的，但撤防的责任不能归诸琦善，更不能归诸他一人。

琦善未到任以前的撤防虽不能归咎于他，他到任以后的行动是否“开门揖盗”？二十年十二月和二十一年二月的军事失败是由于琦善到任以后的撤防吗？散漫军心吗？陷害忠臣吗？

琦善初到广东的时候，中、英已发生军事冲突，因为中国守炮台的兵士攻击了义律派进虎门送信而挂白旗的船只。这不但犯了国际公法，且违了朝廷的谕旨，因为宣宗撤兵的上谕已经明言：除非外人起衅，沿海各处不得开火。琦善本可惩办，但他的奏折内不过说：“先未迎询来由，辄行开炮攻打，亦不免失之孟浪。”接连又说：“惟现在正值夷兵云集、诸务未定之时，方将激励士气，借资震慑而壮声威。若经明白参奏，窃恐寒我将士之心，且益张夷众桀骜之胆。”⑲同时他一面咨行沿海文武官吏在未攻击之先须询明来由，“一面仍以夷情叵测，虎门系近省要隘，未便漫无堤防，随饬委署广州府知府余保纯、副将庆宇、游击多隆武等前往该处，妥为密防”。是则琦善不但不愿散漫军心，且思“激励士气”；不仅未撤防具，且派员前往虎门“妥为密防”。

十二月初，和议暂趋决裂。琦善“遂酌调肇庆协兵五百名，令其驰赴虎门，并派委潮州镇总兵李庭钰，带弁前往帮办。又酌调督标兵五百名，顺德协兵三百名，增城营兵二百名，水师提标后营兵二百名，水师提标前营兵一百五十名，永靖营兵一百名，拨赴距省六十里之总路口、大濠头、沙尾、猎德一带，分别密防，并于大濠头水口填石沉船，借以虚张声势，俾该夷知我有备”。总共增兵一千九百五十名，不能算多，且广州第一道防线的虎门只五百名，虎门以内大濠头诸地反增一千四百余名。于此我们就可窥测琦善对军事的态度及其所处地位的困难。他在大沽与英人交涉的时候,就力言中国万非英国之敌。到了广东,他的奏折讲军备进行者甚少,讲广东军备不可靠者反多。如在十二月初四的具折内,他说不但虎门旧有的各炮台布置不好,“即前督臣邓廷桢、林则徐所奏铁链,一经大船碰撞,亦即断折,未足抵御。盖缘历任率皆文臣,笔下虽佳,武备未谙。现在水陆将士中又绝少曾经战阵之人,即水师提臣关天培亦情面太软,未足称为骁将。而奴才才识尤劣,到此未及一月,不但经费无出,且欲置造器械,训练技艺,遴选人才,处处棘手,缓不济急”[20]。琦善对军事既如此悲观,故不得不和;然和议又难成,不得不有军备,“借以虚张声势”,“俾该夷知我有备”;且身为总督,倘失地责不容辞。但军备不但“缓不济急”,且易招外人之忌,和议更易决裂,故只能“妥为密防”,且只能在虎门内多增军队,所以他犹疑不决。结果国内主战派攻其“开门揖盗”,英人则责其无议和的诚心,不过迁延时日,以便军备的完竣。他们说:“此种军备进行甚速。”(Were going on with the utmost expedition.)[21]英人采先发制人的策略,遂于十二月十五日晨攻击大角、沙角两炮台。

结果中国大失败。二个炮台均失守;水师船只几全覆没;兵士死者约五百,伤者较少;炮位被夺被毁者共一百七十三尊。英人方面受伤者约四十,死亡者无人。防守大角、沙角者约两千人,英兵登陆来攻者共一千四百六十一人,内白人与印度人约各半[22]。此役中国虽失败,然兵士死亡之多足证军心尚未散漫。炮位损失有一百七十三尊,内二十五尊在大角,七十二尊在沙角,余属师船,足证防具并未撤。我们还须记得:在虎门十台之中，大角、沙角的地位不过次要。道光十五年整理虎门防务的时候，关天培和署理粤督祁𡎴就说过："大角、沙角两台在大洋之中，东西对峙，惟中隔海面一千数百丈，相距较远，两边炮火不能得力，只可作为信炮望台。"[23]平时沙角防兵只三十名，大角只五十名；十二月十五日之役，二台共有兵士二千名，不能算少。至于军官及兵丁的精神，外人众口一词的称赞[24]。虽然，战争不满二时而炮台已失守，似无称赞的可能。欧洲的军士对于败敌，素尚豪侠；他们的称赞不能不打折扣。但是我们至少不应说琦善"开门揖盗"。

此役以后，琦善主和的心志更坚决，遂于十二月二十七日与义律订了草约四条。他虽然费尽了心力求朝廷承认草约，宣宗一意拒绝。愈到后来，朝廷催战的谕旨愈急愈严。琦善于无可如何之中，一面交涉，一面进行军备。他的奏折内当然有调兵增防的报告[25]，但我们可利用英人的调查以评他的军备。正月二十三，义律派轮船 Nemesis 到虎门去候签订正式条约日期的信息。此船在虎门逗留了四天，看见威远、镇远及横档三炮台增加沙袋炮台(Sandbag batteries)，并说三台兵士甚多。别的调查的船只发现穿鼻的后面正建设炮台，武山的后面正填石安桩以塞夹道。二月一日，义律亲自到横档，查明自 Nemesis 报告以后，又加了十七尊炮。二月二日，英人截留了中国信船一只，内有当局致关天培的信，嘱他从速填塞武山后的交通。于是英人确知琦善已定计决战[26]，遂于二月五日下第二次的攻击令。

道光二十一年二月五日、六日的战役是琦善的致命之伤，也是广东的致命之伤。战场的中心就是威远、镇远、横档三炮台，所谓虎门的天险。剧烈的战事在六日的正午。到午后二点，三台全失守。兵士被俘虏者约一千三百名，阵亡者约五百名，提督关天培亦殉难。炮位被夺被毁者，威远百零七尊，临时沙袋炮台三十尊，镇远四十尊，横档百六十一尊，巩固四十尊。此役的军心不及十二月十五日。横档的官佐在开战之初即下台乘船而逃，且锁台门以防兵士的出走。然亦有死抗者。失败的理由不在撤防，因为炮台上的兵实在甚多，炮位亦甚多，而在兵士缺乏训练及炮的制造与安置不合法。失败之速则由于关天培忽略了下横档。此岛在横档的南面，镇远的西面。关天培以为横档及威远、镇远已足以制敌，下横档无关紧要，故在道光十五年整理虎门防备的时候就未注意。不料英人于二月五日首先占领下横档，并乘夜安大炮于山顶。中国的策略只图以台攻船，而二月六日英人实先以台攻台[27]。战争的失败，琦善或须负一部分的责任，但是说他战前不设备，战中节节后退，不但与事实相反，且与人情相反。英人 Davis 甚至说琦善的军备已尽人事天时的可能。[28]时人及以后的历史家当然不信中国反不能与“岛夷”敌。他们说中国所以败全由宣宗罢免林则徐而用琦善。他们以为林是百战百胜的主帅，英人畏之，故必去林而后始得逞其志。英人在大沽的交涉不过行反间之计。时人持此论最力者要算裕谦。江上蹇叟（夏燮）根据他的话就下了一段断语，说：“英人所憾在粤而弃疾于浙者，粤坚而浙瑕也。兵法攻其瑕而坚者亦瑕。观于天津递书，林、邓被议，琦相入粤，虎门撤防，则其视粤也如探囊而取物也。义律本无就抚之心,特借琦相以破粤东之局。”[29]魏源的论断比较公允,然亦曰欲行林的激烈政策,“必沿海守臣皆林公而后可,必当轴秉钧皆林公而后可”[30]。不说“沿海守臣”及“当轴秉钧”,即全国文武官吏尽是如林则徐,中国亦不能与英国对敌。在九龙及穿鼻与林则徐战者不过一只配二十八尊炮的 Volage 及一只配二十尊炮的 Hyacinth。后与琦善战者有陆军三千,兵船二十余只,其大如 Wellesley、Blenheim、Melville,皆配七十四尊炮。然而九龙及穿鼻的战役仍是中国失败,且虎门失守的时候,林则徐尚在广州,且有襄办军务的责任!英国大军抵华以后,不即攻粤而先攻定海者,因为英政府以为广东在中国皇帝的眼光里,不过边陲之地,胜负无关大局,并不是怕林则徐。当时在粤的外人多主张先攻虎门,惟独 Chinese Repository 月报反对此举,但亦说,倘开战,虎门炮台的扫平不过一小时的事而已[31]。至于去林为英国的阴谋,更是无稽之谈。英人屡次向中国声明:林之去留与英国无关系。实则林文忠的被罢是他的终身大幸事,而中国国运的大不幸。林不去,则必战,战则必败,败则他的声名或将与叶名琛相等[32]。但林败,则中国会速和,速和则损失可减少,且中国的维新或可提早二十年。鸦片战争以后,中国毫无革新运动:主要原因在时人不明失败的理由。林自信能战,时人亦信其能战,而无主持军事的机会,何怪当时国人不服输!

战争失败的结果就是《南京条约》:这是无可疑问的。但战争最后的胜负并不决在虎门,而决在长江,《南京条约》的签字距虎门失守尚有一年半的功夫。到了道光二十二年的夏天,英国军队连下了吴淞、上海,并占了镇江,而南京危在旦夕,这时候朝廷始承认英国的条件而与订约。正像咸丰末年,英、法虽占了广州省城,清廷仍不讲和;直到联军入京然后定盟。琦善在广东的败仗远不如牛鉴在长江的败仗那样要紧。

总结来说,琦善与鸦片战争的军事关系无可称赞,亦无可责备。败是败了,但致败的原由不在琦善的撤防,而在当时战斗力之远不及英国。琦善并未撤防,或"开门揖盗",不过他对战争是抱悲观的。时人说这是他的罪,我们应该承认这是他的超人处。他知道中国不能战,故努力于外交。那末,他的外交有时人的通病,也有他的独到处。现在请论琦善与鸦片战争的外交关系。

懿律及义律率舰队抵大沽的时候,琦善以世袭一等侯、文渊阁大学士任直隶总督。他是满洲正黄旗人。嘉庆十一年,他初次就外省官职,任河南按察使,后转江宁布政使,续调任山东、两江、四川各省的督抚。道光十一年,补直隶总督。鸦片战争以前,中国的外交全在广东。故琦善在官场的年岁虽久,但于外交是绝无经验的。

道光二十年七月十四,懿律等到了大沽。琦善遵旨派游击罗应鳌前往询问。罗回来报告说:英人"只请叠遭广东攻击,负屈之由,无从上达天听,恳求转奏"㉝。此种诉屈伸冤的态度是琦善对付英人的出发点,是极关重要的。这态度当然不是英政府的态度。那末,误会是从何来的?或者是义律故意采此态度以图交涉的开始,所谓不顾形式只求实际的办法。或者是翻译官马礼逊未加审慎而采用中国官场的文字。或者是琦善的误会。三种解释都是可能的,都曾实现过的,但断断不是琦善欺君的饰词,因为他以后给英人的文书就把他们当做伸冤者对待。琦善一面请旨,一面令英人候至二十日听回信。十七日,谕旨下了。十八日琦善即派千总白含章往英船接收正式公文。

此封公文就是英国外部大臣巴麦尊爵士(Viscount Palmerston)致"大清国皇帝钦命宰相"的照会。此文是全鸦片战争最紧要的外交文案,研究此战争者必须细审此照会的原文与译文[34]。译者遵照巴麦尊的训令只求信,不求雅。结果不但不雅,且不甚达。但除一句外,全文的翻译,确极守信。这一句原文是"to demand from the Emperor satisfaction and redress",译文变为"求讨皇帝昭雪伸冤"[35]。难怪宣宗和琦善把这个外交案当作属下告状的讼案办!

这照会前大半说明英国不满意中国的地处,后小半讲英国的要求。中国禁烟的法子错了。烟禁的法律久成具文,何得全无声明忽然加严?就是要加严,亦当先办中国的官吏,后办外人,因为官吏"相助运进,额受规银任纵"。中国反首先严办外人,宽赦官吏,岂不是"开一眼而鉴外人犯罪,闭一眼不得鉴官宪犯罪乎"?就是要办外人,亦应分别良莠,不应一概禁锢,"尽绝食物,所佣内地工人,见驱不准相助"。如外人不缴烟土,即"吓呼使之饿死"。不但英国商人是如此虐待,即"大英国家特委管理领事""亦行强迫凌辱"。这是"亵渎大英国威仪"。因此层层理由,英国第一要求赔偿烟价。第二要求割让一岛或数岛,作为英商居住之地,“以免(日后)其身子磨难,而保其赀货妥当”。第三要求中国政府赔偿广州行商的积欠。第四要求以后中、英官吏平等相待。第五要求赔偿战费及使费。倘中国“不妥善昭雪定事,仍必相战不息矣”。照会内虽未提及林则徐的名字,只说“某官宪”,中外皆知英国所不满意的禁烟办法皆是林的行动。照会的口气虽是很强硬,但全文的方式实在是控告林的方式。

巴麦尊爵士给懿律及义律的训令[36]有一段是为他们交涉时留伸缩地步的。他说倘中国不愿割地,那末可与中国订通商条约,包括:(一)加开通商口岸;(二)在口岸外人应有居留的自由及生命财产的保护;(三)中国须有公布的(publicly known)及一定的(fixed)海关税则;(四)英国可派领事来华;(五)治外法权。除治外法权一项,余皆为国际的惯例,并无不平等的性质,且并不有害于中国。订商约或割地:这二者,中国可择其一。这点选择的自由就是当时中国外交的机会。要评断琦善外交的优劣就在这一点。

琦善接到了巴麦尊的照会,一面转送北京请旨,一面与懿律约定十天内回答。廷臣如何计议,我们不能知其详细。计议的结果,就是七月二十四日的二道谕旨[37]。一道说:“大皇帝统驭寰瀛,薄海内外,无不一视同仁。凡外藩之来中国贸易者,稍有冤抑,立即查明惩办。上年林则徐查禁烟土,未能仰体大公至正之意,以致受人欺朦,措置失当。兹所求昭雪之冤,大皇帝早有所闻。必当逐细查明，重治其罪。现已派钦差大臣，驰至广东，秉公查办，定能代申冤抑。该统帅懿律等，著即返棹南还，听候办理可也。"此道上谕可说是中国给英国的正式答复。其他一道是给琦善的详细训令。"所求昭雪冤抑一节，自应逐加访察，处处得实，方足以折服其心……俾该夷等咸知天朝大公至正，无稍回护，庶不敢借口申冤，狡焉思逞也。"至于割让海岛，"断不能另辟一境，致坏成规"。所谓"成规"，就是广东一口通商。行商的积欠，"亦应自为清理，朝廷何能过问"？换言之，广东行商所欠英人的债，英人应该向行商追讨，何得向朝廷索赔？"傥欲催讨烟价，著谕以当日呈缴之烟，原系违禁之件，早经眼同烧毁，既已呈缴于前，即不得索价于后。"这种自大的态度何等可笑！英国所要求者一概拒绝，惟图重治林则徐的罪以了案，这岂不是儿戏！但在当时，这是极自然、极正大的办法。"薄海内外无不一视同仁"：这岂不是中国传统的王道？英国既以控告林则徐来，中国即以查办林则徐回答：这岂不是皇帝"大公至正之意"？

八月二日，琦善即遵旨回答了英国代表。他们不满意，要求与琦善面议。琦善以"体制攸关"，不应该上英国船，遂请义律登岸。八月初四、初五，他们二人在大沽海岸面议了两次。义律重申要求，琦善照谕旨答复，交涉不得要领。最困难的问题是烟价的赔偿。八月十八、十九日琦善复与懿律移文交涉，他最后所许者，除查办林则徐外，还有恢复通商及赔烟价的一部分二条。"如能照常恭顺，俟钦差大臣到彼查办，或贵国乞恩通商，据情具奏，仰邀恩准，亦未可定。""如贵统帅钦遵谕旨，返棹南还，听钦差大臣驰往办理，虽明知烟价所值无多，要必能使贵统帅（懿律）有以登复贵国王，而贵领事（义律）亦可申雪前抑。果如所言，将有利于商贾，有益于兵民，使彼此相安如初，则贵统帅回国时，必颜面增光，可称为贵国王能事之臣矣。”英国代表于是“遵循皇帝的意旨”（in compliance with the pleasure of the Emperor）开船往广东，并约定两国停止军事行动[38]。

英国政府所以教懿律及义律带兵船来大沽者，就是要他们以武力强迫中国承认英国的要求。懿律等在大沽虽手握重兵，然交涉未达目的即起碇回南，且说回南是遵循中国皇帝的意旨。难怪巴麦尊几乎气死了。难怪中国以为“抚夷”成功了。宣宗因此饬令撤防，“以节靡费”，且即罢免林则徐以表示中国的正大。大沽的胜利是琦善得志的阶梯，也是他日后失败的根由。懿律等的举动不但不利于英国，且不利于中国，因为从此举动发生了无穷的误会。但他们也有几种理由：彼时英兵生病者多，且已到秋初，不宜在华北起始军事行动。琦善态度和平，倘与林则徐相比，实有天壤之别。他们想在广东与他交涉，不难成功。他们在大沽不过迁就，并不放弃他们的要求。

琦善在大沽除交涉外，同时切实调查了敌人的军备。他的报告和朝廷改变林则徐的强硬政策当然有密切的关系。英国军舰的高大，这是显而易见的。“又各设有大炮，约重七八千斤。炮位之下，设有石磨盘，中具机轴，只须转移磨盘，炮即随其所向。”此外还有“火焰船”，“内外俱有风轮，中设火池，上有风斗，火乘风起，烟气上熏，轮盘即激水自转，无风无潮，顺水逆水，皆能飞渡”[39]。当时的人如林则徐所拟破夷之法,琦善以为皆不足恃。倘攻夷船的下层,“夷船出水处所亦经设有炮位,是意在回击也”。若欲穿其船底,则外人水兵“能于深五六丈处,持械投入海中,逾时则又跳跃登舟,直至颠顶,是意在抵御也”。此外还有纵火焚烧的法子,“今则该夷泊船,各自相离数里,不肯衔尾寄碇……是意在却避延烧也”。“泥恒言以图之,执成法以御之,或反中其诡计,未必足以决胜。”[40]这是琦善“知彼”的工夫。

对于这样的强敌,中国有足以抵抗吗?琦善说中国毫无足恃。“该夷所恃者为大炮,其所畏者亦惟大炮。”那末,中国正缺乏大炮,譬如在“山海关一带本无存炮,现饬委员等在于报部废弃炮位内检得数尊,尚系前明之物,业已蒸洗备用”。华北如此,华南亦难操胜算。“即如江、浙等省,所恃为外卫者,原止长江大海。今海道已被该夷随处游奕,长江又所在可通,是险要已为该夷所据,水师转不能入海穷追。”[41]假设中国能于一处得胜,英国必转攻别处;假使我们能于今年得胜,英国必于明年再来。“欲求处处决胜,时时常胜,臣实不免隐存意外之虞。”“边衅一开,兵结莫释。我皇上日理万机,更不值加以此等小丑跳梁,时殷宸廑。而频年防守,亦不免费饷劳师。”这是琦善“知己”的工夫。

外交的元素不外“理”与“势”。鸦片战争的时候,中、英各执其理,各行其是。故中、英的问题,论审势,论知己知彼的工夫,琦善无疑的远在时人之上。琦善仍是半知半解,但时人简直是无知无解。所以琦善大声疾呼的主和,而时人斥为媚外,或甚至疑其受英人的贿赂。

不幸,十一月六日琦善到广东的时候,国内的空气及中英间的感情均不利于和议。伊里布在浙江曾要求英国退还定海,英人不允。朝野因之以为英国求和非出于至诚。在英国方面,因中国在浙江抢夺二十多个英国人,且给以不堪的待遇,决战之心亦复增加。十一月内,浙抚刘韵珂[42],钦差大臣祁寯藻、黄爵滋[43],御史蔡家玕[44]相继上奏,说英人有久据定海的阴谋。朝廷主和的心志为之摇动。同时义律在广东多年,偏重广州通商的利益,主张在广州先决胜负。所以他在广东的态度,比在大沽,强硬多了。中国对他送信的船开了炮,他就派兵船来报复。所以琦善到广东后的第一次奏稿就说义律的词气“较前更加傲慢”。适此时懿律忽称病,交涉由义律一人负责。琦善莫明其妙。“初六日(委员)接见懿律时,虽其面色稍黄,并无病容,然则何至一日之间,遽尔病剧欲回?”那末此中必有狡计:“今懿律猝然而行,或就此间别作隐谋,或其意见与义律另有参差,抑或竟系折回浙江,欲图占据,均难逆料。”[45]所以琦善就飞咨伊里布,教他在浙江严防英人的袭攻。

这样的环境绝非议和的环境,但广东的军备状况,更使琦善坚持和议。他说广东“水师营务,微特船不敌夷人之坚,炮不敌夷人之利,而兵丁胆气怯弱,每遇夷师船少人稀之顷,辄喜贪功,迨见来势强横,则皆望而生惧”。他第一步工作当然是联络感情和缓空气。他教水师参将致信懿律:“声明未询原委,擅先开炮,系由兵丁错误,现在严查惩办。”如此冲突免了,而双方的面子都顾到了。同时他又释放了叱咀吨(Vincent Staunton)。此不过在澳门外人的一个教书先生,因至海岸游水,民人乘机掳之而献于林则徐以图赏资。英人已屡求释放而林不许。琦善此举,虽得罪了林派,尤为英人所感激。空气为之大变,交涉得以进行。

义律交涉的出发点就是前在大沽所要求的条件:(1)他要求赔偿烟价,首先要二千万元,后减至一千六百万,又减到一千二百万。琦善先许三百万,续加至四百万,又加至五百万。这是市场讲价式的外交。(2)兵费一条,琦善坚决拒绝,“答以此系伊等自取虚糜。我军增兵防守,亦曾多费饷银,又将从何取索”?(3)行商的欠款应由行商赔补。(4)义律允退还定海,但要求在粤、闽、浙沿海地方另给一处。琦善以为万万不可:“假以偏隅尺土,恐其结党成群,建台设炮,久之渐成占据,贻患将来,不得不先为之虑。且其地亦甚难择,无论江、浙等处,均属腹地,断难容留夷人,即福建之厦门一带,亦与台湾壤地相连……无要可扼,防守尤难。”(5)中英官吏平等一节,琦善当即许可。这是十一月二十一日以前交涉的经过[46]。十二月初七的上谕不许琦善割尺寸地,赔分毫钱,只教他“乘机攻剿,毋得示弱”。于是全国复积极调兵遣将了。

这道上谕,十二月二十日左右始到广东。未到之先,琦善的交涉又有进展。烟价的赔偿定六百万元,分五年交付。交涉的焦点在割地。义律要求香港,琦善坚持不可:“即香港亦宽至七八十里,环处众山之中,可避风涛。如或给予,必致屯兵聚粮,建台设炮。久之必觊觎广东,流弊不可胜言。”香港即不能得,义律遂要求添开口岸二处。琦善以为“添给贸易马头,较之给予地方,似为得体”。他本意愿添二处,但为讲价计,先只许厦门一处,且只许在船上交易,不许登岸㊼。义律颇讨厌这种讲价式的交涉,遂以战争胁之。琦善虽一面备战,他的实心在求和。他十二月初四所具的折力求朝廷许添通商口岸。粤东防守如何不可靠,他在折内又说了一遍:“盖缘历任率皆文臣,笔下虽佳,武备未谙”;“即前督臣邓廷桢、林则徐所奏铁链,一经大船碰撞,亦即断折,未足抵御”。初六日,义律请他到澳门去面议。他以为“无此体制”,并恐“狼子野心”,“中怀叵测”,只许移文往来。十四日,义律声明交涉决裂,定于明日攻击。琦善的复信尚未发去,中英已开始战争了。

十二月十五日,大角、沙角失守了,琦善的交涉就让步。二十七日,遂与义律定了《穿鼻草约》㊽:(1)中国割让香港与英国,但中国得在香港设关收税,如在黄浦一样。(2)赔款六百万元,五年交清。(3)中、英官吏平等。(4)广州于道光二十一年正月初旬复市。在英国方面,即时退还定海。此约是琦善外交的结晶。最重要的就是割让香港。在定约的时候,琦善已经接到了不许割地不许赔款的谕旨。照法律他当然有违旨的罪。但从政治看来,琦善的草约是当时时势所可许的最优的条件,最少的损失。我们倘与《南京条约》相较,就能断定《穿鼻草约》是琦善外交的大胜利。《南京条约》完全割香港;《穿鼻草约》尚保留中国在香港收税的权利。《南京条约》开五口通商;《穿鼻草约》仍是广东一口通商。《南京条约》赔款二千一百万元;《穿鼻草约》赔款只六百万元。我们倘又记得义律因订《穿鼻草约》大受了巴麦尊的斥责[49],我们更能佩服琦善外交了。

定了此约以后,琦善苦口婆心的求朝廷批准。二十一年正月二十五到京的奏折可说是他最后的努力。他说战争是万不可能,因为地势无要可扼,军械无利可恃,兵力不固,民心不坚。“奴才再四思维,一身之所系犹小,而国计民生之同关休戚者甚重且远。盖奴才获咎于打仗之未能取胜,与获咎于办理之未合宸谟,同一待罪,余生何所顾惜?然奴才获咎于办理之未合宸谟,而广东之疆地民生犹得仰赖圣主鸿福,借保乂安。如奴才获咎于打仗之未能取胜,则损天威而害民生,而办理更无从措手。”宣宗的朱批说:“朕断不似汝之甘受逆夷欺侮戏弄,迷而不返,胆敢背朕谕旨,仍然接递逆书,代逆恳求,实出情理之外,是何肺腑,无能不堪之至!”“琦善著革去大学士,拔去花翎,仍交部严加议处。”[50]部议尚未定夺,怡良报告英人占据香港的奏折已于二月初六到了北京。宣宗即降旨:“琦善著即革职锁拿……家产即行查抄入官。”北京审判的不公,已于上文说明。

琦善与鸦片战争的关系,在军事方面,无可称赞,亦无可责备。在外交方面,他实在是远超时人,因为他审察中外强弱的形势和权衡利害的轻重,远在时人之上。虽然,琦善在中国历史上的地位不能算重要。宣宗以后又赦免了他,使他作了一任陕甘总督，一任云贵总督。他既知中国不如英国之强，他应该提倡自强，如同治时代的奕䜣、文祥及曾、左、李诸人，但他对于国家的自强，竟不提及。林则徐虽同有此病，但林于中外的形势实不及琦善那样的明白。

注释：

① 《道光朝筹办夷务始末》（故宫博物院影印本）卷二卷三卷四（以下简称《始末》）。

② 本文译名皆从官书。

③ 《始末》卷二十四页三十五下。

④ 《始末》卷二十八页二十三。

⑤ 《始末》卷三十页四十一。

⑥ 《左文襄公书牍》卷一。

⑦ 《始末》卷二十页三十二下；卷二十三页一；卷二十四页二十四。

⑧ 《始末》卷二十五页九下。

⑨ 《始末》卷二十五页十一下。

⑩ 《始末》卷二十五页二十五下至二十七，页三十九下至四十二。

⑪ 夏燮《中西纪事》卷六页十七下。

⑫ 《始末》卷十二页十二至十四。

⑬ 《始末》卷十四页三十九。

⑭ 《始末》卷十五页十三至十四。

⑮ 《始末》卷十五至十六。

⑯ 《始末》卷十六页二十二至二十三，页三十至三十七。

⑰ 《始末》卷十七页一。

⑱ 《始末》卷十七页二至三。

⑲ 《始末》卷十八页一至五。

⑳ 《始末》卷十九页十二至十三。

㉑ Lieutenant John Ouchterlony, *The Chinese War* (London 1844), p. 95.

㉒ 此处数目根据下列三书:Ouchterlony, op. cit., chap. IX. W. D. Bernard, *Narrative of the Voyages and Services of the Nemesis* (London, 1844), vol. I, pp. 257-280. Chinese Repository, vol. X, pp. 37-43。三书所载中国兵士伤亡数目与琦善的报告不符。他说:陆路军官亡者六名,伤者十九名,兵丁亡者二百名,伤者二百五十三名;水师军官亡者三名,伤者十六名,兵丁亡者七十九名,伤者一百六十二名。参看《始末》卷二十三页十八至二十二。

㉓ 关天培《筹海初集》卷三页七十六。

㉔ Chinese Repository, vol. X, pp. 41-42. Bemard, loc. cit., p. 264。

㉕ 《始末》卷二十三页十五,页三十三;卷二十四页一至二,页八。

㉖ Berriard, loc. cit., pp. 312-318, 327-329.

㉗ Bemard, loc. cit., pp. 324-344; Ouchterlony, op. cit., chap. XI。

㉘ Sir John Francis Davis, *China During the War and Since The Peace* (London, 1852), vol. I, pp. 99-110.

㉙ 《中西纪事》卷五页十三。

㉚ 《圣武记》(石印本)卷十页二十九。

㉛ vol. IX. p. 220, Aug., 1840.

㉜ 他日当撰专论说明林之衣钵如何一传至徐广缙,再传至叶名琛。

㉝ 《始末》卷十二页十七。

㉞ 原文见 *Morse Jnternational Relations of the Chinese Empire*, vol I, (1910) pp. 621-626。译文见《始末》卷十二页三十至三十八。

㉟ 此点的注意我得自罗志希先生的谈话。

㊱ Morse, loc. cit., pp. 626-630.

㊲ 《始末》卷十三页一至三。

㊳ 琦善在大沽给英国代表照会见《始末》卷十二页三十八至三十九;卷十四页三十四至三十九。参看 Morse, loc. cit., pp. 632—640。

㊴ 《始末》卷十二页二十九。

㊵ 《始末》卷十五页六。

㊶ 《始末》卷十四页三十二至三十三。

㊷ 《始末》卷十七页二十六至二十九。

㊸ 《始末》卷十七页三十五至三十七。

㊹ 《始末》卷十七页四十四。

㊺ 《始末》卷十八页一至三。

㊻ 《始末》卷十八页九至十七。

㊼ 《始末》卷十八页二十五至三十三。

㊽ Chinese Repository, vol. X, p. 63.

㊾ Morse, loc. cit., pp. 641-642.

㊿ 全段根据《始末》卷二十二页十二至十八。

李鸿章

——三十年后的评论

李鸿章是太平天国和英法联军的产物。咸丰末年，太平天国屡次想夺取上海，沪中绅士就到安庆求曾国藩派兵往援，曾氏无兵可抽，于是就举荐李鸿章另编淮军。同治元年，李氏率了部队直投上海。淮军的新力，加上上海的饷源和华尔及戈登所编的常胜军，以及李氏本人的才能使他得收复江苏东部。李氏遂为同治中兴功臣之一，不久封爵而带大学士荣衔了。

因太平天国而立功业得爵位者确不只李氏一人。他的特别在以上海为根据地。他未到上海以前，他不过是翰林出身，居曾国藩门下而为曾氏所器重者。至于世界知识，他毫无超于时人之上者。初到上海的时候，他还向曾氏请教处置洋务的方针。曾氏就用四书上“言忠信”、“行笃敬”二句话回答他。此外，又说与洋人共同打仗，“纵主兵，未必优于客兵，要自有为之主者与之俱进俱退，偕作偕行”。彼时上海已成中外通商中心。洋务的困难自是当然。然而此困难就是李鸿章的机会。因此他有了几个大发现。第一,中国军器远在西人之下。"……深以中国军器远逊外洋为耻,日戒谕将士虚心忍辱,学得西人一二秘法,期有增益而能战之……若驻上海久而不能资取洋人长技,咎悔多矣。"(同治元年十二月十五日致曾国藩)现代人读这种议论,当然不以为奇特,但那时候"驻上海久而不能资取洋人长技"者确大有人在。李氏在上海仅数月就发现了此点,我们不能不佩服他头脑的灵敏。近人有谓李氏并无所创新,他的事业实不过继承曾氏遗法。曾李的优劣不在本文范围之内,但到同治年间,李氏对于中外军器差别的认识已比曾氏深切,这是毫无疑问的。在同治二年,李氏常有信给曾氏,要他领导天下改革。"若火器能与西洋相埒,平中国有余,敌外国亦无不足。俄罗斯日本从前不知炮法,国日以弱,自其国之君臣卑礼下人,求得英法秘巧,枪炮轮船渐能制用,遂与英法相为雄长。中土若于此加意,百年之后,长可自立,仍祈师门一倡率之。"(二年三月十七日)三年他给总理衙门的信说得更激昂,更恳切。"中国士夫沉浸于章句、小楷之积习,武夫悍卒又多粗蠢而不加细心,以致所用非所学,所学非所用。无事则嗤外国之利器为奇技淫巧,以为不必学;有事则惊外国之利器为变怪神奇,以为不能学。(中略)苏子瞻曰:言之于无事之时,足以有为,而恒苦于不信;言之于有事之时,足以见信,而已苦于无及。鸿章以为中国欲自强,则莫如学习外国利器。欲学习外国利器,则莫如觅制器之器,师其法而不必尽用其人。欲觅制器之器与制器之人,则或专设一科取士,士终身悬以为富贵功名之鹄,则业可成,艺可精,而才亦可集。”(此稿见《同治朝筹办夷务始末》卷二十五。)同时曾国藩尚持行军在人不在器之说(但此说亦有相当理由)。在李鸿章指导之下,不久淮军已较湘军为更强,缘故不外淮军军器西洋化的程度超过了湘军。

李鸿章在上海的第二个大发现是西洋利器是中国所能购置,而且所能学制的。李鸿章以前,中国大官总认洋人为狼子野心,切不可与亲近。他在上海一变旧态。结果,他知道了外国人也讲信义,也有文明。相交得法,也能为中国出力。所以除军事上竭力连络戈登外,他又用了马格里替他在苏州创设枪炮厂。

于此我们可以知道李鸿章因平太平天国而到上海所得之功名与教育和他终身事业关系的重大。没有那种功绩,他在政界就难得他以后所占的地位。没有得到那种教育,就是有了他以后的地位,他也不能作大事业。

英法联军入北京与李氏的终身事业也有大关系。咸丰十年以前,北京较各省更加顽固。我们单就恭亲王奕䜣一人讲。咸丰八年,桂良同花沙纳在天津与英法美俄四国交涉的时候,恭亲王大反对长江开通商口岸,以为外人进长江去作买卖就会霸占长江流域的土地。同时他提议捕杀英国翻译官李泰国以了事。(参看《咸丰朝筹办夷务始末》卷二十六)到咸丰十年,英法联军入京,咸丰皇帝逃往热河,恭亲王出而主持交涉。咸丰八年至十年的经验也给了他和文祥二个教训:(一)中国军器远不及西洋军器;(二)洋人愿意卖和教他们的利器与华人。从此以后北京也有要人从梦中醒过来者。京外大吏如曾左李有所建议,京内的恭亲王和文祥从旁赞助,同时恭亲王和文祥倘有新政而遭阻挠,则京外的要人如曾左李可以拥护。此数人的合作产生了同治光绪年代的“自强”运动。这是中国近代史的大前段。而在此段史中的主动人物要算李鸿章。当然,论地位,李尚在恭亲王和曾文正之下;论时望,他也在曾之下;论政治的大布置,他或者也在曾之下。但论图进之急,建设之多,创造局面之大,及主政之久,他在同光两朝实无人可与其比。但是倘若没有英法联军,他就难得京内的要人替他说话。在上海讨太平天国的经验预备了李鸿章来提倡自强,而英法联军为李鸿章预备了相当的时机。所以我说李鸿章是太平天国和英法联军的产物。

在同治时代,“自强”是政界的新名词、新潮流,正像以后的“维新”和“革命”。“自强”的意义不以洋器来治洋人。李鸿章的自强事业,具体说来,有以下诸种。关于军事者:练洋枪队洋炮队,设立兵工厂,办新式海军;关于交通而附带有军事及经济目的者:设立造船厂,创招商轮船局,筑电线,修铁路;关于经济者:开矿和办纱厂;关于教育者:办军事学校和方言馆,派学生出洋。以上的事业,有些是曾国藩和李鸿章共同主办的,有些是李氏一人办的。最初的动机是军事的,始终军事方面是偏重的,但后来教育、交通、工业均牵连起来了。事业不能不算多,范围不能不算广。到了甲午年间,中国的天下几乎是李鸿章一人支撑的。与他同时的毕士麦和伊藤都没有负他那样重担的,作他那样多的事业。

却是甲午年李鸿章的失败,就暴露于全地球了。因此中国的腐弱也大暴露于全世界了。此后外交和内政都换了新面目;中国历史已入了新时期。失败的理由颇复杂。我要简略说说这些理由。我的主要目的不在判断是非贤愚,而在了解李鸿章及其时代。

(一)掣肘者太多。李的事业既然多,所须用的钱款自然也多了。李直接所辖的区域仅直隶一省。户部不足靠,所必须依靠者就是其他省分的协济。当时的督抚很象近年的军阀:畛域之见是深入骨髓的;国家的观念是浅过于皮肤的。各省对于北洋的协济虽经朝廷颁有定额,各省总是托词水灾旱灾或地方各种急须而延宕和折扣。此外顽固的、不明世情的御史妄发言论,阻挠事业的进行,与李氏处对敌地位的大臣如李鸿藻翁同龢辈简直以打倒李鸿章为快幸。乙未在马关议和初次与伊藤开议的时候,李氏因有感而对伊藤说:"我国之事囿于习俗,未能如愿以偿……自惭心有余而力不足。"又说:"现在中国上下亦有明白时务之人,惜省分太多,各分畛域,有似贵国封建之时,互相掣肘,事权不一。"光绪十一年李鸿章与伊藤在天津会议的时候,中日尚称平等;到二十一年马关会议的时候,一则胜,一则败,一则俨然世界上一新强权,一则仍旧半中古世的腐弱国家。所以李氏再三称羡伊藤在日本作事的容易。原来中国社会是奇特的:尸位素餐者往往得升官发财;居位而事事,而认真,而坚持一系统的计画者,无不受人的攻击,甚至身败名裂。在这种社会里,李鸿章能作出他那种成绩,已经难得了。

(二)李氏人格的特别。时人赞扬李氏的才能者,就他问计者甚多,但无一人服其德。他的人格能入人之脑而不能入人之心。他能掌政而不能掌教。他影响了一时的大政而不能移易风俗的毫末。在这方面,他不但不及曾国藩,就是张之洞亦在他之上。他不是中国传统的理想政治家。我们看看曾的全集和张的全集就知道他们对于修身治学是很努力的,是当大事业作的;一看李的全集,我们只看见“作事”,看不见“为人”。在西洋的社会里,本着才与智的势力或能成大事;在中国的社会里,才智以外,非加上德的感化力不可。上面所说的反动分子一大部分也就是因为李鸿章的德望不足以服人。但是关于这一点,我们不要说得过大:反对他的人那样多还有别的缘故。他所办的事业是新事业,处处牵连洋人与机器。他所须用的人才是“洋务家”,不是“士夫沉浸于章句、小楷之积习”者。所以在李氏小朝廷活动而居要职者如盛宣怀、马建忠、伍廷芳、袁世凯、徐润、李凤苞诸人没有一个是“正途出身”的。那班翰林先生不免有点妒嫉。

虽然,李鸿章缺乏“德望”的帮助,这是毫无疑问的。一种流弊是引起时人的反对;另一种流弊,是他左右的腐化。中国衙门办事虽有一定的则例和手续,但靠则例来防弊,这是万万做不到的。何况买枪炮制枪炮开工厂等新事业既出旧衙门则例之外,又有大宗款项出入?甲午的失败大部分由于军需品的假劣。在中国衙门里,除非主官以身作则,以德感人,弊端是不能防的。这步功夫,李鸿章不但没有做到,简直就没有做。官场舞弊是世界各国通有的病,不过在中国几成了作官的正业;舞弊的方法已经成了一种美术。会做官者就是会舞弊者。中国近代第一期的新事业就因此失败。

近人多批评李鸿章只图改革皮毛,不图改革根本。这说是有理的。李鸿章的改革,上文已经说过,是偏重军事。政制的改革以及人民心理的改革是在他度量之外。这些基本不改而徒改军队是绝不能成功的。不过西洋文化的真相,李鸿章实在不知道,也无从知道。西洋十九世纪文明的一种产物——机器,他是看见过,实用过,而深知其价值的;至于其他两种产物——民治主义和民族主义——他是不曾认识过。所以他以吸收机器,尤其是军事的机器,当作他的终身的大事业和国家当时的急务。此其可原谅者一。他的事业,虽系“皮毛”的,已受人的反对。甲午以前,若他再提政制和民情的改革,他将不容于世了,此其可原谅者二。甲午以后直到现在,我们饱尝了政制和民情的改革。欲得改革的代价,谈何容易?此其可原谅者三。

这些话都是废话。此文不是为李鸿章辩护的,是为了解李鸿章及其时代的。李的事业是那样,因为他的智识人格和所处的环境是那样。他作事的动机是对外的,是要一反鸦片战争以后中外不平等的局势的。他救中国全盘的计画是以自强为体,外交为用。在自强功夫未到相当程度以前,他想用外交来弥缝。所以他一生的精力一半用在外交上。

李鸿章于同治九年,一千八百七十年,继曾国藩为直隶总督;不久兼北洋通商大臣。此年以前,他不过参加过总理衙门的计议，并没有办过一件外交大案。到北洋后，他与外交的关系一天比一天的密切了。从同治九年至光绪二十七年，中国虽有总理衙门，实在的外交总长可说是李鸿章。这三十年的外交大局是怎样呢？一千八百七十年正值普法之战。德意志及义大利就在这时统一了。从此列强之中又加上二个竞争者。并且在十九世纪的前半，世界惟一的工业国家是英国；在后半，尤其末后三十年，德美工业进步的速度反在英国之上，向外发展之竞争愈来愈激烈。同时东方尚有日本的维新。在同治元年，日本方起始维新的时候，李鸿章就以为大可怕。照他的看法，外面的压力和国内的自强正在那里赛跑，而自强已经落在压力之后，非全国努力赶上去不足以图存。这是他的根本思想，实在具有政治家的眼光。同时他又觉得日本之患尚急于西洋各国。西洋的向外发展不限于中国；中国以外尚有非洲、近东和中亚。日本要向外发展只能向中国。且西洋彼时所垂涎中国的土地，如俄于新疆，英于缅甸，法于安南，皆非根本重要之地。日本于高丽则不然：中韩唇齿相依；失高丽，则东三省难保，直隶山东也受影响。所以在光绪初年筹议海防经费的时候，他主张暂弃新疆，以便集中财力于海军，因左宗棠的反对，他的计画没有实行。光绪五年，崇厚与俄国立约，割让了伊犁的要区。当时舆论很激烈，要废崇厚所立的条约，甚至要处崇厚以死刑，闹得中俄几乎宣战。李鸿章起初反对废约，后又反对战争。他的理由就是中国不能东西兼顾，而西陲的利害关系远不如东藩那样重要。光绪八、九、十年中法争安南的时候，他又主张中国不要积极，他的理由又是中国不能兼顾高丽与安南;与其失高丽而保安南,不如失安南而保高丽。何况安南万不能保,而高丽则有一线之望?此中轻重缓急的权衡不能说不妥当。

李鸿章以保高丽为他的外交的中心,这是毫无疑问的。他在高丽的失败少半是外交的,大半是军事的。光绪五年以前,他虽然知道了高丽的重要,却还没有想出一个政策。在那年,他有信致高丽国王为其拟了一种外交政策,此信是薛福成代笔的,见《庸庵文外编》卷三。他劝高丽国王多与西洋各国立通商和好条约,以便借西人通商的势力来抵制日本的野心。倘若西人在高丽有经济的利益,当然不愿意日人势力太大,这是李鸿章的高丽政策的第一步。八年,美国因中国的介绍果与高丽立约。以后法英德诸国都在高丽得了通商的权利。第一步算成功了。

美韩条约签字以后不久,高丽发生第一次内乱,李鸿章适回籍,直隶总督由张树声署理。一班谋士如薛福成、马建忠主张中国火速派兵入高丽代平内乱。张氏乃派丁汝昌带北洋海军、吴长庆带庆军入高丽。从军事上看来,这次中国为时过早。日人惟恐英俄得势,转怂恿中国行积极政策。这是中日战争前的一大关键。中国在当时有两条路可走,或提国际共保高丽,或由中国单独行积极政策。李鸿章所采取的是第二条路,因为国际共保有碍中国宗主权,而且很难持久,又因为第二条路当时走得通。日俄英在彼时都觉得高丽受中国支派为害最小。英国惟一目的在防俄;中国能防俄,他的目的就达到了。所以直到甲午,英国总是鼓励中国前进,惟患中国向高丽不充分积极。日俄两国野心均大,但均以时机未到,不如一时让中国看守高丽,将来从中国手夺来不是难事。甲午以前的八年,日本及俄国都取消极政策,中国得为所欲为。

适中国在朝鲜有一人敢行而又能行这种政策——袁世凯。他的积极远在李鸿章之上。俄韩勾结的时候,他主张灭朝鲜:这就是重提张謇的政策。这事几乎实现了。不过在李袁合作之下,这政策变了方式。这中曲折无须缕述。袁世凯终究收握高丽的海关和电政。高丽借外债只能向中国;高丽用外人须得中国同意;高丽与西洋通使必须谨守中国所定的条件。这个政策不但与国际共保相反,且与李鸿章最初所拟的政策不符。在光绪五年至八年,李鸿章惟恐高丽不与外国发生关系;十二年以后,他转而阻止高丽与西洋接近。袁在高丽愈得力愈高兴:李鸿章也不一察此中的流弊。到了光绪二十年,中国在高丽宗主权已非旧日不干预内政的宗主了,完全成功,内乱由中国代平了,乱党首领大院君李昰应由丁吴囚送保定了。这个小胜利遂使时人生轻敌之心。吴长庆的幕友张謇提议中国简直灭高丽。张佩纶及邓承修又奏请派李鸿章率师东征日本。此种积极政策与李的本意不符,他一概反对而不实行。但当时作吴长庆的前敌营务处者就是袁世凯。他时常与张謇往来;此种计画遂深入他的思想。

从外交上看来,此役中国并没有占便宜,因为日本直接与高丽订了条约,许日本驻兵汉城护卫使馆。从此中日在高丽京都都有军队,冲突是时时可发生的。光绪十年中法战争紧急的时候,中日在高丽王宫前面果短兵相接了。那次中国军事又得胜利,而外交反又失败。结束中日冲突的李鸿章伊藤协定明文的许了日本有与中国同等的派兵入高丽的权利。后患就伏种于此。

当时德国驻朝代表向李鸿章条陈了一种意见,要中国出头与列强交涉共同担保高丽的独立和中立。这是很有意思的建议,因为高丽与中国的关系虽甚重要,但重要专在国防。高丽果能永久独立,不为他国所据,则中国的国防也最巩固了。并且高丽既有国际的担保,中国的责任也就轻了。岂不极是经济吗?光绪十一、十二年的时候,英俄也加入高丽的角逐。英为防俄遂占巨文岛。俄国野心甚大,向高丽宣称愿负保护之责,但俄人亦知已经变为新式的,如当时英国在埃及那样了。日本若再不动手将后悔无及。这是中日战争的远因。

李鸿章行这种政策并不是因为他觉得中国自强功夫已到了相当程度可以有为;是因为他误认日俄的消极为永久放弃他们的野心。由这种误会他自己也坠入大雾之中了。这是他外交的第一大错。

马关条约以后,他与俄国订联盟密约是他的第二错。联盟不能不出代价,而中国一给俄国若何权利,他国不能不效尤,因为世界势利的均衡不能不维持。中日战争以后,中国在国际上只能偷生,但于势力均衡机会均等之下偷生则可,于一强国羽翼之下偷生则不可。而李氏于庚子的外交尚以联俄为上策。东三省的问题从此愈演愈危了。

上文已经说过李氏自强政策失败的理由。外交弥缝的失败根本在于李氏还未看透世界的大势。这是我们事后之明,不应拿来作批评的根据。在当时,他还有一个政策,别人则袖手无策。他还有半知,别人则全不知,李鸿章不能救国,他人无须说了。

最近三百年东北外患史

(上)从顺治到咸丰

小　引

这个小小的研究报告是二十年前写的。原文登在《清华学报》第八卷第一期。因为国人对于中俄关系及东北问题的看重,所以把这个研究报告作为单行本刊印出来。

二十五年以前,我曾试对外交当局贡献一点意见。我说过:"东北问题的重要不在不平等条约问题之下,而其困难反有过而无不及。我们应该早为预备。"我那时在南开大学教书,不但未入政界,并且没有意思参加政治。我的建议不过根据我的研究,提出来以供当局参考。

因为我深感东北问题的重要,所以在我的研究工作中,东北占主要位置。可惜在最近这十几年中,我不能继续有系统的研究。我原来希望搜集中外的史料,把咸丰以后的东北外患史也写出来,现在好像找不到这样一个机会。如果有学者愿意担负这种工作,我愿意尽力协助。

廷黻　□□□□□年九月十六日于纽约

一　俄国的远东发展

我族在东北的历史虽变故多端,概括说,可分为两大时期。满清以前,在东北与我族相抗的,不是当地的部落,就是邻境的民族,其文化程度恒在我族之下。最近三百年的形势就大不同了。从清初到现在,这三百年中,东北最初受了远自欧洲来的俄罗斯之侵略,最近又遭了西洋化的日本之占据,而其他列强亦曾插足其中。现在东北已成所谓世界问题。纵不说最近三百年的侵略者之文化高于我族,我们不能不承认他们的国力有非我们所能比抗。

俄国的历史颇有与我相同的。在十三世纪,蒙古人一方面向南发展,并吞了华北的金及华南的宋;另一方面又向西发展,简直席卷了中央亚细亚及俄罗斯,直到波兰。我国受蒙古人的统治不满百年,即由明太祖在十四世纪的下半叶光复了祖业。俄国终亦得到解放。惟蒙古人在俄国的施政并不如在中国那样积极,而同时俄人民族的观念亦不及我族发展之早,故俄国的光复运动到十五世纪始由马斯哥王国率领进行,其完成尚在十六世纪宜番四世的时候。总计起来,俄国的光复比我国迟了二百年。

俄国反蒙古人的运动虽较迟,其发展之积极及持久反为我们所望尘莫及。我族自明成祖以后,保守尚感不足,遑论进取。俄国则不然。俄人初越乌拉山而角逐于西比利亚者为雅尔马克,所带队伍仅八百四十人;其时在公历一五七九年,即明万历七年。此后勇往直前,直到太平洋滨为止。一六三八年——崇祯十一年——俄国的先锋队已在鄂霍次克(Okhotsk)海滨建设了鄂霍次克城。六十年内,全西比利亚入了俄国的版图,其面积有四百万平方英里,比欧洲俄罗斯还大一倍。

俄国在西比利亚的拓展并未与我国接触,所以无叙述之必要。但其经过有两点足以帮助我们了解日后中、俄初次在黑龙江的冲突,不能不略加讨论。

第一,俄国在西比利亚发展之速得了天然交通的资助。西比利亚有三大河流系统:即俄比系统(Ob River System)、也尼赛(Yenisei)系统及来那(Lena)系统。俄比、也尼赛及来那三大河虽皆发源于南而流入北冰洋,但其支河甚多,且大概是东西流的。一河流系统之支河与其邻近河流系统之支河往往有相隔甚近者,且二者之间有较低的关道可以跋涉。俄人过乌拉山就入俄比系统;由俄比系统转入也尼赛系统;再转入来那系统,就到极东了。

俄人在西比利亚所养成的交通习惯与日后中、俄两国在黑龙江的冲突有很大的关系。因为黑龙江及其支河可说是亚洲北部的第四大河流系统,其他三大河皆由南向北流,惟独黑龙江由西向东流而入海，所以在自然交通时代，黑龙江是亚洲北部达东海最便捷之路。并且俄人有好几处可以由来那系统转入黑龙江系统。黑龙江上流有一支河名石勒喀（Shilka）；石勒喀复有一支河名尼布楚（Nertcha，尼布楚城因河得名）。尼布楚河发源之地离威提穆河（Vitim）发源之地甚近。威提穆河就是来那河上流之一支。这是由来那系统转入黑龙江系统道路之一。黑龙江上流另有一支河名额尔必齐（Gorbitsa），其发源地与鄂列克玛河（Olekema）之发源地相近，而鄂列克玛河也是来那河的一支。这是由来那转入黑龙江的第二条路。黑龙江的中流有一支河，我国旧籍称为精奇里河，西人称为结雅河（Zeya River）。精里奇发源于外兴安之山阳，其流入黑龙江之处，在其东现在有俄属海兰泡，亦名布拉郭威什臣斯克（Blagoveshchensk），对岸稍南即我国的瑷珲。自来那河来者可溯雅尔丹河（Aldan）或鄂列克玛河之东支而转入精奇里河上流的支河。这是由来那系统入黑龙江系统的第三条路。在清初的国防上，这条路尤其要紧，因为最毗近东北的腹地。

第二，俄国十七世纪在西比利亚拓展之速多因土人无抵抗的能力；俄人用游击散队就足以征服之。彼时西比利亚户口稀少，土人文化程度甚低，政治组织尚在部落时代，其抵抗力还不及北美的红印度人。比较有抵抗能力的要算俄比河上流的古楚汗国（Kuchum Khanate）。这国就是蒙古大帝国的残余。雅尔马克（Yermak）于一五八三年夺取了其京都西比尔（Sibir），西比利亚从此得名，马斯哥王亦从这时起加上西比尔主人翁的荣衔。

一五八七年(明万历十五年),俄人在西比尔附近建设拖博尔斯克大镇(Tobolsk)。雅尔马克原来不过是一个土匪头目,他的队伍大部分是他的绿林同志。立了大功之后,马斯哥王不但宽赦了他,且优加赏赐;为国事捐躯之后,俄国教堂竟奉送他神圣尊号。雅尔马克遂成了俄罗斯民族英雄之一。事实上,他无疑的是俄国拓殖西比利亚的元勋。自他在俄比河战胜古楚汗国之后,直到鄂霍次克海,俄人再没有遇着有力的抵抗。

雅尔马克及其同志,论人品及作事方法,皆足代表十七世纪俄人在西比利亚经营者。历十七世纪,先锋队大都是凶悍而惯于游牧生活的喀萨克(Cossack)。他们数十或数百成群,自推领袖。在俄国政府方面看起来,喀萨克的行动,虽常不遵守政府的命令,却是利多而害少。他们自动的往前进:成功了,他们所占的土地就算是俄国的领土,他们从土人所收的贡品几分之几划归政府;失败了,不关政府的事,除非政府别有作用,可以置之不理。但是害处也有,这种游击散队只顾目前,不顾将来;只顾当地,不顾全局。喀萨克过于残暴,因此土人多不心服,且被杀戮者就是当地的生财者。在西比利亚作惯了,到了黑龙江流域,他们依然照旧横行,不知道这地的形势有与西比利亚不同者。

俄人发展到来那河流域的时候正是明崇祯年间。在明成祖的时代,中国在东北的政治势力几可说是空前绝后,黑龙江全流域以及库页岛皆曾入明之势力范围。到天启、崇祯年间,辽河流域尚难自顾,至松花江、乌苏里江及黑龙江更无从顾及,明之旧业快要亡了。但满清遂乘机收归己有。在清太祖及太宗的时候，满人连年东征北伐。其战争及交涉的经过，我们无须叙述，但其收复的部落及土地不能不表明。因为十七世纪中、俄的冲突根本是两个向外发展运动的冲突，俄国方面有新兴的罗马洛夫（Romanov）朝代，我国方面有新兴的清朝：可说是棋逢对手。

兹将清太祖及太宗所收的东北的部落及区域列表如下①：

一，窝集部（亦名窝稽达子、鱼皮达子）。居牡丹江（亦名呼尔哈河、瑚尔哈河）及松花江下流两岸，距宁古塔北约四百里，其中心在现今之三姓。

二，穆棱。居乌苏里江及其支河穆伦河的两岸。

三，奇雅，居伊玛河的上流，伊玛河（Niman、Iman、Imma、Ema）是乌苏里江东的一支河。

四，赫哲（亦名黑金、赫真、额登）。居松花江与黑龙江会流之处到乌苏里江与黑龙江会流之处。

五，飞牙喀（亦名费雅喀）。居黑龙江下流。

六，奇勒尔。居黑龙江口沿海一带。

七，库叶（亦名库页）。居库页岛。

八，瓦尔喀。居吉林东南隅及俄属滨海省的南部及海山威附近的熊岛。

以上皆东境的部落。

九，索伦。居布特哈（齐齐哈尔以北的嫩江流域）。

十，达呼尔。居嫩江以东到黑龙江一带。

十一，俄伦春。居黑龙江东之精奇里两岸。

十二，巴尔呼（亦名巴尔古）。居呼伦贝尔南。

以上皆北境的部落。

满清武功所达极北之点就是日后中、俄相持的雅克萨城,俄人称为 Albazin。崇德四年(一六四〇年),将军索海所征服的四木城之一,即雅克萨。

入关以前,满人的势力虽已北到黑龙江及精奇里河,东到库页岛,并未在边境设官驻兵。被征服的民族有少数编入八旗,大多数仍居原地,按期进贡而已。直到康熙二十年,清朝驻兵最近东北边境者莫过于宁古塔。虽然,俄人入黑龙江的时候,除当地土人的抵抗外,尚有大清帝国的后盾,其形势与西比利亚完全不同。

二　中俄初次在东北的冲突

俄人到了来那流域以后,不久就感觉粮食缺乏的大困难。他们从土人听说精奇里河流域产粮甚多。这种传说形容未免过度,好像一到外兴安的山阳就是一片乐地。俄国政府于一六三二年在来那河的中流设立雅库次克城(Yakutsk),派有总管,俄人所谓 Voevod。一六四三年(崇祯末年),总管官彼得果罗文(Peter Golovin)派探险队到精奇里河流域去调查真相。队长是波雅克夫(Vasili Poyarkof);队员有喀萨克一百十二名,猎夫十五名,书记二人,引导一人。军器带有大炮一尊,枪每人一杆。他们于是年七月中从雅库次克动身,逆流而上,由来那河入雅尔丹河。十一月,未抵河源而河已结冰,不通舟楫。波雅克夫在河边筑了过冬的土房,留了四十三个队员及辎重,自己遂率领其余队员跋山而南。行了两星期的旱路之后,他们找着精奇里的支河布连塔河(Brinda)。上流仍是一片荒土;到了中流,才发现少数俄伦春住户。波氏派了七十人到村里去搜粮食。村民起初尚以礼相待;俄人求入村,未蒙允许,就动武了。村民竭力抵抗;到了天黑,俄人空手而归。在饥寒交迫的时候,喀萨克不惜执杀土人或互相残杀以充饥。一六四四年春,留在山北的队员赶上了,于是合队而行,由精奇里入黑龙江。沿途的土人皆骂他们为食人的野蛮人,有些逃了,有些就地防堵。秋季波氏到了黑龙江口,就在此过冬,强迫奇勒尔供给粮食。

俄人入黑龙江的那一年正是满人入关的那一年。受其扰害的俄伦春、达呼尔、赫真、飞牙喀及奇勒尔是否曾向其宗主求援;如果求了满人如何处置:这些问题,因为史料的缺乏,无从答复。在入关之初,就是东北边境有警报来,清廷亦无暇顾及。波雅克夫此次的成绩并不好,除了没有发现新乐园以外,他留给土人永不能忘的坏印象。虽然,经过这次的失败,雅库次克的总管知道了传闻的虚实,而波雅克夫仍不失为第一个西洋人入黑龙江者。他在江口过冬以后,由海道北返。几年之内,雅库次克的总管不再费事于南下的企图。

一六四九年(顺治六年),雅库次克的一个投机的富商哈巴罗甫(Yarka Pavlov Khabarof)呈请总管许他用自己的资本组织远征队到黑龙江去。是时俄人已从土人探知由鄂列克玛河的路比由雅尔丹河的路容易。总管佛兰士伯克甫(Franzbekof)对此事虽不甚热心，但哈巴罗甫的提议既无须政府出资，万一成功，政府反可借私人的力量收征黑龙江流域土人的皮贡，就允许了哈氏的呈请。其实政府的批准不过是一种形式；在呈请之先，哈氏已组织好了远征队，大有必行之势。四月初，他率领队员前进，溯鄂列克玛河直到河源，于是跋山而转入黑龙江的支河乌尔喀（Urka）。此河近额尔必齐，惟稍东。哈巴罗甫到黑龙江的时候，两岸的村落已闻风远逃。哈氏对所遇的少数土人虽竭力巧言诱吸，土人总以"喀萨克是食人的"一语答之。除在土坑里发现匿埋的粮食外，其余一无所获。虽然，在其给总管的报告书中，哈氏仍夸大黑龙江流域的富庶及积粮之多。他深信有六千兵足以征服全区域；征服之后，雅库次克的粮食问题可得解决，而皮贡的收入可大加增。

哈氏初次的远征虽无直接的成绩可言，他确亲自到了黑龙江，知道了当地的实在情形。他决志组织第二远征队并改良行军的方法。一六五〇年的夏季，他就出发，所走的路线大致与第一次相同。这次他行军极图迅速，以免土人的迁徙。在雅克萨附近，他袭击了一个村庄。土人与之相持一下午，终究弓箭不抵枪炮，雅克萨遂为所占。土人乘夜携带家眷牲口逃避；哈氏即夜派一百三十五人去追截。次晨就赶上了。一战之后，喀萨克夺了一百一十七只牲口，高兴的返归雅克萨。哈氏在雅克萨建筑了防守的土垒，留下了少数的驻防队，自己遂率领其余队员及枪炮，乘用冰车驶往下流。十天之后，于十一月二十四日，他遇着使马的俄伦春。此处也是弓箭不抵枪炮，一时土人惟有屈服，遵命贡送貂皮。哈氏的投机总算得了相当的收获,于是回雅克萨过冬。

次年六月二日,哈氏带着三百余名喀萨克,配齐枪炮,出发往下流去。此次要求迅速,以图攻人之不备。正队以前,他预备了八只小船以充先锋。连行四日不见人烟。沿岸的村落皆迁徙一空。第四日晚间,在黑龙江折南的角段,发现尚未迁徙的吉瓜托村(Guigudar)。此处居民约有一千,并有五十名八旗马队适在该处收征贡物。我国的记载全不提及,故其虚实难明。哈氏乘夜进攻。据俄人的记载,交火之初,满人就逃了。次晨村落失守,土人欲逃不能。死于炮火之下者约六百六十人,被虏者女人二百四十三,小孩一百一十八,马二百三十七,其他牲口一百一十三。俄人死四名,伤四十名。哈氏的得意可想而知。可惜我方关于此事全无纪录以资对证。

哈巴罗甫在吉瓜托村约留了六星期。他派出的调查队均说直到精奇里河口,土人早已迁徙,惟闻在河口尚有未迁徙的村落。哈氏乘坐小船赶到现在瑷珲城左右。土人事先全无所知,既不能逃,又不能战,大部分都成俘虏。哈氏命土人的长老召集会议。到会者三百多人,均说刚向中国皇帝进了贡,余存无几,一时只能奉送貂皮六十张,以后当陆续补送。哈氏令土人以貂皮赎俘虏。他的投资又得着红利了。土人竭力应酬他,好像他们已甘心投顺喀萨克。但九月三日全村忽迁徙一空,仅留下两个当质者及两个老女人。此举给哈氏一个很大的打击。他原拟在此过冬,不料周围忽然变为全无人烟之地。他把四个未逃的土人付之火中,遂开拔向下流去了。

九月二十九日,哈氏行抵乌苏里江与黑龙江合流之处。此地现有哈巴罗甫城,即纪念哈氏之功绩者,我方命名伯利。哈氏在此建筑土垒,准备过冬。赫真人表示和好,因之哈氏不为设防,时常派遣队员出外捕鱼。十月八日,赫真人忽乘虚进攻。相持之际,适外出的队员归来,加之军器相差太远,赫真人大受挫败。从此喀萨克作了当地的主人翁。

按俄国的纪载,黑龙江的土人受了两年的扰害之后,均向中国求保护。我方的纪载亦提及此事,但不详细。《平定罗刹方略》说:"驻防宁古塔章京海色率所部击之,战于乌扎拉村,稍失利。"②俄国方面的纪录说海色带有二千零二十名骑兵。至于战争的经过则各说不一。海色与哈巴罗甫的战争是中、俄初次的交锋。我国史乘从顺治九年起始有"罗刹"之乱之纪载。按"罗刹"这名词是索伦、俄伦春、达呼尔诸部落给俄人的称呼。这一战,俄国方面的人数至多不过四百人;我方加入战争者必较多,但是否有二千余名,颇难断定。顺治十四年,宁古塔设昂邦章京一员,副都统一员。康熙元年,昂邦章京改为镇守宁古塔将军。十年,宁古塔副都统移驻吉林。十五年,宁古塔将军移驻吉林,而于宁古塔设副都统。从这年起,吉林将军领兵二千五百一十一名,宁古塔副都统领兵一千三百二十名③。从此看出我国东北边境驻军,首重宁古塔,后移重心于吉林。惟顺治十四年以前,究有兵多少,不容确定。战争的经过,我方的纪录仅说"稍失利"。俄方的纪录则分两说,一说:

一六五二年三月二十四日（俄历），黎明，满洲兵到达俄国土垒之前，俄人正在酣睡之中。倘满人不即施放火枪——他们放枪大概是要示威——哈巴罗甫或将不能生还。幸而他被枪声惊醒了，即时设备。满人把炮安置以后，就向土垒开火。不久打穿一个洞口，冲锋者即向洞口猛进。俄人火速在洞口之后安置一炮，向冲锋者开放极有效力的弹子。冲锋者因此止住了，而一百五十名俄人从营垒冲出来，以短兵相接。他们从满人夺取了两尊太近的炮。满人的火枪大半被毁之后，俄人就成了战场的主人翁。除上文所说的两尊炮外，俄人尚得着十七杆火枪，八面旗帜，八百三十四马及几个俘虏。满兵死者听说有六百七十六人遗留在战场之上；俄人仅死十名，伤七十名。④

另一说则谓：

交锋之初，中国人得了胜利，一时好像他们能把俄国营垒攻下来。后不知因何原故——或者因为中国的主将过于自信，或者因为他遵守训令——在俄人受迫最紧急的时候，他忽然下令，要他的兵士不杀也不伤喀萨克，只活拿过来。这一战的最要关键即在此。俄人了解这种形势之后，决志不被活拿。于是一面宣誓，一面冲锋，步步的把中国人赶退了。一个军队不能一面受敌人之火，一面又被禁还火，而保持其地位。中国兵从此丧失战斗精神，向后退避，留下十七杆枪，二尊炮，八面旗帜，八百三十四马，及许多粮食。俄人死十名，伤七十八名。哈巴罗甫从土人——不可靠的来源——听说中国兵死了六百七十六名。⑤

这一战，中国确是败了，但先胜而后败。致败之由，除策略或有关系外，尚因军器不及敌人。至于战败的程度，很难说了。此战以后，俄国方面的报告多说喀萨克一听见某处有中国兵，就戒严不敢前进，而且从这时起土人又敢抵抗了⑥。

顺治九年，乌扎拉之战以后，哈巴罗甫率领全队逆流而上，途中遇着雅库次克总管派来的补充队，共计一百一十七名喀萨克及军需。八月，在精奇里河口附近，队员内哄，致分为二队，一队二百一十二人，仍服从哈氏，另一队一百三十六人，则自树一旗，从此黑龙江上下有二队喀萨克游行抢掠。以往哈巴罗甫及雅库次克总管给马斯哥的报告已引起俄国政府相当的注意和热心，当时拟派兵三千前来黑龙江，以图永久占领。同时，俄国政府对喀萨克的暴行亦有所闻，遂决定先派小援队，并调查实况。十年，援队抵黑龙江以后，哈氏返俄复命，但一去未回。他从此就离开历史舞台了。俄国政府亦未实行大队远征的计划。

哈巴罗甫的继任者是斯德班乐甫(Onufria Stepanov)。斯氏于顺治十一年(一六五四年)的春天进松花江。五月二十四日遇着中国军队。喀萨克自己的纪录说他们火药用尽，故就退了。虽然，退的时候，喀萨克心志慌乱，大有草木皆兵之势。从松花江一直退到呼玛尔河口，就此筑垒防御。我国军队也追到这地。顺治十二年春，遂围呼玛尔营垒，经三星期之久，无功而返。《平定罗刹方略》说：“十二年，尚书都统明安达礼自京师往讨，进抵呼玛尔诸处,攻其城,颇有斩获,旋以饷匮班师。"[7]"饷匮"是很自然的,因为经过罗刹数年扰乱之后,地方居民已迁徙他处;且清廷又令土人行清野之法,使罗刹不能就地筹饷,而呼玛尔偏北,路途甚远。这是当时在东北行军最大的困难。

顺治十三年及十四年,斯德班乐甫多半的时候在黑龙江的下流,松花江口以东。"十四年,镇守宁古塔昂邦章京沙尔呼达败之(于)尚坚乌黑;十五年,复败之(于)松花、库尔翰两江之间。"[8]十四年的战争,俄国方面没有纪载,尚坚乌黑不知在何处。十五年(一六五八年)的战争,俄国的纪录也甚简略,但其结果则言之甚详。战后,斯德班乐甫及二百七十名队员不知下落,余二百二十名逃散了[9]。我方所得的俘虏和上次在呼玛尔所得的俘虏均安置于北京的东北隅,斯氏是否在内,不得而知。此后黑龙江上无整队的罗刹,散队则时见。"十七年(一六六〇年),巴海大败之古法坛村,然皆中道而返,未获剪除,以故罗刹仍出没不时。"虽然,雅库次克总管从此以后不接济,也不闻问黑龙江的罗刹了。

在康熙年间,罗刹来自也尼赛,隶属于也尼赛总管。从顺治九年起,也尼赛的俄人常有小队到拜喀尔湖以东石勒喀河上。顺治十二年(一六五五年),也尼赛总管巴石哥夫(Pashkof)根据这些私人的报告,呈请俄国政府许他在石勒喀河上设立镇所,以便征服附近的部落。政府批准了他的提议,且即派他为远征队的队长。他于次年七月十八日从也尼赛城动身,带有五百六十六人。他由也尼赛河转其支河昂格勒(Angara),在河的上源跋山而入石勒喀河。顺治十四年的春天,他在尼布楚河与石勒喀河会流之处设立尼布楚城。这是俄人经营黑龙江上流的根据地。不久就缺乏粮食和军火,而所派出寻觅斯德班乐甫的探员全无结果。顺治十八年,留了少数驻防队,遂回也尼赛。巴石哥夫所受的艰难未得着相当的收获。

也尼赛总管在黑龙江上流的失望正如十二年以前雅库次克总管在中流及下流的失望。当时雅库次克因失望遂不愿继续进行,于是有私人哈巴罗甫出而投机。也尼赛亦复如此。此地的私人投机者是柴尼郭夫斯奇(Nikifor Chernigovsky)。柴氏是个盗匪头子,因为杀了一个总管官,他遂率领他的绿林同志跋山投雅克萨去逃罪。他在此地重筑土垒,强迫土人交纳贡品,且自行种植粮食,大有久居之意。同时其他喀萨克有在额尔古纳河筑垒收贡者,有在精奇里河上下骚扰者。我国边民亦有逃往尼布楚而投顺于俄国者,其中最著者莫过于根忒木尔。我国屡次索求引渡,俄人始终拒之。因此,在康熙年间,中俄的关系更趋紧张。

康熙帝原来不想以武力解决罗刹问题。他屡次派人到雅克萨、尼布楚去送信,令俄人退去。同时俄国政府从顺治十二年到康熙十六年亦屡次派使到北京来交涉。因路途相隔之远,文书翻译的困难,罗刹之不听政府命令,及中国在邦交上之坚持上国的地位:凡此种种均使外交的解决不得成功。(战前及战后的外交留待下节叙述;本节限于军事的冲突。)等到三藩之乱一平定了,康熙帝就决定大举北伐。

康熙二十一年(一六八二年)七月,帝派“副都统郎坦公(与)朋春率官兵往达呼尔、索伦,声言捕鹿,因以觇视罗刹情形”。十二月又“命户部尚书伊桑阿赴宁古塔督修战船”。郎坦等的报告以为“攻取罗刹甚易,发兵三千足矣”。康熙帝乃下谕曰:

> ……朕意亦以为然。第兵非善事,宜暂停攻取。调乌拉宁古塔兵一千五(百名),并置造船舰,发红衣炮、鸟枪及教之演习者。于爱珲、呼玛尔二处建立木城,与之对垒,相机举行。所需军粮取诸科尔沁十旗、锡伯、乌拉之官屯,约得一万二千石,可支三年。且我兵一至,即行耕种,不致匮乏……⑩

康熙帝在筹画此次征役的时候,最费苦心的莫过于粮食的接济。他以为往年的失败都由饷匮,以致罗刹不能肃清。

二十一年算为觇探敌情之年。二十二年起大事预备。筑瑷珲城为后路大本营;修运船、战船;通驿站;运粮食;调军队;联络喀尔喀的车臣汗,共费了三年。康熙二十四年(一六八五年)五月二十二日(我国旧历),彭春始带兵抵雅克萨城下。其部队自吉林、宁古塔调去者三千人,自北京调去的上三旗兵一百七十人,自山东等省调去的官一百零五人,兵三百九十五人,自福建调去的藤牌兵三百余人,索伦兵约五百人,总计不过五千人。此外尚有夫役、水手。俄人说此次中国军队有一万八千之多,与实数相差一倍以上。

俄人虽早已知道中国的军事行动,且竭力预防,但等到兵临城下,雅克萨的防守队,连商人、猎夫、农民及喀萨克部包括在内,不过四百五十人,不到中国兵数的十分之一!我国军队与外国军队战斗力的比较,从康熙年间到现在,究竟有进步呢,还是有退步呢?彭春第一着发表康熙帝的招抚书:

> 前屡经遣人移文,命尔等撤回人众,以逋逃归我。数年不报,反深入内地,纵掠民间子女,搆乱不休。乃发兵截尔等路,招抚恒滚诸地罗刹,赦而不诛。因尔等仍不去雅克萨,特遣劲旅徂征。以此兵威,何难灭尔;但率土之民,朕无不恻然垂悯,欲其得所,故不忍遽加歼除,反复告诫。尔等欲相安无事,可速回雅库,于彼为界,捕貂收赋,毋复入内地搆乱;归我逋逃,我亦归尔逃来之罗刹。果尔,则界上得以贸易,彼此安居,兵戈不兴。倘执迷不悟,仍然拒命,大兵必攻破雅克萨城,歼除尔众矣。⑪

城内的罗刹置之不答。彭春遂开始攻击。

我方关于战争的纪录甚简略:

> (五月)二十三日,分水陆兵为两路,列营夹攻,复移置火器营。二十五日黎明急攻之。城中大惊。罗刹头目里克舍谢等势迫,诣军前稽首乞降。于是朋春等复宣谕皇上好生之德,释回罗刹人众。其副头目巴十里等四十人不愿归去,因留之。我属蒙古索伦逃人及被掳者咸加收集,雅克萨城以复。⑫

俄国的纪载大致相同,惟有数点可资补充。第一日的战争结果,俄方死百人。经数日后,教士率领居民向总头目官额里克舍拖尔布残(Alexei Tolbusin)要求停战,额里克舍见势已去,遂允所请。他派代表到中国军营议投降条件,所要求者即许俄人携带军器辎重回国。我方接收,事实上有二十五人甘愿留居中国。数目与我方的纪录不同,未知孰是。雅克萨投降的俄人后亦安置于北京城内之东北隅。

罗刹退去以后,中国军队把雅克萨的城垒及房屋全毁了,但四乡的禾苗并未割去,就全军回瑷珲。雅克萨城不但不留防,且未设卡伦;甚至从瑷珲起,全黑龙江上流恢复战前无主的状态。清廷以为罗刹问题完全解决了:足证我国受了四十年的扰害还未认清敌人的性质。

额里克舍的后退全由于势力的单弱。其实在雅克萨战争的时候,也尼赛总管已派有援军在途,共六百人,由普鲁斯人拜丁(Afanei Beiton)率领。额里克舍退出雅克萨后,未满一日,即于途中遇着援军的先锋队百人,带有十足的军器。额里克舍到了尼布楚仅五天,拜丁的大援队也到了。于是也尼赛总管派拜丁、额里克舍复整军前往雅克萨。此次他们带了六百七十一人,五尊铜炮,三尊铁炮,均配足火药,后面络续尚有接济。他们到了雅克萨,一面收割四乡的粮食,一面从新建设防具。我国在康熙二十五年二月始得罗刹复来的报告。清廷即命萨布素及郎坦带兵去攻。此次战争较久,较烈。六月,我军抵雅克萨;十月底,俄人防军仅剩一百一十五人,仍不退不降。适俄国政府是时派代表到北京，声明公使在途，要求停战交涉，康熙帝遂下令撤雅克萨之围。中、俄问题从军事移到外交去解决了。

三　尼布楚的交涉

从顺治元年到康熙二十五年，四十余年中、俄在黑龙江的冲突，在俄国方面，完全是地方人民及地方官吏主动，马斯哥至多不过批准；有时不但未批准，且欲禁止而不能。地方的动机，最高在图开辟疆土以邀功，普通不过为发财而已。此外实际急迫的目的在图粮食的接济。彼时俄国中央政府亦想与中国发生关系，但其目的及方法完全与地方的不同。我们试一研究俄国屡次派使来华的经过就能明了其动机所在。《东华录》载：

> 顺治十七年五月丁巳，先是鄂罗斯察罕汗[13]于顺治十二年遣使请安，贡方物，不具表文。因其始行贡礼，赉而遣之，并赐敕，命每岁入贡。后于十三年又有使至。虽具表文，但行其国礼，立而授表，不跪拜。于是部议来使不谙朝礼，不宜令朝见，却其贡物，遣之还。后阅岁，察罕汗复遣使赍表进贡，途经三载，至是始至……

据此纪录，则顺治年间俄国曾三次派使来华：第一次在十二年（一六五五年），第二次在十三年，第三次在十七年。此中有一误会。第一次的使者是亚尔班（Seitkul Albin）。他不过是公使背喀甫（Theodore Isakovitch Baikoff）的随员，先到北京来报信,所以"不具表文",第二次的公使就是背喀甫,所以第一次及第二次实系一个使团[14]。我们从俄国政府给背喀甫的训令就能看出俄国对中国注意所在。俄王要背喀甫:(一)向中国皇帝转达俄王的友谊及和好之善意;(二)表示俄国欢迎中国公使及商人到俄国去;(三)打探清廷对俄国的实在意志,是否愿通使通商;(四)调查中国接待外国的仪节;(五)调查中国的国情,如户口、钱粮、军备、城市、与邻邦的关系、出产以及中俄的交通[15]。总而言之,主要目的在通商及交邻。当时俄国以为中国产金银甚多,在重金主义(bullionism)盛行的俄国,以为与中国通商便可用西比利亚所产的皮货及俄国的呢绒来吸收大宗金银及丝绸。背喀甫的出使,除得知中国一般国情外,完全失败。其主要原因即《东华录》所谓"不谙朝礼"。换句话说,背喀甫不愿以"贡使"自居——不肯跪拜,不肯递国书于理藩院。次要原因即罗刹在黑龙江的骚扰。因此,清廷颇疑背喀甫之来另有野心;不然,怎可一面通好,一面侵犯边境?一六五八年,俄国又派亚尔班及浦尔费里叶甫(I-van Perfilief)二人出使中国;一六六〇年(顺治十七年)始抵北京,即上文所谓第三次的出使。他们所带的国书首述俄王祖先声名的伟大及邻邦如何皆畏服俄国;后半表示愿与中国通使通商。《东华录》继续说:"表文矜夸不逊,不令陛见。"所以这次也无结果。

康熙年间,中俄的冲突转移到黑龙江上流,这是上节已经说过的。除喀萨克的侵扰外,中、俄之间又加上根忒木尔(Gan-timur)问题。此问题的原委颇不易明[16]。根忒木尔乃达呼尔头目之一，原住尼布楚附近，曾向中国进贡，中国亦曾授以佐领职衔。俄人占据尼布楚以后，根忒木尔遂率其部落迁居于海拉尔河及甘河左右。顺治十二年呼玛尔之役，他率部助清，但临阵不曾前。战后，他回尼布楚降俄。康熙五年及九年，宁古塔的疆吏曾派委员至尼布楚索根忒木尔。俄人始终拒绝引渡，说他既原居尼布楚，就该算是俄王的臣民[17]。双方所以这样重视根忒木尔的缘故，因为他的向背足以影响当地一般人的向背。尼布楚的总管亚尔沈斯奇（Daniel Arshinsky）于九年也派了一位使者到北京来报聘。背喀甫出使的失败足证当时中国如何不明世界大势；这一次又表明俄国人之不懂中国国情。使者是米乐番罗甫（Ignashka Milovanoff），一个不识字的喀萨克！亚氏给他的训令更加可笑[18]。大意谓各国之汗及王多求大俄罗斯、小俄罗斯及白俄罗斯的大君王亚里克含米海罗韦赤（Alexei Mikhailovich）的保护，大君王除概予保护外，且优加赏赐。中国的皇帝也应求大君王的保护，并应时常进贡及许两国人民自由通商。米乐番罗甫到北京以后，在理藩院被质问一番。他曾否执行训令，理藩院得何印象，作何感想，我们无从知道。康熙许他陛见，但所行的是跪拜礼。最后清廷颁一封敕谕，要尼布楚的总管严行约束部属，禁止他们侵扰中国边境。这段往来好像两个互不相识的人对说互不相懂的话，这样的外交是得不着结果的。

康熙十一年，清廷又派人到尼布楚去送信，要求俄国送回根忒木尔。这信是用满文写的，尼布楚及马斯哥均无人能翻译，但俄国政府根据尼布楚的报告，以为中国要求俄国派使来华交涉。

康熙十四年(一六七五年)二月,俄王遂派尼果赖罕伯理尔鄂维策斯巴费理(Nicolai Gavrilovich Spafarii)。斯氏有出使日记及报告与函件[19]。这些材料不但是中、俄关系史的好史料,且间接对当时中国的内政,如三藩战役及天主教传教士的地位,有不少新知识的贡献。本文限于中、俄在东北的冲突,故可从略。斯氏于康熙十五年六月抵北京,交涉共历三月,绝无成绩而返。中国对斯氏要求二事:送回根忒木尔及令喀萨克退出雅克萨;斯氏对中国的希望包括通商和通使,这是双方的实在目的。但斯氏在北京的交涉可说未入正题就被种种仪节问题阻止了。最初斯氏坚持亲递国书于皇帝,后虽退步而呈递于理藩院,但陛见的时候,不肯跪拜,正式交涉简直未进行。在归途中,斯氏曾致书于雅克萨的喀萨克,嘱他们不要骚扰,但未见发生效力。

等到中国大举进攻雅克萨的消息传到马斯哥的时候,俄国政府始知道黑龙江流域非西比利亚可比;土人之后,尚有一个大帝国须对付,而这帝国决不让俄国占领黑龙江流域。究竟黑龙江一带的地理如何,俄国政府并不知道。与其出师于万里之外来与一大邻国争一块可有可无的土地,不若和好了事,以图通商之发展。在中国方面,康熙帝素性不为已甚。三藩战役之后,中国亟须休养。且外蒙古尚有厄鲁特问题;其他部落亦未倾心向我。倘我与俄为已甚,则俄、蒙可相联以抗我。俄人军器的利害及战斗精神的坚强,这是康熙帝所深知的。所以在未出师之前,康熙帝对于军备是慎之又慎,以策万全的。外交虽已试过而未见效,康熙仍不绝望。所以他一面派彭春率师往攻雅克萨,一面又致书于俄国政府，一封由传教士转递，一封由荷兰商人带去。俄国政府既已有言归于好之心，康熙帝的信正为外交的进行辟了大路。二十五年九月，俄国要求停战的使者米起佛儿魏牛高（Nicefor Venukiov）及宜番法俄罗互（lvan Favorov）到北京，声明俄国愿与中国和好，且已派有全权大使在途。康熙帝即时下谕："其令萨布素等撤兵，收集于（一）所，近战舰立营，并晓谕城内罗刹，听其出入，毋得妄行攘夺，俟鄂罗斯使复至定议。"[20]换言之：这是无条件的停战。

俄国所派的全权大臣是费要多罗亚列克舍维赤果罗文（Theodore Alexievitch Golovin）。俄国政府于一六八六年初颁给果罗文第一次的训令。根据此训令：边疆应以黑龙江为界；如不得已，可以拜斯特尔（Bystra，即牛耳河）及精奇里二河为界；再不得已，则以雅克萨为界，但俄人须能在黑龙江及其支河通商，并且通商除纳关税外，不应有限制。如果罗文能使中国派公使及商人到马斯哥更好。俄国政府派了一千五百兵同行，以备万一，且教果罗文设法联络外蒙古以助声势。果罗文于一六八六年正月二十六日（俄历）在马斯哥起程；一六八七年（康熙二十六年）十月二十二日始抵拜喀尔湖南外蒙古边境之色楞格。他在途中接到政府第二次的训令：如通商能得便易，则全黑龙江流域包括雅克萨，可认为中国领土；除非万不得已，绝不可引起战争；倘交涉失败，他可向中国提议双方再派公使从新协议。

喀尔喀土谢图汗把俄人抵境的消息报告给北京以后，康熙帝遂令在雅克萨的军队退瑷珲。次年年初，他派内大臣索额图、都统公国舅佟国纲、尚书阿尔尼、左都御史马齐,汉员二人,张鹏翮及钱良择,及护军统领马喇带八旗前锋兵二百,护军四百,火器营兵二百,往色楞格去交涉;代表团带有传教士二人,张诚(Jean Francois Gerbillon)及徐日昇(Thomas Péreyra),以助翻译。索额图等遵旨预拟交涉大纲如下:

> 察鄂罗斯所据尼布楚本系我茂明安部游牧之所,雅克萨系我达呼尔总管倍勒儿故墟:原非罗刹所有,亦非两界隙地也。况黑龙江最为扼要,未可轻忽视之。由黑龙江而下,可至松花江;由松花江而下,可至嫩江;南行可通库尔瀚江及乌拉、宁古塔、锡伯、科尔沁、索伦、达呼尔诸处。若向黑龙江口可达于海。又恒滚、牛满等江及净溪黑江口俱合流于黑龙江。环江左右均系我属俄乐春、奇勒尔、毕喇尔等民人及赫真、费雅喀所居之地。不尽取之,边民终不获安。臣以为尼布楚、雅克萨、黑龙江上下及通此江之一河一溪皆属我地,不可弃之于鄂罗斯。又我之逃人根特木尔等三佐领及续逃一二人悉应索还。如一一遵行,即归彼逃人及大兵俘获招抚者,与之划疆分界,贸易往来;否则臣当即还,不与彼议和矣。㉑

康熙帝当时批准了这个交涉大纲。我代表团所负的使命全见如此。我们若以俄国给果罗文第一次的训令与此大纲相比,则中、俄的目的抵触甚多,因为双方都要黑龙江的上流,从尼布楚到雅克萨;若以俄国政府第二次的训令与此大纲相比,则双方所争者仅尼布楚城。

我使团于康熙二十七年五月初一日从北京启程，取道张家口、库伦。适此时喀尔喀与厄鲁特战，路途被阻。索额图等一面率领团员回京，一面派人往色楞格去通知俄国代表阻道的原委，并要求改期改地会议[22]。果罗文指定尼布楚为交涉地点。次年（一六八九年）四月二十六日，我使团复由北京出发。此次代表中没有阿尔尼及马齐，但添了黑龙江将军萨布素、都统郎坦、都统班达尔善及理藩院侍郎温达。此次所带的兵有北京八旗二千人，黑龙江兵一千五百人；倘总计军中夫役及官员的仆从，全代表的人数约在八千左右。中国外交史上出使之盛，没有过于此次者！康熙帝增加使团的兵数是否因为果罗文也带有兵来，我们无从知道。不过当时的人，如我们一样，觉在外交应有武力的后盾，但他们的后盾未免过于放在前面了！康熙帝虽对于军备主积极，而对于交涉目的则主退让。使团出发以前，曾拟议交涉大纲应仍旧，康熙帝大不以为然：

> 今以尼布楚为界，必不与鄂罗斯，则彼遣使贸易无栖托之所，势难相通。尔等初议时仍当以尼布楚为界。彼使者若恳求尼布楚，可即以额尔古纳河为界。[23]

康熙帝的实在理由或者是因为厄鲁特与喀尔喀的战争已起，中国应速与俄国结案，以便用全力来对付蒙古问题。交涉大纲经此修改以后，实与俄国政府第二次的训令无所抵触。倘尼布楚的交涉失败，则其故并不在两国政府目的的悬殊。

六月中,我代表团抵尼布楚。俄人见我方军容之盛,不知我方实意在议和,抑在交战。果罗文迟到二十天。因为双方军备甚严,一时空气颇紧张。应酬费了几天功夫,遂决定开议形式:双方可各带七百六十兵赴会,但其中五百须留会场外,二百六十可入会场,站在代表后面。会场形式岂不有点《三国志演义》的风味?

七月初八初次会议,果罗文提议中、俄两国应以黑龙江为界,江左(北)属俄,江右(南)属华。索额图则谓俄国应退至色楞格以西;以东的地方,包括色楞格、尼布楚、雅克萨皆应属中国。双方皆要价甚高,故相差甚远。次日,中国代表首先减价:色楞格及尼布楚愿让归俄国。这是遵守朝廷的训令,也是我方预定的最低限度。果罗文付之一笑,以为该二处无须中国之慷慨。七月初十日,交涉仍无进展。我代表遂提议双方签订正式会议纪录,以俾各返国复命。这等于宣布会议决裂。次晨,果罗文派人来声明接收此项提议,但要求再开会议一次,我方不允。张诚及徐日昇得了代表的许可,以私人的资格往访果罗文。张诚等的疏通,据其《日记》,有如下状:

> 马斯哥人实际渴望和平不在我们(中国代表团)之下。对于我两人的访问,他们表示愉快。我们起头就对他们说:如果他们不愿意放弃雅克萨及附近的土地,那末,他们用不着再费事了,因为我们确实知道我们的大使曾得着明文的训令,非得此地不立约;至于尼布楚和雅克萨之间的地方及黑龙江以北的地方,我们不知道大使们可退让到什么地步;

> 马斯哥的代表可以斟酌他们所希望在尼布楚及雅克萨之间的界限;我们的大使因为渴望和平,必竭其力之所能以促成之。
>
> 马斯哥的全权代表回答说:既然这样,他就请我们的大使把最后的决定通知他。㉔

七月十二日,俄国代表一早就派人来问我方最后的决定。我代表团在地图上指出额尔必齐河及外兴安山脉,谓河以东及山以南应归中国,河以西及山以北应归俄国;此外则以额尔古纳河为界。俄人辞退后,我代表遂派张诚及徐日昇去探问俄方最后的决定,并声明外蒙古及俄国的界线应同时划清。果罗文以职权的限制,并以我国势力未到外蒙古,拒绝交涉蒙、俄界线。我方未坚持此点,但声明到厄鲁特及喀尔喀的战争平定以后,蒙、俄间的界限必须划清。这个支节过去以后,俄方又提出一个要求:在额尔古纳河以东的俄人可搬回国。这点我方于七月十三日就答应了。这样,和议似乎已成。不料这时果罗文反要求雅克萨及其以西的土地应归俄国。张诚及徐日昇面斥果罗文之无信义。在他们努力疏通之初,他们就说破,倘俄国不愿放弃雅克萨则不必费事;何以此时又旧话重提?张诚等向萨布素报告俄国尽反前议以后,我代表团即时召集全体文武会议,决定当夜全军渡河,以便包围尼布楚城;同时一面派人去鼓励四周的蒙古人,一面调少数军队回雅克萨去铲除禾苗。俄代表见势不佳,即派人来,微示可让雅克萨之意。我代表团复开会议。不进呢,恐俄人行缓兵之计;进呢,又怕因军事行动断绝和平的希望。代表团请张诚及徐日昇发表意见,他们答以身为教士,不便,也不能参与军事。代表团终决定按原定计划进行,惟对俄方则说移动人马专为求水草之方便!

七月十四日,我军全抵尼布楚城下的时候,俄代表正式承认我方所提出之界线。萨布素等遂派张诚去作最后的交涉。次日果罗文提出三种新要求:第一,中国以后致俄王的信应书俄王的全衔,并且信中不可有不平等的词句。第二,两国应互相尊重公使,并许其亲递国书于元首。第三,两国人民如持有政府护照,应许其自由往来贸易。关于第一条,我代表等答以国书中的称呼及词句是皇帝所定,为臣子者不敢擅允;关于第二条,我方答以中国向不派驻外公使;倘俄国派使来华,接待的礼仪必从优。至于自由通商一节,我方以为无问题,惟买卖小事,似不必载诸条约。果罗文得了自由通商的权利,实已完成其主要使命。此节他不能不编入约款。最后关于界线的东段,双方发生稍许争执。外兴安脉之东段分南北二支:北支绕乌特河(Oud River)之北而直抵海滨;南支在乌特河之南而不到海滨。若以南支为界,则近海一带须另划界;若以北支为界,则乌特河流域将全属中国,其地面积甚大,且产最上等的貂皮,而其海岸又多产鱼。果罗文向我代表索解释的时候,我方答以约稿系指北支。这是七月十八日的事。十九日,俄方竟无回音。我代表以为是功亏一篑,颇为之觉急:因为乌特河流域非朝廷训令所必争,倘因此偾事,朝廷未必不责备。张诚从旁劝我代表不必坚持。于是萨布素等遂决派张诚去提折中办法,把乌特河流域由两国均分。适俄方亦派人来，带有果罗文致我代表的信，恳求我方完成和议，信中也提出折中办法，即暂不划分乌特区域。我代表当时接收。和议算告成了。所余者仅条文的斟酌及约本的缮写。

《尼布楚条约》是康熙二十八年七月二十四日，公历一六八九年九月七日，俄历八月二十七日签订的。中国代表在一份满文、一份拉丁文的约本上签了字，盖了图章；俄国代表在一份俄文、一份拉丁文的约本上签了字，盖了图章。所以仅拉丁文的约本是由双方签了字盖了章的[25]。签订后，两国代表起立，手持约本，各以其国主之名宣誓忠实遵守，并祈“无所不能的上帝，万物之主，作他们意志忠实的监视者”。同时双方军队鸣炮以资庆祝。张诚说，康熙帝曾有明令，要代表们以基督教的上帝之名宣誓，以为惟独这样可以使俄人永远遵守，所以这约的签订是经过鸣炮誓天的。

《尼布楚条约》，在我国方面，所注重的是划界；在俄国方面，所注重的是通商。双方均达到了目的，故此约得实行一百六十余年。照这约，不但黑龙江、吉林及辽宁三省完全是中国的领土，即现今俄属阿穆尔省及滨海省也是我国的领土。根据此约，我们的东北可称为大东北，因其总面积几到八十万平方英里，比现今的东北大一倍有余；也可称为全东北，因其东其南均有海岸线，有海口，其北有外兴安的自然界线——国防上及交通上她是完全的。吾国当时所以能得此成绩，一则因为俄国彼时在远东国力之不足，关于远东地理知识之缺乏及积极开拓疆土之不感需要；一则因为康熙帝处置此事之得法，军事上有充分之准备，而外交上又替俄国留了余地。其结果不但保存了偌大的疆土,且康熙朝我国在外蒙古的军事曾未一次受俄国的牵制。“以往所有的争执,无论其性质如何,今以后永远忘记不计。”这是条文的第三款。这一层完全做到了:中、俄两民族曾未因十七世纪的冲突而怀旧怨。关于将来,此约虽未永久有效,基督徒虽亦不计“无所不能的上帝”的监誓而不守信,但确立了一百五十多年的和好及友谊的基础。在国际条约中,《尼布楚条约》算得一个有悠久光荣历史的。

四　东北一百五十年的安宁

康熙二十八年十二月,索额图等关于尼布楚立约的奏报到了北京以后,康熙帝遂命议政王、贝勒、大臣集议东北边疆善后的办法。他们提议应于额尔必齐河诸地立碑以垂永久,“勒满、汉字及鄂罗斯、拉丁、蒙古字于上”,并于墨尔根及瑷珲设官兵驻防。这两件事都实行了。可惜界碑是由中国单独立的,不是会同俄国立的。碑文不是条约全文,是条约的撮要。据俄国传教士 Hyacinth 的实地调查,在额尔必齐河畔的碑上,匠人竟把“兴安岭以北属俄国”误刊为“以南属俄国”[26]。俄人以为是个好预兆。并且有几个界碑实非立在边界上。一八四四年,俄国国立科学会(Academy of Sciences)派了一位科学家米丁多甫(A. Th. von Middendorff)到远东来调查。他发现中国所立的界碑,最北的不是在外兴安的山峰,是在急流河(Gilu)与精奇里河合流之处;最东北的不是在外兴安与乌特河之间,是在乌特河及土格尔(Tugur)之间,中国自动的放弃了二万三千平方英里的土地[27]!

至于驻防的军队,中俄战争的时候,中国以瑷珲为大本营,设将军镇守。康熙二十九年(一六九〇年)将军移驻墨尔根;三十八年复移驻齐齐哈尔,步步的离黑龙江远了。吉林省亦复如是:原来中心在宁古塔,已离边境甚远,后来中心复向内移至吉林省城。虽然,以兵数而论,我们不能说清廷疏于防备。历十八世纪,前后兵数虽略有增减,东三省驻防军队约在四万左右,内奉天将军所辖者一万九千余人,吉林将军所辖者九千六百余人,黑龙江将军所辖者一万一千四百人。黑龙江西境设有十二卡伦,每卡伦驻兵三十名,三月一更;北境设有十五卡伦,每卡伦驻兵二十名,一月一更[28]。这些卡伦的目的在防止俄人越界,可惜大半离边境甚远,且恐是有名无实的。此外黑龙江将军每年四五月间派委官佐,率兵二百四十名,分三路巡边,"遇有越境之俄罗斯,即行捕送将军,请旨办理",惟巡边实亦不到极边。

我国政府所派人员实际到黑龙江极边去的次数及地点颇难稽考。惟《东华录》乾隆三十年(一七六五年)七月癸亥条载有将军富僧阿的奏折,内有关于巡查极边的事情。这时因为"俄罗斯近年诸事推诿,不能即速完结,且增加税额,以致物价昂贵",所以停止恰克图贸易。因为停止贸易,乾隆帝恐俄国侵扰边境,所以教黑龙江将军调查并整理边防。富僧阿的奏报如下:

据往探格尔毕齐河源之副都统瑚尔起禀称:自黑龙江至格尔毕齐河口,计水程一千六百九十七里;自河口行陆路二百四十七里至兴堪山（即外兴安）：其间并无人烟踪迹。又往探精奇哩江源之协领纳林布称：自黑龙江入精奇哩江北行至托克（Dukda）河口，计水程一千五百八十七里；自河口行陆路二百四十里至兴堪山：其地苦寒，无水草禽兽。又往探西里木第（Silimji）河源之协领伟保称：自黑龙江经精奇哩江入西里木第河口，复过英肯（Inkan）河，计水程一千三百五十里；自英肯河行陆路一百八十里至兴堪山：地亦苦寒，无水草禽兽。又往探钮曼（Niman）河源之协领阿迪木保称：自黑龙江入钮曼河，复经西里木第河入乌默勒（Umalin）河口，计水程一千六百十五里；自河口行陆路四百五十六里至兴堪山：各处俱无俄罗斯偷越等语。

查呼伦贝尔与俄罗斯接壤之额尔古纳河，西岸系俄罗斯地界，东岸俱我国地界，处处设有卡座，直至珠尔特地方。见复自珠尔特至莫哩勒克河口添设二卡，于索博尔罕添立鄂博，逐日巡查。俄罗斯鼐玛尔断难偷越。其黑龙江城（？）与俄罗斯接壤处有兴堪山，绵亘至海，亦断难乘马偷越。第自康熙二十九年与俄罗斯定界查勘各河源后，从未往查。嗣后请饬打牲总管每年派章京、骁骑校、兵丁，六月由水路与捕貂人同至托克、英肯两河口，及鄂勒布、西里木第两河间遍查，回报总管，转报将军。三年派副总管、佐领、骁骑校，于冰解后由水路至河源兴堪山巡查一次，回时呈报。其黑龙江官兵每年巡查格尔毕齐河口，照此三年亦至河源兴堪山巡查一次，年终报部。

这是乾隆年间东北边境的概况及加添的边防办法，即每年小巡，三年大巡。但实行到何等程度，无从知道。

除立碑及边防二事外，清廷直到光绪末年毫无拓植东省的计画和设施。顺治年间，多数满人入关。在关内住惯了的，除因公事外，很少愿意回去。乾隆年间，因北京旗人过多，朝廷曾资遣少数到关外去开垦。彼时尚得着相当成效。后来满人汉化程度高了，无论在关内生计如何困难，朝廷虽资遣之，总不愿去，或去后不久复回。汉人在康、雍二朝去的多半是山西商人及因犯罪而遣戍者。到乾隆年间，因关内人多地少，原大可移民，但清廷反于此时禁止汉人出关。这种禁令自然难于实行，而官吏亦未必认真实行，故虽无大规模的移民，零星去者亦复不少。惟吉林东部、乌苏里江一带及黑龙江下流既未设官立治，地方人民，不分土居外来，是少而又少的。国家并未从东北边疆得着任何实利，皇室及其附庸收了些貂皮及人参而已。

《尼布楚条约》以后，东北所以享了一百五十余年的安宁，其原因不仅在我国防边之严，此外还因为俄国彼时对远东的消极。尼布楚订约的时候正是大彼得(Peter the Great)起始独揽政权的时候。从彼得起，历十八世纪，俄国政府集中力量，北与瑞典争波罗的海的东南境，南与土耳其争黑海北岸，西与普鲁斯及奥斯抵亚争波兰。十八世纪末年及十九世纪初年，欧西有拿破仑的战争，俄国也转入那个漩涡，所以无暇来与中国争黑龙江流域。同时在这一百五十年内，俄国起初得与我国在北京及尼布楚附近通商，后来改在恰克图。为维持及发展中、俄的贸易，俄国政府很不愿与中国引起冲突。

虽然,在这一百五十年内,俄国政府及人民对于远东亦未完全置之度外。十八世纪初年,俄人占据堪察克;以后继续前进,过比令海峡(Bering Strait)而占领阿拿斯喀(Alaska)。就是在黑龙江流域,历乾隆、嘉庆、道光三朝,俄国猎夫、罪犯、军官及科学家违约越境者不知凡几。乾隆二年(一七三七年),测量家邵比尔晋(Sholelzin)及舍梯罗甫(Shetilof)曾到精奇里河。他们在急流河流入精奇里河之处发现一个俄国猎户的住宅,在精奇里河口以上约百里遇着几个从尼布楚来的猎夫。次年,他们从黑龙江上流而下,路过雅克萨的时候,看见一名喀萨克及一家俄罗斯与通古斯合种的人在那里居住。雅克萨以东六十里,他们又看见一家俄罗斯及通古斯的合种。十九世纪初年,嘉庆年间,少佐斯塔夫斯奇(Stavitsky)曾到雅克萨。同时植物学家杜尔藏宁罗甫(Turczaninov)调查了黑龙江上流沿岸的植物,到雅克萨为止。道光十二年(一八三二年),大佐垃底神斯奇(Ladyshinsky)为调查界碑,也顺流到雅克萨。罪犯越境而有记录可考者,在乾隆六十年有鄂西罗甫(Rusinov)及色尔可甫;在嘉庆二十一年有瓦西利叶甫(VasiLief)。瓦氏在黑龙江往来了六年,从河源直到江口,且留有游记。道光二十一年,米丁多甫调查了黑龙江的下流及其北岸,他在江口也遇着一个逃罪的游客。这皆是见诸纪录的[29]。

《尼布楚条约》以后,俄国科学家及官吏提倡再占据黑龙江者亦不乏人。在十七世纪的前半,俄人初到来那流域的时候,因为感觉粮食的困难,就派人进黑龙江。在十八世纪亦复如是。得了堪察克以后,接济发生困难。从雅库次克到堪察克的路途太难,几至不可通行;粮食的接济多由雅库次克运到鄂霍次克,再由海道运到堪察克。雅库斯克既乏粮食,而从雅库次克到鄂霍次克的旱路又十分困难,所以俄人又想起黑龙江:若能从尼布楚经黑龙江运粮到海,再由海道运到堪察克,则接济问题就解决了。一七四一年(乾隆六年),西比利亚历史家米来尔(Müller)曾发表著作提议此事。一七四六年,大探险家比令(Bering)的同事齐利哥甫(Chirikof)提议俄国应占据黑龙江口而立市镇。一七五三年(乾隆十八年),西比利亚巡抚米也梯雷甫(Myetlef)向政府提出由黑龙江运输的具体计画书。俄国贵族院接收了他的计画,并嘱外交部与中国交涉。俄国政府在未交涉前,令色楞格总兵雅哥备(Jacobi)调查中国在黑龙江的军备。雅氏的报告说中国在沿江各处留有四千的驻防队;倘俄国要利用黑龙江,须秘密预备军队;中国若不许,即可出其不意以武力占之。此举费用过大,俄国政府不愿实行[30]。与中国的交涉亦完全失败:"乾隆二十二年八月庚申朔,俄罗斯请由黑龙江挽运本国口粮,上以其违约不许。"[31]十八世纪的下半叶,一个法国探险家拿佩罗斯(Lapérouse)及一个英国探险家蒲闹哈顿(Broughton)均由海外到黑龙江口及库页岛;他们调查的报告均谓库页非岛,乃半岛;黑龙江口只能绕库页的东边,由北面入,且江口堆有沙滩,航行不便。因此俄国对于黑龙江的航行权也就冷淡了一些。

一八〇三年(嘉庆八年),俄国政府始又组织远东调查队,由库鲁孙斯德(Krusenstern)领导。库氏建议俄国应占据库页岛南部之安义瓦湾(Aniwa Bay),以便再进而占据吉林省之海岸线。同时俄国政府派果罗甫金(Golovkin)充公使来华交涉。政府的训令要他向中国要求黑龙江的航行权及中、俄沿界的自由通商权。如中国不允,则要求每年至少由黑龙江航行一次,以便运送接济给堪察克及俄属北美。如中国再不允,则根据《尼布楚条约》要求进内地通商及北京驻使。清廷得到果罗甫金出使的消息以后,就饬地方官吏预备沿途的招待。后库伦办事大臣蕴端多尔济奏报俄使不知礼节,清廷就教果氏自库伦径回本国,不许进京[32]。所谓"不知礼节"究是何事,我们不知道。果氏出使的失败可算到了十分。他经过这次的失败,深信俄国所希望的权利非外交家所能得到,必须一军的军长方能济事。他以为俄国无须占领全黑龙江,只要得着下流及精奇里河与乌特河之间的土地就够了[33]。伊尔库次克的巡抚哥尔尼罗甫(Kornilof)因果氏所得的待遇,亦愤愤不平,主张即派舰队进黑龙江以资恫吓。俄国政府不允。一八四四年(道光二十四年),探险家米丁多甫走遍了精奇里河及乌特河区域,当地的形势及中国在该处政治及军事势力的薄弱,他都调查清楚了。他的报告大引起俄国朝野的注意。

到了十九世纪的中叶,东北的外患又趋紧急。形势的严重远在十七世纪末年之上。因为这时候正演着英、美、俄、法四大强权争北太平洋优势之第一幕。是时英国是无疑的海上的霸主,且有方兴未艾之势。俄、美、法各国处处嫉英防英。鸦片战争的时候,英国在中国得着许多通商权利;美、法即步后尘,惟恐英国独占。中国的腐弱亦因此战而暴露于天下。同时在北太平洋的东岸,各国的竞争更加剧烈。直到十九世纪初年,北美的西部尚未分界。北有俄国的属地,南有斯班牙的属地。两国虽未分界,但两国均不容他国置喙其间。但美国一方面由东向西发展,其西疆垦民如海潮一样的前进;一方面波士顿、纽约及菲列得尔菲尔为发展中、美的通商,派商船到北美西岸去搜罗海獭皮及到檀香山去收买檀香,以便到中国广州来交易。一八二一年,俄国政府宣布北美西部从比令海峡到五十一度都是俄属的领土的时候,美国政府即提出抗议,并宣布门罗主义。结果俄国承认五十九度为其南岸。俄国所放弃的土地——当时统称为阿里根(Oregon),英美两国又起争执。最初定为两国共有;等到分界的时候,美国坚执五十四度四十分为英、美的界线。一八四四年总统选举的时候,美国的急进分子甚至以承认“五十四度四十分或交战”为对英的口号。一八四六年,英、美终定四十九度为界线。英、美的问题虽以外交解决了,美国与墨西哥则打了两年,结果在一八四八年全加利福尼亚的海岸划归美国。北太平洋的东岸就由英、美、俄三国瓜分了。

这时候,因为汽船的使用,太平洋上的交通大加进步。列强均感觉世界的历史已到了所谓太平洋时期。因为竞争之烈,各国都怕落后,都感觉我不取则彼将先取之。十九世纪中叶,东北的外患实际就是列强的世界角逐之一隅。不幸这时正值中原多故,内有太平天国之乱,外有英、美、法三国的通商条约修改的要求。中国国运的艰难,除最近这一年外,要算咸丰年间。论物质文明,自十七世纪中、俄两国比武以后,俄国随着西洋前进,不但军器已完全改造,交通亦惯用汽船。咸丰时代的中国所用之军器、军队及交通完全与康熙时代的中国相同,而在国计民生上反有退步。这关之难过可想而知。

五　俄国假道出师与胁诱割地

在好大喜功的尼古拉一世(Nicolas I)当政的时候(一八二五年至一八五五年),俄国同时向三方面发展:近东、中央亚细亚及远东。一八四七年(道光二十七年),他派了少壮军人木里裴岳幅(Count Muraviev)为西比利亚东部的总督。以前百数十年学者及官吏对于黑龙江的计画和企图,到了木里裴岳幅的手里就见诸实行了。木氏第一步派军官万甘罗甫(Vaganof)带喀萨克秘密越境来调查黑龙江沿岸的情形。万氏曾随米丁多甫到过恒滚河及精奇里河。他此次越境以后,绝无音信。木氏反以罪犯越境误被杀戮向中国交涉。黑龙江将军竟代为追究,将行凶的五人治罪。同时木氏又派海军舰长聂维尔斯哥叶(Nevilskoi)从堪察克往南去调查黑龙江口及库页岛。聂氏发现库页实系一岛,与大陆隔一海峡可通航——证明前人的调查不确。他于一八五一年(咸丰元年)入黑龙江,并在其下流立二镇所,尼可赖富斯克(Nicolaievsk)及马隆斯克(Mariinsk),即我国旧籍的阔吞屯。

木氏于是年春回到俄京，要求政府索性占据黑龙江全北岸。在俄国外交史上，木氏是仇英派最力者之一。他以为英国企图称霸北太平洋东西两岸；如俄国落后，黑龙江必为英国所占，中国是不能自保其疆土的。咸丰元年四月初七日，俄国致理藩院的公文就代表木氏的思想：

> 敝国闻得有外国船只屡次到黑龙江口岸，想此船来意必有别情，且此帮船内尚有兵船。我们既系和好，有此紧要事件，当即行知贵国。设若有人将黑龙江口岸一带地方抢劫，本国亦非所愿，黑龙江亦与俄罗斯一水可通……[34]

此时俄国外长聂索洛得（Nesselrode）以为近东问题紧急，不宜在远东与中国起衅，力阻木氏的计画。尼古拉一世采取了折中的办法，黑龙江全北岸固不必占，但已立的两个镇所亦不撤弃。俄国实已违约而侵占黑龙江口，但北京不但未提抗议，且全不知有其事。

直到咸丰三年，俄国尚无侵占黑龙江全北岸的计画和行动。是年俄国致理藩院的公文只求中国派员与木氏协立界碑及划分无界之近海一带。此文明认“自固（格）尔毕齐河之东山后边系俄罗斯地方，山之南边系大清国地方”[35]。我国经理藩院及黑龙江将军计议后，允许派员协同立碑划界，并未疑此中别有野心。

不幸这时近东问题竟引起战争。一八五三年，俄国对土耳其宣战。次年，英、法联军以助土耳其。这个所谓克里蒙战争

(Crimean War)不但未牵制俄国在远东的行动,反供给木里裴岳幅所求之不得的口实。我们不是说,倘西方无克里蒙战争,俄国就不会侵占东北的边境。细读过本文前段的人知道,俄国在远东之图往南发展是积势使然。我们不过要指出,克里蒙战争促进了木氏的计画。是时俄国在堪察克的彼得洛彼甫罗甫斯克(Petropavlovsk)已设军港,并驻有小舰队,英、法为防止俄船出太平洋扰害海上商业计,势必派遣舰队来攻:近东战争居然波及远东!俄国为应付起见,以为惟假道黑龙江方足济事。这举固然不合公法,但"急须不认法律"。木氏在伊尔库次克及尼布楚积极的预备了军需、船只及队伍。咸丰四年春,他遂率领全队闯入黑龙江。

木氏在未起程之先,曾致书库伦办事大臣,声明他要派专差送紧要公文至理藩院。德勒克多尔济以与向例不符,不允所请。其实木氏知道北京必不许其假道;与其费时交涉,不若先造成事实。但假道的请求,在形式上他也算作到了。咸丰四年四月二十五日,他从石勒喀河起程,带汽船一只,木船五十只,木筏数十,兵一千。五月十三日抵瑷珲。他在此地所见的中国军备有船三十五只,兵约一千,大半背上负着弓箭,少数带着鸟枪,少数手持木矛,全队还有旧炮数尊。"二百年来,中国绝无进步":这是当时俄人的感想。我们地方官吏如何应付呢?吉林将军景淳的奏报说:

……查东省兵丁军器一概不足,未便遽起争端,止向好言道达,小船扯篷。胡逊布欲待始终阻拦,恐伤和睦,当派

妥员尾随侦探……[36]

盛京将军英隆及黑龙江将军奕格会衔的奏折完全相同。概括言之，疆吏应付外侮的方法不外"好言道达，尾随侦探"八字。中央的政策亦复相同，谕旨说：

……该将军惟当密为防范，岂可先事张皇。……即著严为布置，不可稍动声色，致启该国之疑。……如果该国船只经过地方，实无扰害要求情事，亦不值与之为难也。[37]

在东边海防紧急的时候，木氏正怕中国与之为难。所以他教北京俄国教堂的主教巴拉第(Palladius)上书与理藩院，代为解释。从这书中可以看见木氏要给中国什么麻醉品：

本大臣之往东海口岸也……一切兵事应用之项，俱系自备，并无丝毫扰害中国。……本大臣此次用兵，不惟靖本国之界，亦实于中国有裨。……如将来中国有甚难之事，虽令本俄罗斯国帮助，亦无不可。……[38]

原来俄国此举是友谊的，而且是慈善的！德勒克多尔济在库伦也得着一点麻醉品，他转告北京说：

该夷……复又言及英夷惟利是图，所有英国情形尽已访闻。初意原不止构怨于俄国，并欲与中国人寻衅。且在广东等处帮助逆匪，协济火药，甚至欲间我两国之好。[39]

英国是中国的大敌，俄国是中国的至友：从咸丰到现在，这是俄人对中国始终一贯的宣传。"昏淫"的满清并不之信，惟对于事实的侵略无可如何而已。理藩院给俄国的公文妙不可言：

> 此次贵国带领重兵乘船欲赴东海，防堵英夷，系贵国有应办之事，自应由外海行走，似不可由我国黑龙江、吉林往来。[40]

俄国的侵略当然不能以“似不可”三字抵阻之。咸丰五年俄国假道的人马三倍于四年的。此外尚有垦民五百，带有农具牲口，永久占据的企图已微露了。我国疆吏仍旧“尾随侦探”及“密为防范”。当时外交的软弱和不抵抗主义的澈底虽可痛惜，吾人亦不可苛责。咸丰帝原来是主张强硬外交的。在即位之初，他就责贬穆彰阿及耆英，把他们当作秦桧，而重用林则徐，好像他是岳武穆。咸丰帝对外之图抵抗实在是心有余而力不足，当时太平天国声势的浩大还在现今□□军之上。东三省的军队多数已调进关内。五年冬，吉林将军景淯的奏折把当时的形势说得清楚极了：

> 查三姓、珲春、宁古塔皆有水路与俄夷可通，距东海则各以数千里计。其间惟松花江两岸有赫哲、费雅哈人等久居，余则旷邈无涯，并有人迹不到者，控制诚难。……寻思该夷自康熙年间平定以来，历守藩服。今忽有此举动，阳请分界，阴图侵疆；以防堵英、佛为名，俾可恣意往来。其不即肆逞者，乃因立根未定耳。今当多 故之秋，又乏御侮之力，此中操纵，允宜权量。各处旱道原多重山叠嶂，彼诚无所施其技；水路则节节可通。又就人力论之：黑龙江存兵固多，

> 病在无粮;吉林既无粮而兵又少。再就官弁情志论之:此时皆知自守,谁敢启衅?……查吉林额兵一万一百零五名,四次征调七千名,已回者不及八百名。三姓、珲春、宁古塔刻下为至要之区,三处仅止共存兵八百余名。虽令各该处挑选闲散,团练乡勇,究之为数无几。到城驻守,行资坐费,无款可筹。……㊶

抵抗虽不可能,我国当时的外交还有一条路可试,就是根据咸丰三年俄国的来文与俄国趁早立碑分界。时人亦以此路为利多害少。三年冬,景淯本已派定协领富呢扬阿为交涉员。四年五月,木里裴岳幅超过三姓之后,富呢扬阿就去追他。行到阔吞屯附近,俄人告以木氏已到东海去打英国人。富呢扬阿见该处军备甚盛,而其赫哲引导亦不敢前往,遂折回了。于是吉林、黑龙江及库伦的疆吏决定各派一人,等到五年春会齐前往与木氏交涉。因时期及地点未预先约好,三处所派的交涉员东奔西跑,于八月内始在阔吞屯找着木氏。初十、十一、十二,木氏称病不见。十三日,木氏要求将黑龙江左岸划归俄国。我方代表以其要求与旧约不符,且“黑龙江、松花江左边有奇林、鄂伦春、赫哲、库页、费雅哈人等,系为我朝贡进貂皮之人,业已居住年久”,就当面拒绝。木氏给了他们一封公文,以便复命,交涉就完了。原来咸丰五年东北的情形已非三年可比。在咸丰三年,俄国尚无重兵在黑龙江一带;俄国尚不明东北的虚实;俄国政府尚不愿听木氏一意进行。到了五年,这些情形都不存在了。所以三年,俄国尚要求根据条约来立碑分界;五年,则要求根本废

《尼布楚条约》。不过在五年，木氏尚未布置妥贴，实不愿急与我方交涉。

克里蒙战役于一八五六年结束。俄国在一八五四及一八五五年不但击退了英、法舰队来犯东边海岸者，且在黑龙江下流立了两个重镇。等到战争一停，俄国在黑龙江的行动就变更性质：以先注重运军，现在则注重移殖农民；以先注重下流，现在则注重中流。呼玛尔河口、精奇里河口及松花江口均被占领，均设有镇市。一八五七年，俄国想派海军大将普提雅廷(Poutiatine)由天津进北京，中国不允，因为以往俄人只准由库伦、张家口进京。是年初，木里裴岳幅回俄署，要求政府给他全权及充分接济去强迫中国割地。俄政府概允所请。一八五八年春(咸丰八年)，木氏回到黑龙江，带有大部队，准备与中国作最后决算。

是时黑龙江将军是宗室奕山。在鸦片战争的时候，他曾充"靖逆将军"，带大兵到广州去"讨伐英逆"。英国兵打到广州城下的时候，他出了六百万元"赎城"的钱，并允将军队退去广州城北六十里。但在他的奏折里，他反说是英人求和。木里裴岳幅把奕山当作劲敌，未免过于重视他了。

奕山于咸丰八年四月初五日由齐齐哈尔抵瑷珲城[42]。木氏的船已停在江中。初六日，奕山派副都统吉拉明阿去催开议。木氏故意刁难，说他如何匆忙，无暇交涉。"再四挽留"，始允开议。初十日，木氏带通事施沙木勒幅(I. Shishmaref)及随员上岸进城。木氏要求：(一)中、俄疆界应改为黑龙江及乌苏里江；(二)两江的航行权属于中、俄两国，他国船只不准行走；(三)江左旧有居民率迁江右,迁移的费用由俄国出;(四)在通商口岸,俄国应与各国享同等权利,黑龙江亦应照海口例办理。奕山答以界线应照旧,即额尔必齐河及外兴安山脉;至于通商,黑龙江地方贫寒,通商无利,且通商易引起争执。这天的交涉"至暮未定而散"。

次日,十一日,木氏复进城交涉。他带来满文及俄文的约稿,其内容与初十日所要求者相同,惟江左旧居人民,北自精奇里河,南至霍勒木尔锦屯(Hormoldzin),可不迁移。经过若干辩论之后,木氏留下约稿遂回去了。奕山派佐领爱绅泰把约稿送还,以表示不接收的意思。木氏又送来。奕山又教爱绅泰带约稿去,声明须删去"以黑龙江、松花江为界"一句。木氏把约稿留下,"声言以河为界字样断不能删改,其余别事,明日进城再议"。

等了两天,木氏全无动静。十四日,他又带原稿进城,要求奕山签字。奕山拒绝了,且加上一层理由,谓乌苏里河系属吉林将军所辖,他不能作主。"木酋勃然大怒,举止猖狂,向通事大声喧嚷,不知作何言语,将夷文收起,不辞而起。"咸丰八年五月十四日是瑷珲交涉的大关键。奕山的奏折说:

>……先是木酋未来之前,有夷船五只,夷人数百名,军械俱全,顺流而下,行数十里停泊。木酋来时,随有大船二只,夷人二三百名,枪炮军械俱全,泊于江之东岸,尚属安静。自木酋忿怒回船后,夜间了望夷船,火光明亮,枪炮声音不断……

饱受惊慌之后，十五日奕山就签订《瑷珲条约》了。此约仅二款，第一款论分界，第二款论黑龙江通商[43]。疆界西面仍依额尔古纳河；自额尔古纳河入黑龙江之点起，直到黑龙江入海为止，左岸全属俄国，右岸（南岸）则分两段，自额尔古纳河到乌苏里江属中国，乌苏里以东算中、俄共管。黑龙江及乌苏里江只许中、俄两国船只行走。江左自精奇里江至霍勒木尔锦屯的旧居人民“仍令照常居住，归大清国官员管辖”。通商一款甚简略：“两国所属之人永相和好。乌苏里、黑龙江、松花江居住两国之人，准其彼此贸易。两岸商人责成官员互相照看。”

《瑷珲条约》的严重，在我国外交史上简直无可与比拟者。外兴安以南、黑龙江以北完全割归俄国；乌苏里以东的土地，包括吉林省全部海岸线及海参崴海口划归中俄共管，这是直接的损失。间接则俄国自《瑷珲条约》以后，在太平洋沿岸的势力又进一步；列强的世界帝国角逐因之更加紧急，而现在的东北问题即种根于此。且有了咸丰八年的《瑷珲条约》，就不能不有咸丰十年的《北京条约》。

奕山所以签订这约的原故是极明显的。第一，木氏的“勃然大怒”及“枪炮声音不断”把他吓坏了。第二，木氏为他留了塞责的余地。江左屯户仍归中国管理，乌苏里以东算中、俄共有。作到了这种田地，奕山自己觉得他上可以搪塞朝廷的责备，下可以安慰自己的良心。第三，奕山全不明了所失土地的潜伏价值。江左屯户既保存了，“此外本系空旷地面，现无居人”。前文已经说过，东北边境除供给皇室貂皮及人参以外，与国计民生绝未发生关系。奕山的昏愚很可代表他的国家。这一年中国对俄外交所铸的错尚不止《瑷珲条约》。清廷及在天津交涉的桂良、花沙纳均错上加错。

奕山订约的报告及《瑷珲条约》的约文于五月初四送到北京。朝廷并不加斥责，谕旨说："奕山因恐起衅，并因与屯户生计尚无妨碍，业已悉行允许。自系从权办理，限于时势不得已也。"不但奕山可以原谅，且他的办理尚可实用于乌苏里以东的地方。谕旨继续说："即著景淯（吉林将军）迅速查明，如亦系空旷地方，自可与黑龙江一律办理。"[44]咸丰帝之所以承认《瑷珲条约》，并不是因为他素抱不抵抗主义，也不是单独因为奕山之"限于时势不得已"，是因为是时中国的内政、外交全盘"限于时势不得已"。太平天国的平定到此时尚全无把握，此外又有英、法的联军及英、美、法、俄四国通商条约的交涉。联军于四月初攻进大沽海口，直进天津。清廷急于北仓、杨村、通州设防，京城亦戒严。《瑷珲条约》送到北京的时候，天津的交涉正有决裂之虞。当时我们与英、法所争的是什么呢？北京驻使，内地游行，长江通商：这是双方争执的中心。这些权利的割让是否比东北土地的割让更重要？大沽及天津的抵抗是否应移到黑龙江上去？我们一拟想这两个问题，就可以知道这时当政者的"昏庸"。咸丰四年，西洋通商国家曾派代表到天津和平交涉商约的修改。彼时中国稍为通融，对方就可满意。清廷拒绝一切，偏信主张外交强硬论的叶名琛。叶氏反于全国糜烂的时候，因二件小事给英、法兴师问罪的口实。咸丰时代与民国近年的外交有多大区别呢？

桂良及花沙纳在天津的外交策略不外离间敌人。他们知道英国最激烈，法国次之，美国及俄国又次之。法、美、俄三国亦知道只要有最惠国待遇一条，其他都可让英国去作恶人。桂良等如何应付美、法二国与本文无关，无须叙述；至于他们与俄国代表普提雅廷的交涉，与东北问题关系甚大，不能不详加讨论。

普提雅廷与英、美、法三国公使同到大沽，同到天津。他最初给桂良等的照会要求二事：（一）割黑龙江以及乌苏里以东与俄国；（二）许俄人在通商口岸有与别国同等的通商权利。他的策略则在输灌麻醉品，以期收渔人之利。照会的一段说：

> 以上两条，如不斥驳，大皇帝饮定，所有两国争竞之事均可消弭。俄国所求，俟得有消息，竭力剿灭英、佛（法）两国，以期中国有益。……再阅贵国兵法器械，均非外洋敌手，自应更张。俄国情愿助给器械，并派善于兵法之员前往，代为操练，庶可抵御外国无故之扰。[45]

桂良等及清廷对于俄国这种意外之助是疑信参半的，但京内京外均以为最低限度应使俄国不与英、法合作，或在旁边怂恿，所谓“助桀为虐”。关于划界，桂良等答以奕山已奉派负责交涉；关于通商，他们以为已开口岸多一俄国亦无妨碍。所以他们与普提雅廷就订了中俄《天津通商和好条约》。其第九款与边界有关：

> 中国与俄国将从前未经定明边界，由两国派出信任大

臣秉公查勘，务将边界清理补入此次和约之内。边界既定之后，登入档册，绘为地图，立定凭据，俾两国永无此疆彼界之争。㊻

有了这款，俄国便可要求划分乌苏里以东的地方，我国全无法拖延。这是桂良等联络普提雅廷代价之一。北京承认《瑷珲条约》的谕旨，他们也抄送了一份。普氏即要求决定乌苏里以东的土地归俄国。桂良等也答应了，以为这就是谕旨所说“与黑龙江一律办理”。所以奕山在瑷珲争得的共管之地，桂良等在天津实已赠送俄国，惟条约尚待订而已。

桂良等在天津与英、美、法所订的条约许了外人两种权利与以后东北问题有关系的：一种是牛庄开通商口岸，一种是外人得入中国传教。这两种权利，尤其是牛庄通商，促进了东北问题的世界化。

总之，中国在咸丰八年的外交全在救目前之急，其他则顾不到了。在瑷珲如此，在天津亦复如此。

六　俄国友谊之代价

等到英、法联军一退出天津，目前的危急一过去，清廷就觉得《瑷珲条约》及天津诸条约损失太大，非图补救不可。《天津通商条约》的补救不在本文范围之内，但有一点不能不指出：因为中国要取消北京驻公使、长江开通商口岸及外人在内地的游行，所以引起了咸丰九年及十年的中外战争。有了十年的英、法联军,然后有中、俄的《北京条约》。换言之,因为到了十九世纪的中叶,中国还不图在国际团体生活之中找出路,反坚持站在国际团体之外,俄国始得着机会作进一步的侵略。

《瑷珲条约》及桂良给普提雅廷的诺言之挽回当然困难极了。在东北边境未丧失以前,我国觉得为势所迫,不得不割让;既割让之后,要俄国放弃其已得权利岂不更加困难?中、俄势力的比较及世界的大局并未因英、法联军的撤退就忽变为有利于我;而我方之图取消北京驻使、长江通商及内地游行更能使西欧与美国和东欧团结。这些国家虽是同床异梦,然我方的政策迫着她们继续同床。咸丰九年及十年之最后努力不能不失败,这是很自然的。这种努力的发展、方法及终止的原因是我国外交史的一幕大滑稽剧,同时也是一幕大悲剧。

《瑷珲条约》定后,朝廷原以吉林东边空旷地方亦可照黑龙江左岸的办法,但教吉林疆吏去调查地方实际情形。我方尚未调查,木里裴岳幅已带领人员入乌苏里江。疆吏关于此事之报告于八年七月初一到北京。朝廷当日下的谕旨说:

> ……除黑龙江左岸业经奕山允许,难以更改,其吉林地方,景淳尚待查勘,本不在奕山允许之例。……倘夷酋有心狡赖,即著严行拒绝。……该夷此次驶赴天津,业已许其海口通商,并经奕山将黑龙江左岸准其居住往来,即吉林各处未能尽如所欲,在我已属有词,在彼谅未必因此启衅也。[47]

从这道谕旨,我们可以看出清廷在八年七月初已决定黑龙江左岸不能挽回，亦不图挽回，但乌苏里以东之地则断不割让。七月初的态度已与五月初的不同，其理由幼稚极了。俄国既得了黑龙江左岸，更加要乌苏里以东的地方。朝廷的态度虽变了，疆吏尚不知道，所以七月初八日，黑龙江副都统吉拉明阿给了木里裴岳幅一个咨文，说："乌苏里河及海一带地方，应俟查明，再拟安设界碑。"[48]这明是承认中俄可以划分乌苏里以东的地方。实际的划分虽推延到查明以后，但推延不是否认，且与外人交涉，推延是大有时间限制的。

疆吏的调查报告于十二月二十日送到北京。他们说乌苏里一带的地方南北相距一千四百余里，"俱系采捕参珠之地"，两岸住有赫哲、费雅哈等，"历代捕打貂皮，皆在该处一带山场，均属大有关碍；且该处距兴安岭甚远，地面辽阔，统无与俄夷接壤处所"[49]。最奇怪的，他们的报告不提海山威，足证彼时海山威与东北关系之不重要。朝廷得此报告后，于二十一日下旨，说：

> ……该夷要求黑龙江左岸居住，奕山遽尔允准，已属权宜；此次无厌之求，著该将军等妥为开导，谕以各处准添海口，皆系大皇帝格外天恩；因两国和好多年，是以所请各事，但有可以从权者，无不曲为允准。此后自应益加和好，方为正办。若肆意侵占，扰我参珠貂鼠地方，是有意违背和议，中国断难再让。……[50]

后三天，复有一道谕旨责备吉拉明阿：

> 绥芬、乌苏里两处，既与俄夷地界毫不毗连，且系采捕

> 参珠之地，当时即应据理拒绝。何以副都统吉拉明阿辄许木里裴岳幅于冰泮时驰往查明，再立界碑？[51]

清廷的态度虽较前强硬，反于此时从吉林调兵一千驻守山海关，从黑龙江调兵一千驻守昌黎、乐亭以防英、法之再来[52]。可见彼时政府仍以防英、法的通商要求比防俄国的侵占疆土为更重要，更急迫。

俄国为促进乌苏里边界之"登入档册，绘为地图，立定凭据"，一面派人进京互换中俄《天津条约》的批准证书，并作进一步之交涉，一面由木里裴岳幅派人去测量乌苏里区域。疆吏既不敢违旨会同查勘，又不敢挡住俄人的进行，结果木氏的委员伯多郭斯启（Lt. -CoL. C. Budogoski）于九年的春夏单独测量和绘图。俄国的公使丕业罗幅斯奇（Pierre Perofski）于八年冬抵北京。我国派户部尚书管理理藩院事务肃顺及刑部尚书瑞常与之交涉。九年三月中，批准证书互换以后，丕氏提出八项要求，其中第一项即系关于划界的事。可惜《夷务始末》不录来文，只录军机处的答词，但从这答词中，我们可看出朝廷态度之又一变：

> 中国与俄国地界，自康熙年间鸣炮誓天，以兴安岭为界，至今相安已百数十年。乃近年贵国有人在黑龙江附近海岸阔吞屯等处居住。该将军念两国和好之谊，不加驱逐，暂准居住空旷之地，已属格外通情。今闻欲往吉林地界。该处距兴安岭甚远，并不与贵国毗连，又非通商之处，断不可前往，致伤和好。黑龙江交界之事，应由我国黑龙江将军

斟酌办理。京中不能知其情势，碍难悬定。[53]

换句话说，军机处仍认《尼布楚条约》为中俄疆界的根据。虽未明文的否认《瑷珲条约》，等于否认了，因为就是黑龙江左岸，奕山尚止"暂准"俄人居住，吉林东部更谈不到了。俄国于五月里因他故改派伊格那提业幅(Ignatief)来京交涉。伊氏在俄国外交界算一能手，他曾出使中央亚细亚的小邦，以能了解亚洲人的心理得名。我方仍由肃顺、瑞常二人负折冲樽俎之责。肃顺是咸丰末年的权臣，手段亦不凡。伊氏遇着他可说是棋逢敌手。伊氏能强词夺理，虚言恫吓；肃顺也能。在未叙述此剧之先，我们应说明疆吏的应付及中外大局的变迁。

咸丰九年五月，吉林疆吏的警报纷纷到京，说俄人如何已进到乌苏里江的上流，并在该处盖房屋，筑炮台。与之理论，他们总"恃为约内有乌苏里河至海为中国、俄国共管之地一语"。五月初十的谕旨要署吉林将军特普钦"与之决绝言明，将前约中此语改去，方为直截了当"[54]。此时北京方明了祸根所在，所以五月十二日又有一道谕旨：

> 绥芬、乌苏里河地属吉林，并不与俄国接壤，亦并非黑龙江将军所辖地方。上年该将军奕山，轻信副都统吉拉明阿之言，并不与俄国使臣剖辩明白，实属办理不善，咎无可辞。黑龙江将军奕山著即革职留任，仍责令将从前办理含混之处办明定议。革职留任副都统吉拉明阿著即革任，并著特普钦派员拿赴乌苏里地方枷号示众，以示惩儆。[55]

“咎无可辞”当然是对的，但一年以前朝廷已有明旨认《瑷珲条约》是出于“势不得已”；并且何以吉拉明阿之罪反重于主政的奕山？朝廷也知道此中赏罚的不公，不过此举是对外而非对内的。同日还有一道密旨给特普钦：

> ……特普钦接到明发谕旨，即可宣示夷酋，告以乌苏里等处本非俄国接壤，又与海路不通。奕山、吉拉明阿已为此事身获重罪。若再肆意要求，我等万难应允。前此奕山等将黑龙江左岸借给俄国人等居住，大皇帝既已加恩，自不至有更改。其未经议定之地，任意闯越，即是背约。岂有吉林地界转以黑龙江官员言语为凭之理？……该酋见吉拉明阿获罪已有明征，自必气馁，而特普钦等据理措词，当亦较易。……[56]

这种对外方法确带了亚洲人的特性在内。同时吉拉明阿以副都统的官职而枷号示众于乌苏里地方，未免于天朝的面子不好看。宜乎木里裴岳幅对这套把戏不过付之一笑。

凑巧咸丰九年的五月，中国对英、法得了意外的胜利。自英、法联军离开天津以后，朝廷即命僧格林沁担任畿辅的海防。大沽的炮台加料重修；海河也塘塞了；沿海均驻军队。惟留了北塘以便各国公使带领少数随员进京交换《天津条约》的批准证书。英、法、美三国公使于九年五月抵大沽口外，英、法公使带有不少的海陆军。他们决意要由大沽口进，不由北塘进。五月二十五日晨，英、法起始毁我方堵河防具。僧格林沁遂下令反攻。

不但海军大受损失,陆军登岸者亦死伤过半。于是北京及东北疆吏对俄稍为胆壮,我们对英、法的胜利影响了对俄的交涉。

伊格那提业幅于五月初十由恰克图起程。他到北京的时候正在大沽捷音传到之后。六月初,他提出草约六条,要求中国承认。其中第一条有关东北:

> 补续一千八百五十八年玛乙月(五月)十六日在黑龙江城所立和约之第一条,应合照是年伊云月(六月)初一日在天津地方所立和约之第九条:此后两国东疆定由乌苏里江、黑龙江两河会处,沿乌苏里江上流,至松阿察河会处;由彼处交界,依松阿察河至兴凯湖及珲春河,沿此河流至图们江,依图们江至海口之地为东界。[57]

伊氏要求的根据是《瑷珲条约》和《天津条约》。《瑷珲条约》明载乌苏里以东之地为两国共管;倘根据此约来分界,应由中、俄均分,不应由俄国独占,更不应由俄国占据乌苏里流域以外的土地,如伊氏草约所拟。《天津条约》第九条只说两国应分界绘图立碑,并没有规定划分的方法。伊氏也觉得他的根据不充足,所以在其说明书内又引咸丰八年五月初四日桂良及花沙纳给普提雅廷的咨文,且加上一段宣传麻醉品:

> ……本国从东至西一万余里,与中国相交一百余年,虽有大事,并未一次交锋。若英吉利等,十余年之间,常至争斗,已经交锋三次。然逾数万里地尚且如此,况离此相近乎!若英、佛(法)两国往满洲地方东岸,兵船火船,来时甚

> 易。中国海界绵长,战法各处皆不能敌,惟本国能办此事。若中国与本国商定,于外国船只未到彼处之先,先与本国咨文,将此东方属于本国,我国能保不论何国,永不准侵占此地。如此中国东界,亦可平安。且须知我国欲占之地,系海岸空旷之处,于中国实无用处。且贵国使者须知,因本国官员到彼,并未见有中国管理此处官员之迹,我们业经占立数处。[58]

在咸丰年间,英法虽曾攻下广州、天津、北京,但均于和议定下退去。至于东北海岸,英、法不但未曾占领,且未曾有此拟议。伊氏也深知此中情形,不过故意作此谣语,以欺不明世界大局的中国人。这个当,军机处是不会上的。答复虽在法律上很难讲过去,但用了彼之矛以刺彼之盾:

> ……中国与俄国地界,自康熙年间鸣炮誓天,以兴安岭为界,凡山南一带流入黑龙江之溪河尽属中国,山北溪河尽属俄国,所定甚为明晰。至黑龙江交界应由黑龙江将军与贵使臣木里裴岳幅商办。其吉林所属之地,并不与俄国连属,亦不必议及立界通商。贵大臣所云恐有他国侵占,为我国防守起见,固属贵国美意,断非借此侵占我国地方,然若有别国占踞,我国自有办法。今已知贵国真心和好,无劳过虑。[59]

军机处与伊氏有了这次文书的往来,遂由肃顺、瑞常负责交涉。六月二十三日初次会晤的时候,伊氏面请肃顺阅读桂良及花沙纳所发之咨文,内附有批准《瑷珲条约》的谕旨。肃顺等不承认有此谕旨,但三日后又去一咨文,声明虽有此谕旨,但与吉林东界事无关,所以伊氏带来之稿本,“谅必因钞写之误”。六月二十八日,伊氏回答:“此等大事,不可有钞写错误之处。本大臣恳乞贵大臣将桂良所奉谕旨原文,送交与我,以便查对错误之处。”肃顺等答以谕旨原文存大内,不便检阅[60]。适是时伯多郭斯奇带乌苏里区域的地图来北京。伊氏遂要求按俄国新绘地图,即在北京定约分界。“不然,焉能得免侵占?”肃顺等七月初一日的答文,措词同样的强硬。在乾隆时代,因俄国不讲理,中国曾三次停止互市。乾隆年间作过的事,此时也能再作。如俄国此次不讲理,中国不但要停止互市;“即已经许借与贵国之黑龙江左岸空旷地方,阔吞屯、奇吉等处”,亦将不借与。“是贵国求多反少也。总之,绥芬、乌苏里江等处,是断不能借之地。贵国不可纵人前往,亦不必言及立界”[61]。

双方话已说到尽头,条件相差甚远。伊氏行文军机处,要求中国改派别人担任交涉。军机处告诉他说,肃顺、瑞常“皆系我大皇帝亲信大臣”,不能改派。伊氏仍不肯放弃,历夏秋二季,屡次向军机处行文,均是旧话重提,空费笔墨。军机处亦以旧话搪塞,但在十一月十六日的照会内,加上一层新理由,即吉林人民之不愿[62]。好像中国此时要援人民自决的原则。可惜这次人民的意志实在如何,我们无从知道。俄人在乌苏里区域测量者均说当地的人欢迎俄人去解除他们从满人所受的压迫。至于军机处所说的吉林人的反对割让,全是北京闭门捏造的。十年正月十六日的谕旨显露此中的实情：

> 现在俄夷以吉林分界一节屡次行文，哓渎不已。当经复以绥芬、乌苏里等地界，奕山等妄行允许后，该处民人以中国地方不应被夷人占踞，公同具呈控告，是以奕山革职，吉拉明阿枷号；并未奉旨允准。傥该国前往占踞，该处民人出来争论，反伤和好等语：借以措词，以冀消其觊觎之心。如该酋伊格那提业幅将此复文知照木里裴岳幅，恐其向该将军询问，吉林人民有无同递公呈，不愿该夷在绥芬、乌苏里住居之事，著景淳、特普钦遵照前说，加以开导，以坚其信，勿致语涉两歧，是为至要。[63]

伊氏于十年四月初一致最后通牒，限三日答复。军机处丝毫不退让。照复说：

> ……至乌苏里、绥芬地界，因该处军民人等，断不相让，屡次递呈，现已开垦，各谋生业，万不能让与他人。经该将军等将此情节据实奏明，因恐贵国之人去到，该处人等不容，必致反伤和好。中国向来办事，皆以俯顺民情为要，是以碍难允准。[64]

伊格那提业幅接到此文以后，宣布交涉决裂，于四月初八离开北京。

这时，木里裴岳幅在乌苏里一带照其自定计画，进行测量、开垦、设防。疆吏虽未抵抗，亦未与划界定约，且似在火燃眉毛的时候，稍图振作。吉林、黑龙江皆办团练。吉林则略为解放山禁,多招参商刨夫入山,“以资兵力”。在咸丰十年的春天,两省的奏折都有调兵设防的报告,好像他们准备抵抗。

不幸十年的夏天,我国另起了风波,把对俄的强硬都消灭了。英、法两国为报复大沽之仇,加添要求,并厚集兵力于远东以图贯澈。伊格那提业幅适于是时交涉失败后,愤愤不平的离开北京,直到上海、香港去挑衅。他见了英、法的代表就大骂北京当局的顽固与不守信义[65];西洋各国应一致对付中国,并且非用武力不可。但他的行动亦被我方探知。五月中,暂署两江总督江苏巡抚薛焕的奏折说:

> ……查俄国使臣忽然骤至,未审意欲何为,连日亦未来请见。当饬华商杨坊等密探。旋据报称……今因俄酋到此,极力怂恿英、佛(法)打仗,并云在京日久,述及都门并津沽防堵各情形,言之凿凿。谆告普鲁斯(Bruce)、布尔布隆(Bourboulon),不必误听人言,二三其见,竟赴天津打仗,必须毁去大沽炮台,和议方能成就。而普酋、布酋为其所惑,主战之意愈坚。……[66]

我方知道了这种消息以后,当然设法预防。

六月初,英法联军齐集于大沽口外。伊格那提业幅已先到,并带有兵船四只。美国公使华若翰(John E. Ward)亦带有两只兵船在场。初四日,我方接到伊氏照会,询问中俄《天津条约》何以尚未在各海口宣布,并言“英佛与中国有隙,愿善为说合”。他的“说合”,军机处明知不可靠,但当危急的时候,又不敢多得罪一国，所以含糊回答他说："今贵国欲为说合，足见贵使臣美意。在天朝并无失信于二国，又何劳贵国替中国从中调处。"伊氏颇为失望，遂转告法国公使葛罗（Baron Gros）由北塘进兵的便利[67]。七月中，英法联军已进天津，桂良与英法的交涉将要完成的时候，伊氏又来文，要求中国许他进京。军机处还是怕他生事，所以回答他："暂可不必，应俟英佛二国换约事毕，再行进京办理可也。"[68]等到英、法已经到了圆明园，预备攻安定门的时候，伊氏嘱俄国教士向恭亲王奕䜣要求许他进京，我方依旧拒绝："如果有意为中国不平，亦必在外代为调停；俟两国之兵退后，即可照常来京。"[69]此是八月二十二的事。可见我方防备伊氏到什么程度。

英法军队于八月二十九日进北京；伊氏也跟进了。中国的外交到了这种山穷水尽的时候，伊氏的机会也就到了。九月初二日，咸丰帝自热河行宫宣布谕旨："著恭亲王等迅即饬令恒祺往见该夷（英法代表），仍遵前约，不另生枝节，即可画押换约，以敦和好。"[70]换言之，朝廷已决定接收英法的条件。伊氏于九月初五致信于法国公使葛罗，说他如何在北京力劝留守大臣迅速接受英法的条件[71]。英法进攻的原意在强迫中国承认《天津条约》及雪大沽之耻，并不在占据北京。英、法联军在北京的时候，咸丰帝已逃避热河，北京官吏能逃者也逃散。倘和议不成，势必须进兵热河，那末，时季已到秋末，须等来年。倘英法压迫太甚，清廷或将瓦解。列强在远东的角逐很能引起世界战争。是时英法因为意大利的问题全盘关系已趋紧张。因为这些原故,英国公使额尔金(Lord Elgin)及法国公使葛罗均以为宜速定和议,速撤军队,否则夜长梦多,枝节横生。所以他们将赔款现银部分由二百万两减到一百万两。此中背景,恭亲王及文祥——我方的全权代表——当然无从知其详,而伊格那提业幅则完全知道。因此他又向我方冒功。

九月十一日及十二日英法《北京条约》签订之后,伊格那提业幅遂向恭亲王要求报酬。我方代表的感想如何见于他们九月十三日所具的奏折:

> ……本日复接伊酋照会,以英、佛两国业已换约,仍以所祈之事,请派大员前往商酌等语。臣等思英佛两夷敢于如此猖獗者,未必非俄酋为之怂恿。现虽和约已换,而夷兵未退,设或暗中挑衅,必致别生枝节,且该酋前次照复,有兵端不难屡兴之语。该夷地接蒙古,距北路较近。万一衅启边隅,尤属不易措手。查前次该酋向崇厚等面称,允给英、佛等银两,尚可从缓,且可酌减,并不久驻京师,夷兵亦令退至大沽等处。现英佛议减现银一百万两,难保非该酋豫探此语,有意冒撞。而此次照会内,颇有居功之意,心殊叵测。[72]

是以恭亲王、桂良、文祥并非觉得俄国有恩于我故必有以报之;他们不过觉得伊氏挑拨之力太大,非使其满意不可。后英国军队因故退出北京稍迟数日,恭亲王等更急了。他们九月二十日的奏折说:"且英佛两夷之来,皆属该夷怂恿。傥或从中作祟，则俄夷之事一日不了，即恐英夷之兵一日不退，深为可虑。”[73]

伊氏所索的报酬除东北疆土外，尚包括西北边界及通商与邦交的权利。恭亲王既以速决为要，所以九月二十三日中俄《北京条约》就议好了；十月初二日（西历十一月十四日）签字。这约的第一条就是规定东北的疆界的，也是全约最要紧的一条。条文如下：

> 议定详明一千八百五十八年玛乙月十六日，即咸丰八年四月二十一日，在瑷珲城所立和约之第一条，遵照是年伊云月初一日即五月初三日，在天津地方所立和约之第九条：此后两国东界定为由什勒喀、额尔古纳两河会处，即顺黑龙江下流至该江、乌苏里河会处，其北边地属俄罗斯国，其南边地至乌苏里河口所有地方属中国；自乌苏里河口而南，上至兴凯湖，两国以乌苏里及松阿察二河作为交界，其二河东之地属俄罗斯国，二河西属中国；自松阿察河之源，两国交界逾兴凯湖直到白棱河，自白棱河口，顺山岭，至瑚布图河口，再由瑚布图河口，顺珲春河及海中间之岭至图们江口，其东皆属俄罗斯国，其西皆属中国；两国交界与图们江之会处及江口相距不过二十里。……[74]

这两个条约——《中俄瑷珲条约》及《中俄北京条约》——在世界历史上开了一个新纪元，即土地割让的纪录。我国在咸丰八年及十年所丧失的土地，其总面积有四十万零九百十三平方英里。现今的东三省加上江苏,比我们这两年所丧失的土地只多一千四百平方英里。法、德两国的面积,比我们这两年所丧失的土地,还少六千五百三十一平方英里。俄国从我国得着这大的领土不但未费一个子弹,且从始至终口口声声的说俄国是中国唯一的朋友。俄国友谊的代价不能不算高了!

咸丰以后的东北可称为半东北、残东北,因其面积缩小了一半有余,且因为她东边无门户,北边无自然防具——她是残缺的。所以到这种田地的原由有三。第一是太平天国的内乱;第二是咸丰年间全盘外交政策的荒谬,争所不必争,而必争者反不争。比这两个原由还重要、还基本的是在世界诸民族的竞进中,我族落伍了。有了这个原由,无论有无前两个原由,我们的大东北、全东北是不能保的。

附录之一:资料评叙

中文著作中尚无一种与本文范围相同的。西文中有三部著作,其范围与本文大致相同;其中两部均因十九世纪中年俄国在远东发展之速有所感触而著的,两部均是一八六一年出版的。(1)E. R. Ravenstein:*The Russians on the Amur. its Discovery Conquest, and Colonization*(London,1861)。著者用了不少俄国方面的材料,可惜甄别似欠功夫,且不详细注明出处。书后附有简略史料目录。(2)C. de Sabir:*Le Fleuve Amour - Histoire, Géographie, Ethnographie*(Paris,1861)。此书与前书的范围完全相同,资料大致相同,两书著者均系地理学家,两书前半皆叙历史,后半讲地理。(3)F. A. Golder:*Russian Expansion on the Pacific 1641-1850*。著者精通俄文,且专治史;他审查史料的严密远在前两个著者之上。书后附有详细书目,至为可贵。此外尚有北平燕京大学徐淑希教授之(4)*China and her Political Entity*(New York,1924)。此书实即一部东北外交史。西文著作论东北问题而参用中西的材料,据我所知,以此书为最早。

本文论《俄国的远东发展》的一节不过作背景的叙述,故极简略。欲作进一步的研究者应参看(5)G. E. Muller:*Sammlung Russischer Geschichte*,9 vols.(St. Petersburg,1732-1764)。此书出版几将两百年。批评者、抄袭者、继起者不少,但至今此书有读的必要,因为著者所见及所用的原料实不少。(6)J. E. Fischer:*Sibirische Geschichte*,2 vols.(St. Petersburg, 1768)。此书即抄袭前书者之一,不过著者深知西比利亚的历史,在重编前人著作的时候亦有所发明和纠正。关于满人向黑龙江的发展,至今尚无专著。《皇清开国方略》、《太祖高皇帝实录》、《东华录》及《盛京通志》等官书皆记有某年某月伐某部族或某部落来贡一类的事实,但对满人的武功不免夸耀过实,且所举地名及部落名称间有不可考者。何秋涛的《朔方备乘》收了他自己所著的(7)《东海诸部内属述略》及(8)《索伦诸部内属述略》。前书述清太祖、太宗征收牡丹江、乌苏里江、珲春河、黑龙江下流及库页岛各部落的事迹;后书述同时征收黑龙江上流各部落的事迹。两书皆根据咸丰以前的官书,不正确,甚简略,但有系统。

《中俄初次在东北的冲突》的主要资料即《朔方备乘》内的(9)《平定罗刹方略》。此亦官书之一,过于夸耀朝政,但其中保有几件重要谕旨及奏折。在事的人,如郎坦、萨布素诸人的传见于《清史列传》、《碑传集》,《清史稿》的“列传”类,皆无声无色,惟(10)《八旗通志》初集卷一百五十三之《郎坦(亦作谈)传》诚为至宝之史料。(11)吴振臣《宁古塔纪略》(见《小方壶斋舆地丛钞》)有一段纪“逻车国人造反”事,形容俄人炮火的厉害,大可补官书之偏。著者随其父在宁古塔戍所多年;其父亦为被调往征“逻车”者之一,故所记皆亲历的事。

《尼布楚的交涉》的主要史料当然是张诚的日记。张诚即康熙帝所信任的传教士之一,原名Jean Francois Gerbillon。其日记见于(12)J. B. du Halde: *Description Geographique, Historique, Chronologique, Politique, et Physique de L'Empire de la Chine et de la Tartarie Chinoise*, 4 vols. (La Haye, 1736)。康熙二十七年的日记(见卷四页一零三至一九五)仅记路程,与外交无大关系;次年的日记(见卷四页一九六至三零一)记尼布楚的交涉甚详。张诚是耶稣会的会员,不敢也不愿开罪中国;同时耶稣会正求俄国许其会员假道西比利亚来华,故亦不敢开罪俄国。他及徐日昇无疑的作了忠实的疏通者。不过日记言其调停之功过甚,因为双方政府最后的训令并没有冲突。《八旗通志》的《郎谈传》及《平定罗刹方略》大可补充张诚的日记。(13)Gaston Cahen: *Histoire des Relations de la Russie avec la Chine sous Pierre le Crand, 1689—1730* (Paris, 1912)。著者是法国的一个俄国史专家，且专攻中、俄的关系。俄国已出版的及未出版的史料，关于中俄这时期的往来的，他曾研究过，于书后备有详细目录。本书第一章论尼布楚交涉，其他各章论中、俄在北京的通商。关于尼布楚以前的交涉，我国旧籍过于简略，且多不实；最好的史料是(14) J. F. Baddeley: *Russia, Mongolia China: Being Some Record of the Relations between Them from the Beginning of the 17th Century tothe Death of the Tsar Alexei Mikhailovich, A. D. 1602—1676*, 2 vols. (London, 1919)。上卷大半是著者的叙论，说明俄国十七世纪以前的历史，俄人入西比利亚的经过，及西比利亚的地理；下卷则几全为史料，中有曾未出版者，内包括俄人出使中国的纪录及报告(页一三零至一六九，一九五至二零三，二四二至四二五)。书后有极好的目录。(15)张鹏翮《奉使俄罗斯行程录》(见《小方壶斋舆地丛钞》)，记康熙二十七年代表团的行程，亦可资参考。

尼布楚以后，咸丰以前，东北的状况，除《盛京通志》及《吉林通志》外，尚有(16)萨英额的《吉林外记》(光绪庚子年广雅书局刊)及(17)西清的《黑龙江外记》(出版同上)两书的叙述。《吉林外记》述事到道光初年止；《黑龙江外记》到嘉庆末年止。因其不为体裁所拘，这二书的史料价值反在官书之上。至于十九世纪的前半，列强如何竞争太平洋的海权，我们从(18) Foster Rhea Dulles: *America in the Pacific: A Century of Expansion* (New York, 1932)可窥见一斑。书后附有很详细的目录。

咸丰一朝，中、俄关于东北的冲突及交涉当以(19)北平故宫博物院出版的《咸丰朝筹办夷务始末》为主要史料。书共八十卷四十册，民国十九年出版。因此书的出版，在此书以前的著作均须根本修改。咸丰朝，我方主持中、俄交涉者——奕山、景淳、特普钦、桂毅、恭亲王奕䜣、文祥诸人——的文稿均于《夷务始末》初次发表。关于伊格那提业幅的挑拨，(20) Henri Cordier：*L' Expedition de Chine de 1860 - Notes et Documents* (Paris, 1906)及(21) Henri Cordier：*Histoire des Relations de la Chine avec les Puissances Occidentales 1860-1900*, 3 vols. (Paris, 1901)之第一册第六章有不少的材料，可惜法国人不知伊氏的狡猾。

俄文的资料必甚多，可惜著者因为文字的困难不能利用。在未直接利用俄方资料之前，我们谈不到东北外患史的最后定论。

附录之二：清太祖、太宗征服的边境民族考

草此文时，亟思参考人类学家的著作，以决定所谓索伦及窝集诸部的种类，于是向清华同事史禄国教授(Professor S. M. Shirokogoroff)请教并参用了他的*Social Organization of the Northern Tungus*(Commercial Press, 1929)。我参考了几张详细地图并审查了许多名字。我的结论大概如下：巴尔呼即西人所谓Bargut，是蒙古种类的。索伦即Solon，俄伦春即Orochun，均是北通古斯种类的。达呼尔即Dahur，其语言是蒙古语言的一种，其种类是蒙古种类或通古斯种类尚待考。窝集部的"窝集"实即

满文的森林;此部支派甚多,按其风俗及区域大概是 Goldi。奇勒尔即 Gilak;库叶即居库页岛的 Gilak。赫真及飞牙喀大概也是 Goldi。穆伦、奇雅、瓦尔喀大概是 Udehe。

附录之三:释“俄罗斯察罕汗”

“察罕”或“察汉”并非任何俄皇的名字,亦非 Tsar 的译音。二字实即蒙古文之白色的“白”字。“察罕汗”就是“白汗”这是当时蒙古人给俄皇的称呼而我国抄袭之,正如蒙古人称清朝皇帝为 Bogdikhan 而俄人借用之,光绪年间总理衙门曾因 Bogdikhan 一字向俄国提出抗议。凡此足证中、俄两国最初的相识是以蒙古文及蒙古人为媒介的。

附录之四:《尼布楚条约》之条文考

现今最有权威的中国条约集是海关总税务司所出版的 *Treaties, Conventions, etc. between China and Foreign States*, 2vols. (Shanghai)。书中所载之《尼布楚条约》有中文、法文及英文三种。其法文稿录自张诚的日记,中文稿录自《通商约章类纂》。按《类纂》所录者即《平定罗刹方略》所记的界碑碑文。此碑文原用汉、满、蒙、俄及拉丁五种文字,但所刊的并非条约全文,不过其撮要而已。且界碑并非中、俄两国共同设立,乃中国单独设立,其无权威可知。旧外务部所刊的《各朝条约》有碑文，亦有条约全文，碑文录自《平定罗刹方略》，约文系录自《黑龙江外记》。著者西清明说(卷一页十一)他得着条约的满文稿，再由满译汉，所以中文的《尼布楚条约》仅有这《外记》所录的。以《外记》的条文来比张诚日记的条文，不符之处颇多。原来《尼布楚条约》以拉丁文本为正本，是两国代表所同签字的。这拉丁文本是张诚撰稿的；日记的法文本是张诚自己所译的。所以最有权威的是拉丁文本，其次要算日记里的法文本。兹特从这法文本译汉如下(原文见 Du Halde, vol. Ⅳ, pp. 242-244)：

大皇帝钦派：

领侍卫、议政大臣、内大臣萨额图，内大臣、一等公、都统、国舅佟国纲，都统郎坦，都统班达尔善，镇守黑龙江等处将军萨布素，护军统领玛喇，理藩院侍郎温达，于康熙二十八年七月，在尼布楚城附近，会同俄国全权大臣果罗文，为要禁绝那般越界捕猎及抢掠杀人滋事的不法之徒，并要确实划清中华及马斯哥两帝国的边界，更要建立永久的和平及谅解，双方一意的议定下列诸款：

第一条。自北流入黑龙江的绰尔纳河(Chorra, Shorra)，即满文的乌鲁木河，最毗近的额尔必齐河即作为两国的边界。处于额尔必齐河河源之上的，而且绵延至海滨的山脉亦作为两国的边界：从这山脉之南流到黑龙江的一切大小溪河及山脉峰脊之南的一切土地皆归中华帝国所有；山脉之北的一切土地溪河皆归马斯哥帝国所有。但这山脉及乌特河之间的土地暂不划分；等到两国大使返国，得了决定此事的必须知识,然后或由大使,或由函札,再行决定。

此外流入黑龙江的额尔古纳河也作为两帝国的边界:这额尔古纳河以南的一切土地均属中华帝国;以北的一切土地均属马斯哥帝国。在眉勒尔甘河(Meritken)流入额尔古纳河之处,在南岸已有的房舍均应迁至北岸。

第二条。马斯哥人在雅克萨所建的城垣应尽毁灭。马斯哥帝国的臣民在雅克萨居住的,连同他们的财物应撤回至马斯哥王的领土。

两国猎户,无论因何事故,均不得超越上面的疆界。

如有一二小人越界游行,或为捕猎,或为窃盗,应即行擒拿,送交两国边境的巡抚或武官。该巡抚审知罪情后,应给以相当的惩处。

如十人或十五人以上聚群携械,越界去捕猎,或抢掠,或杀对方的人民,应奏报两国的皇帝。所有犯这类的罪的人,审明属实,应处以死刑。但不得因私人的暴行引起战争,更不得因此而致大流血。

第三条。以往所有的争执,无论其性质如何,今以后忘记不计。

第四条。自两国宣誓成立本永久和约之日起,两国绝不收纳对方的逋逃。如有人从一国逃到对方国去,应即擒拿送回。

第五条。马斯哥臣民现在中国者及中国臣民现在马斯哥国内者,概仍留如旧。

第六条。两国之间既已成立本和好友谊条约,一切人民均可完全自由的从一国到对方国,惟必须携带执照,证明他们是得允许而来的,他们并可完全自由交易。两国边境的争执既已如此结束,而两国之间既已成立忠诚的和平及永久的友谊,如双方切实遵守本约明文所定的各款,以后不应发生任何争执。

两国大使将本约盖印后,互换两本。并且两国应将此约用满文、汉文、俄文、拉丁文刻上石碑,在边界上树立,以作永久纪念,俾不忘两国间现有的谅解。

注释:

① 参看附录之二。

② 卷一页一。

③ 《吉林外纪》卷三页四;卷四页十三,十四。参看《盛京通志》卷二十三页二十,卷五十二页一至二。

④ Ravenstein, p. 21。书之全目见附录之一。

⑤ Golder, p. 48。

⑥ Golder, p. 49。

⑦ 卷一页一。

⑧ 《平定罗刹方略》卷一页一至三。

⑨ Golder, pp. 53-54.

⑩ 《平定罗刹方略》卷一页五至六。

⑪ 《平定罗刹方略》卷二页十六至十七。

⑫ 《平定罗刹方略》卷二页二十六。

⑬ 参看附录之三。

⑭ 背喀甫有《出使中国纪》,见 Baddeley, vol. II,pp. 130-166。

⑮ Baddeley, vol. II, p. 134。

⑯ Baddeley, vol. II, pp. 425-429。

⑰ 日俄战争的时候,根忒木尔的后裔有在俄国军队充任官佐而立功者。

⑱ Baddeley, vol. II, p. 196.

⑲ Baddeley,Vol. II, pp. 204-424.

⑳ 《东华录》二十五年九月己酉条。

㉑ 《平定罗刹方略》卷四页二至四。

㉒ Du Halde,vol. IV, pp. 103-196。张鹏翮《奉使俄罗斯行程录》。

㉓ 《平定罗刹方略》卷四页六。

㉔ Du Halde,vol. IV, p. 232.

㉕ 参看附录之四。

㉖ Sabir, p. 34。

㉗ Ravenstein,p. 66。

㉘ 《盛京通志》卷五十一及五十二。

㉙ Ravenstein, pp. 65-71.

㉚ Sabir, p. 39。

㉛ 《东华续录》。

㉜ 《清代外交史料 · 嘉庆朝》,卷二页一。

㉝ Sabir,p. 44。

㉞ 《筹办夷务始末 · 咸丰朝》卷四页三十二。

㉟ 同上,卷六页三十二。

㊱ 同上,卷八页五。

㊲ 同上,卷八页六。

㊳ 同上,卷八页二十五。

㊴ 同上,卷十页三十至三十一。

㊵ 同上,卷十页三十三。

㊶ 同上,卷十二页二十二。

㊷ 本文论瑷珲交涉之段概根据奕山奏折,见同上卷二十五页十一至十五。

㊸ 同上,卷二十五页十六。

㊹ 同上,卷二十五页十六。

㊺ 同上,卷二十一页六。

㊻ 同上,卷二十七页十。

㊼ 同上,卷三十页三。

㊽ 同上,卷三十三页二十三。

㊾ 同上,卷三十三页二十二。

㊿ 同上,卷三十三页二十四。

(51) 同上,卷三十三页二十六。

(52) 同上,卷三十三页四十六。

(53) 同上,卷三十七页十六。

(54) 同上,卷三十八页七。

(55) 同上,卷三十八页十一。

(56) 同上,卷三十八页十二。

(57) 同上,卷三十九页二十八。

(58) 同上,卷三十九页三十至三十一。

(59) 同上,卷三十九页三十三。

(60) 同上,卷四十页二十八至三十二。

(61) 同上,卷四十一页四十二。

(62) 同上,卷四十六页二十三。

(63) 同上,卷四十七页九。

(64) 同上,卷五十一页一至二。

(65) Cordiee, *L'Expedition de Chine de 1860*, pp. 207-209.

(66) 《筹办夷务始末·咸丰朝》卷五十二页四十三。

(67) Cordier, op. cit., p. 247.

(68) 《筹办夷务始末·咸丰朝》卷五十九页十四。

(69) 同上,卷六十五页二十二。

(70) 同上,卷六十五页四。

(71) *Cordieter*, *Histoire des Relations de la Chine*, vol. I, pp. 94-94。

(72) 《筹办夷务始末·咸丰朝》,卷六十七页八。

(73) 同上,卷六十七页五十五。

(74) 同上,卷六十八页十八至十九。